DE CENDRES ET DE LARMES

DE LA MÊME AUTEURE

ROMANS NOIRS

La Petite Fille aux oubliettes, Baleine Seuil, 2000
Petits polars à l'usage des grands, J'ai lu, 2000
Dernier parking avant la plage, Folio, 2004
Dans l'œil noir du corbeau, Le cherche midi, 2009 ; Pocket, 2014
L'Enfant aux cailloux, Fleuve Éditions, 2011 ; Pocket, 2014
Black Coffee, Fleuve Éditions, 2013 ; Pocket, 2016
À la mesure de nos silences, Fleuve Éditions, 2015
White Coffee, Fleuve Éditions, 2016
Cinq Cartes brûlées, Fleuve Éditions, 2020 ; Pocket 2021
Un accident est si vite arrivé, Pocket 2020

LITTÉRATURE GÉNÉRALE

Je ne suis pas raisonnable, Balland, 2001
Pour en finir avec les hommes (et la choucroute), Balland, 2004

JEUNESSE

Éléphanfare, Albin Michel Jeunesse, 2003

HUMOUR

Petit atelier de bricolage… de plage, Ginkgo éditeur, 2008

EN NUMÉRIQUE CHEZ 12/21

Les Petits Polars (nouvelles)

SOPHIE LOUBIÈRE

DE CENDRES ET DE LARMES

fleuvenoir

MIXTE
Papier issu de
sources responsables
FSC® C003309

FSC
www.fsc.org

L'éditeur de cet ouvrage s'engage dans une démarche
de certification FSC® qui contribue à la préservation
des forêts pour les générations futures.

Pour en savoir plus :
www.editis.com/engagement-rse/

ISBN : 978-2-265-15525-1

Dépôt légal : juin 2021

Aux gardiens de l'invisible,
À ces discrets soldats au-devant de nos périls,
À nos chers disparus.

« Recevoir des messages de l'au-delà » :
c'est ainsi que tu définis, un jour, l'écriture.

John Updike, *La Condition naturelle*

Fils des fleurs, vous naissez comme nous du Désir,
Et le Désir, aux jours sacrés des fleurs écloses,
Sait rassembler votre âme éparse dans les choses,
Votre âme qui se cherche et ne se peut saisir.

Anatole France, *Les arbres*

Promets-moi de toujours t'en souvenir.
Tu es plus courageux que tu ne le crois,
plus fort que tu ne le parais,
et plus intelligent que tu ne le penses.

Winnie l'ourson

PROLOGUE

La vie lui avait appris cela. Quand il désirait trop fort quelque chose, il était certain de ne pas l'obtenir. Pourtant, l'espace d'un instant, il avait cru y parvenir : la fille appréciait sa compagnie et pouvait se révéler sensible à ses sentiments. Avec bravoure, il s'était risqué à lui ouvrir son cœur. Sa réponse au-delà du mépris avait le mérite d'être claire.

Exister dans le regard des autres sans être vu, condamné au porte-à-faux.

D'une main, il s'appuya au mur de l'escalier avant de monter les marches. À quoi se réduisait sa vie ? Aux ingratitudes de l'adolescence et ses promesses amères, à une famille fracturée par des paroles que l'on ne retient plus, à l'insupportable inertie de chaque heure passée à écouter les discours ineptes de ses professeurs, à sentir son propre corps devenir pesant et inutile au point de lui répugner, au regard froid de son père. En âme et conscience, l'esprit bombardé de raisonnements qui tourbillonnaient dans son crâne comme des billes, il lui semblait que demain se décidait maintenant.

Sa chambre l'attendait, solitaire, tapissée d'un papier peint gris-bleu jusqu'à la poutre du plafond. Le radiateur sous la fenêtre le salua d'un gargouillement. Au-dessus de lui pendait le vestige d'un luminaire dont il avait un jour cassé la sphère d'un coup de tête – il s'amusait à sauter sur le lit. L'ampoule dépassait de la suspension tel un globe oculaire sorti de sa cavité. Cette lumière éteinte le guettait comme un mauvais œil, incarnait la limite extrême de sa tristesse. Souffrir plus lui était impossible. La pensée lui vint de retourner dehors jusqu'à ce que la nuit tombe et que le besoin de dormir et d'oublier l'assomme. Seulement, rien n'était pire que ce jardin à l'abandon.

Il saisit l'arme glissée dans son pantalon et s'assit sur le lit, face à l'image que la glace de l'armoire à linge lui renvoyait de sa personne. Elle se résumait à une forme compacte, immobile et sombre. Ses yeux allèrent d'un endroit à un autre de la chambre. Il remarqua la plinthe en bois noircie d'humidité à droite de la porte, là où un morceau de papier peint était arraché, et aussi la chaise à roulettes dont le dossier rafistolé tenait avec de la ficelle. Hier, sous l'emprise de la colère, il l'avait projetée contre le radiateur. Son regard se fixa sur le dessin punaisé au mur : un sous-bois en clair-obscur exécuté au fusain. Ce paysage, sa mère et son frère l'avaient également dessiné, assis près de lui contre un arbre. Chacun se tenait penché sur une feuille de papier Canson, dans une douce clarté que filtraient les branches. Un instant de complicité sur un petit chemin de campagne. Souvenir éphémère empreint de mélancolie. Il avait dix ans.

Par le trou de la serrure, un courant d'air souffla son chœur de voix humaines. Depuis ce matin, des rafales dépouillaient les arbustes, secouaient les buissons, culbutaient les pots de fleurs sur les pavés frangés de mousse. Le claquement d'un volet le fit sursauter. Son cœur cessa de battre puis repartit plus vite, de cette mécanique immuable, insupportable. Les veines de son cou se gonflèrent. Il ferma les paupières. Comme on garderait au creux de ses paumes un oiseau blessé, quelque chose le forçait à tenir encore l'arme contre lui. Cette minute était lourde de conséquences. Toute son existence se ramassait en elle. Il songea : « Je ne vous embêterai plus… Vous allez avoir la paix. »

Personne ne l'avait vu prendre le 7.65 dans le tiroir du bureau.

Une hésitation, un doigt sur la gâchette.

L'esprit noyé par une sorte de vertige.

Ressentir un élan vers ce vide.

Vision confuse d'étoiles, d'un ciel noir et profond.

Une somnolence s'emparait de lui, pesait sur ses yeux…

Le souvenir de ce qui venait de se passer dans la cuisine, l'image terrible d'un père en perte de contrôle et le visage décomposé de son frère le ramenèrent soudain à lui. Mû par un puissant réflexe, tout son corps se tendit. Il leva l'arme jusqu'à sa tête, appuya le canon contre sa tempe et tira.

I

L'ALLIANCE

C'est le cercle parfait, celui de l'infini et de l'union qui symbolise la permanence du couple malgré la mort. Les marbriers la représentent par deux mains entrecroisées. Celle du dessus, généralement féminine, porte l'anneau nuptial.

Inspirer profondément.

Relâcher peu à peu l'air de ses poumons.

Freiner la montée d'adrénaline.

La toiture et la charpente n'étaient qu'un intense brasier. Sous la visière rabattue de son casque, Madeline ne distinguait ni l'une ni l'autre dans l'épaisse fumée noire. Seule perçait la flèche enrobée de flammes. Par un escalier enclavé, trente kilos d'équipement sur le dos, tirant un long tuyau relié au fourgon d'incendie, elle rejoignait la première unité sur place avec sa brigade.

Vision d'apocalypse.

Personne ne connaissait l'origine du sinistre, chacun se retenait d'y voir un signe.

La caporale-cheffe Madeline Mara déploya ses hommes.

— On établit les lances ! Jet droit, puissance maximale !

Enrayer les propagations, abaisser les flammes.

Quelque chose était à l'œuvre… Un mauvais feu, solide et vicieux, dont le parfum âcre se répandait bien au-delà de l'île de la Cité, jetait sur ses hommes son lasso. Soixante mètres plus bas, sur le parvis de Notre-Dame, des tuyaux s'entrelaçaient comme des serpents ondulant vers leur proie dans la clameur des sirènes. Frénésie des flammèches. Des exclamations fusèrent. Tournés vers un point du ciel, les visages se figeaient les uns après les autres. Madeline leva les yeux : le squelette incandescent de la flèche se brisait. Sa pointe bascula telle la cime d'un arbre foudroyé. Des craquements formidables suivis d'un bruit sourd ébranlèrent le toit. Transpercés par sa chute, une partie de la voûte et des échafaudages s'effondrèrent. L'ordre d'évacuer tomba aussitôt.

— ON SE REPLIE !

Madeline secoua l'épaule de son binôme : sous l'effet de la chaleur, son casque argenté prenait une coloration dorée inquiétante.

— Barbier, on dégage !

Elle le poussa vers l'escalier en colimaçon saturé de fumée. Descendre à toute pompe les marches sans cogner la bouteille d'air comprimé contre le mur. Se retrouver bloqués derrière une porte rabattue par le souffle de l'éboulement. Contacter le PC. Attendre, l'estomac noué.

Madeline sentait le poids des autres dans son dos, compressés dans un goulot transformé en étuve. Tous écoutaient le ronflement des flammes qui leur parvenait de la toiture, pareil à un essaim. La sueur imprégnait leurs mentonnières. Durant sept longues minutes, elle rassura son équipe, envisagea mentalement les options possibles pour se sortir de là : retourner sur le toit et chercher une autre issue (ils seraient grillés avant d'avoir fait un mètre), dégonder la porte (irréalisable, celle-ci étant encastrée sous la voûte), ou la fracasser à la hachette (étant donné son épaisseur, l'exiguïté des lieux et la chaleur écrasante, cela aurait pris bien trop de temps).

On est là, les gars ! Reculez-vous !

Coups de bélier. Le panneau défoncé. La délivrance. Un rapide échange avec la brigade au sol qu'on n'aura jamais l'occasion de remercier, et le retour au feu.

— Allez, allez ! On se déploie !

Dans la nef éventrée, huit genoux posés sur un damier de marbre pour contrôler l'embrasement de la charpente.

— Adaptez la portée des jets !

Ils reculèrent vite sous une pluie d'escarbilles et de plomb en fusion, impuissants devant l'ampleur du sinistre, ce gouffre infernal. Pour la seconde fois, Madeline reçut l'ordre d'évacuer.

— On risque l'effondrement… DEHORS ! DEHORS !

Il lui fallait établir un autre point d'attaque depuis le parvis. Son unité défendrait le beffroi nord. Elle fit signe à l'équipe de la suivre. Un peu à la traîne, les pupilles dilatées, Barbier se battait avec une sangle mal ajustée à sa ceinture.

— Retirez vos gants. Ce sera plus facile.

Le sacre d'un baptême pour la jeune recrue de vingt ans : son premier feu serait celui du siècle. Parvenue au nouvel emplacement, Madeline sentit son cœur se contracter plus fort : ce qu'elle entrevoyait de Notre-Dame ressemblait à un grand oiseau noir tremblant sous la flambée.

— Allez ! On prend position !

Encaisser les secousses de la lance dans le ventre et les épaules.

Concentrée sur les flammes, elle déchargeait des centaines de litres chaque minute, dressait son mur d'eau, sa muraille. La bête, toujours à l'œuvre, taillait sa part, dévorait ce qui ne pourrait être sauvé, indifférente aux torrents que déversait sur elle un bataillon de gargouilles. De la foule retenue derrière les barrières de sécurité montaient des lamentations, des cris de stupeur. Un escadron de journalistes la traversaient, caméras et perches de micro agitées de soubresauts. Au-dessus des têtes, dans le crépuscule, tanguaient une myriade d'écrans bleus.

Le ciel de Paris avalait le poison du feu.

L'affrontement durerait toute une nuit.

À l'aube, le fourgon rentrait à la caserne. Paupières brûlées, poumons encrassés, les membres de l'unité semblaient plongés dans un songe dont ils ignoraient le sens, émus par le crépitement des applaudissements qui saluaient leur passage.

— Je propose d'organiser un temps de parole tout à l'heure pour ceux qui voudraient partager leurs impressions, dire ce qu'ils ont ressenti pendant l'opération.

Madeline parlait d'une voix rauque, la gorge séchée par la fatigue et le feu.

— Et il faudra faire contrôler vos casques. OK, Barbier ?

— Oui, cheffe.

La réponse du jeune pompier aux joues couvertes de suie s'effaça derrière les grincements du camion, le cliquetis des équipements.

Après la douche, lorsqu'elle eut rejoint son unité rassemblée au foyer, Madeline put saisir l'ampleur de l'événement que relataient non-stop toutes les chaînes d'information, comprenant sous quels yeux elle venait de combattre.

Ceux du monde entier.

Le lendemain, des gens se présenteraient à la caserne pour offrir des boîtes de chocolats, déposer des bouquets de fleurs ou simplement adresser un salut d'un geste de la main. *Merci beaucoup pour ce que vous avez fait.* Sur Instagram, son mari partagerait une photo d'elle en uniforme. *Tellement fier de ma femme*, écrirait-il. Le sentiment d'avoir sauvé ce qui pouvait l'être de Notre-Dame prédominerait alors.

Mais qu'en était-il de la foi des hommes ? Quelles brèches un tel fléau ouvrait-il ?

Trois jours après le drame, Madeline s'interrogeait encore, ébranlée autant par les images qui cognaient sa mémoire que par les dégâts colossaux subis par l'édifice. Non loin des palissades d'un chantier s'annonçant long et complexe se dressait la carcasse de l'ouvrage surmontée de son échafaudage aux rameaux noircis. Elle frissonna. Tous auraient péri ensevelis si la décision d'évacuer la nef n'avait pas été prise : malgré son corps engourdi, malgré la sueur qui lui glaçait le dos, son cœur alors ne battait que pour des vitraux, des sculptures, des tableaux et un trésor.

— Heureusement, la couronne d'épines de Jésus, elle a pas brûlé. Ils l'ont dit à la télé.

Une petite main serra la sienne. Anna, cinq ans, avait tenu à l'accompagner.

— Tu crois que le pape va te donner une médaille ?

— Pourquoi, ma chérie ?

— Parce que c'est toi qui as éteint le feu.

— Je n'étais pas toute seule, tu sais. On était plus de six cents.

— Oui, mais toi tu es ma maman.

Anna se tourna vers sa mère et lui sourit. Une enfant comme une fleur, un ciel bleu, l'aboutissement d'une vie, et qui imperceptiblement s'impose.

Sauver ou périr.

Un jour, l'humanité devra choisir.

Ils glissèrent un à un du muret pour tomber sur le coffre de jardin flanqué contre la remise à outils. À cette heure de la nuit, personne aux fenêtres des immeubles voisins d'où l'on aurait pu les voir opérer leur tour. Trois silhouettes se distinguaient sous la pleine lune, ombres furtives parmi les sépultures. Trois téléphones portables pour éclairer leurs pas. Trois têtes couvertes de capuches. Trois chevalières à l'effigie du loup.

Ils étaient nés ainsi faits, sans le savoir. Ils avaient grandi avec l'idée que le sang qui coulait dans leurs veines était noir, que les traumatismes vécus au cours de leur brève existence avaient pas mal foiré leurs vies et forgés en eux *l'animal*. Ils allaient bientôt avoir seize ans. Pas la patience d'attendre l'âge légal recommandé sur les sites de transformation. Le moment était venu de pratiquer le rituel. Du moins était-ce ce qu'ils combinaient dans leurs cervelles. Une putain de célébration, à minuit pile. Ils avaient le pentacle (frappé sur un foulard de soie noire), la bougie, le briquet et l'assiette de viande cuite. *Puissance et intelligence, que les deux se réunissent pour ne faire plus qu'un.* Les tutos YouTube consacrés à la transformation du corps, ils les avaient tous visionnés. Les foireux, les trashs, les occultes. À présent, ils pensaient, mangeaient, dormaient comme des loups-garous. Ils n'avaient pas encore bouffé de l'humain, mais chaque chose en son temps. Ils s'étaient exercés à humer dans l'air des effluves de steak grillé à cent mètres d'un McDo, à modifier leur conscience pour s'approcher de l'animal et à laisser pulsions et instincts guider leurs actes. Ils étaient prêts à se décharger totalement des responsabilités que faisait peser sur eux la société afin de libérer cette bête qui grondait au plus profond de leur être. *Puissance et intelligence, que les deux se réunissent pour ne faire plus qu'un.* Dans cet état hallucinatoire où la consommation d'alcool et d'herbe les avait plongés depuis quelques heures, ils remontaient l'allée centrale au milieu des tombes, retenant gloussements hilares et cris d'excitation, s'extasiant sur les chapelles gothiques aux portillons ornés de croix en bronze. Sous un orme à l'écorce fissurée, l'équipée s'accorda sur le choix d'un monument funéraire : un caveau en granit à l'abri des regards, sous les branches. Les aspirants lycanthropes chassèrent les brindilles tombées sur la dalle parsemée de fientes séchées, la couvrirent du foulard et placèrent leur bougie au centre du pentacle. Ils durent s'y reprendre à plusieurs fois à cause d'une légère brise qui soulevait le tissu et utiliser les plaques mortuaires des tombes adjacentes pour maintenir l'étoffe en place. Enfin, ils se répartirent autour. L'assiette avec les bouts de steak passa de main en main, manquant se renverser à deux reprises, et chacun mastiqua son morceau. Tous guettèrent le nuage qui s'étirait sous l'astre immaculé. Il était temps d'allumer la bougie et de filmer le rituel de transformation. L'un d'eux tira un couteau de sa poche, tendit la lame vers la flamme vacillante. L'idée était de pratiquer une entaille dans trois paumes et de mêler leurs sangs sur le pentacle afin d'unir leurs âmes de loups-garous au sein d'une meute.

C'est Nelson qui avait eu l'idée. Mais alors qu'il approchait la lame noircie de sa main, il s'arrêta net.

Quand on regarde la vidéo tournée ce soir-là (et aussitôt mise en ligne sur YouTube), on ne voit pas grand-chose. Celui qui filmait n'a pas eu le réflexe de diriger tout de suite son iPhone vers le point que fixait son complice. Mais sur la bande-son, on peut entendre le grincement d'un portillon rouillé, probablement celui d'une chapelle toute proche. Avant que le téléphone n'enregistre les images floues et saccadées de la débandade des jeunes loups galopant jusqu'au muret, l'espace d'un instant, on aperçoit une silhouette aux contours imprécis se déplacer avec une grande rapidité entre les tombes. Quelque chose d'indéfinissable. Lorsqu'on repasse la séquence au ralenti, le plus effrayant demeure ce visage démoniaque qui apparaît derrière une stèle en forme de croix, comme éclairé par un feu intérieur.

De quoi engendrer plus qu'une légende – un sacré buzz sur Internet.

Son mari l'avait surprise, avec ce charmant dîner en tête à tête. Sous les arcades d'un petit restaurant de la place des Vosges dont les ombres bleuissaient le crépuscule, une grande nouvelle s'annonçait. Probablement une promotion. Quand Christian avait évoqué l'attribution d'un logement de fonction sans s'étendre sur la nature exacte de sa future affectation, cognant sa coupe de champagne contre la sienne, Madeline avait senti dans son cœur voleter une nuée de papillons. Enfin l'éclaircie d'un printemps de braises. Car le feu prenait aussi la rue, nourri par la détermination des Gilets jaunes, quadruplant les sorties du FPT[1] pour des incendies de barricades.

— Plus grand que chez nous ?

— Y a pas photo.

— Combien ?

— Cent cinquante mètres carrés.

D'un mouvement de tête, elle avait secoué son opulente chevelure métisse.

— Tu te fous de moi, là !

1. Abréviation de fourgon pompe-tonne, véhicule de pompiers utilisé contre les feux urbains.

— Non… Enfin, c'est pas tout à fait cent cinquante mètres carrés.

— Ha ! Tu vois.

— Disons plutôt cent quatre-vingts si on ajoute le local où se trouvera mon bureau.

Scrutant son regard, elle avait cherché à deviner à quoi jouait son mari.

— Sérieux ? Dans quel coin du XIIe ?

— Rue de Charenton, à deux pas des écoles et de la caserne.

Christian avait piqué une olive dénoyautée sur un cure-dent avant de la gober, savourant son jus et le trouble ravissant qu'il causait à sa femme.

— L'idéal, avait-elle admis.

Les sourcils de Christian s'étaient soulevés en guise d'acquiescement, et la curiosité de gagner Madeline.

— Dans quel genre d'immeuble ? C'est du logement social ?

Souligné d'une barbe rousse dont les pattes se fondaient dans une tignasse d'irréductibles frisettes, le visage de son mari s'était éclairé d'un sourire. Son regard disait toute son excitation.

— Il ne s'agit pas d'un appartement.

Au cours du repas, donnant de puissants coups de fourchette dans un gratin dauphinois, Christian lui avait décrit la maison ; un petit pavillon typique des logements populaires construits sous la Restauration. Style épuré, toiture en zinc, toutes les chambres étaient orientées sud-est.

— Pas de vis-à-vis, très calme.

Au rez-de-chaussée, deux pièces en enfilade : la cuisine donnait sur le living auquel on pouvait accéder de l'extérieur par une porte-fenêtre. Même chose pour la pièce du fond. Agrémentée d'une salle d'eau, elle semblait parfaite pour le fils aîné de Madeline – Michael pourrait ainsi aller et venir sans déranger personne. À l'étage se trouvaient trois autres chambres, dont l'une avait un accès direct à la salle de bains.

— La suite parentale.

Attenants au pavillon, le bureau de Christian et un ancien atelier sous verrière.

— Pour l'instant, l'atelier sert de débarras. On pourra y rapatrier les cartons stockés au garde-meuble si jamais tout ne rentre pas dans la cave.

— Une cave ?

— Bah, oui ! C'est une maison.

Pragmatique, Madeline répartissait mentalement les mètres carrés.

— Ça fait beaucoup de pièces. J'imagine que les volumes sont plutôt réduits… On peut manger à cinq dans la cuisine ?

Comment faire tenir un ado, son frère, sa petite sœur et leurs parents assis à la même table sans qu'il soit nécessaire de creuser les murs ou s'asseoir dans l'évier ; Christian avait réfléchi au problème.

— Il y a une sorte de comptoir qui sépare la cuisine du salon, et des placards qu'on peut couvrir d'un plan de travail assez large pour manger autour… Le dernier locataire était veuf. Il ne devait pas souvent cuisiner, la gazinière est nickel. Et tu verras, les meubles encastrés, c'est quelque chose : du pur vintage ! On se croirait dans *Mon oncle*, de Tati. Même l'horloge est en Formica.

Christian avait gardé le plus délicat pour le dessert : la nature de sa nouvelle affectation. Chaque fois que sa femme lui posait la question, il répondait à côté. Les seules informations qu'il s'était autorisé à lui donner concernaient le montant de son salaire (kif-kif), et sa prise de fonction (début juin, après une période de formation sur le terrain). De la part de son époux, Madeline s'attendait à tout. Le parcours professionnel de Christian Mara était l'antithèse du plan de carrière. Titulaire d'un bac économique et social dont il n'avait eu jusqu'alors aucune utilité, après un passage éclair dans une école de cinéma, diverses expériences de bénévolat et une tentative de tour du monde sans pognon, il s'était tourné vers l'horticulture à la faveur d'un job d'été. Depuis que Madeline avait lié son destin à cet homme, il végétait en catégorie C comme agent d'entretien des espaces verts à la mairie du XIIe. Le fonctionnaire fuyait les postes à responsabilité et toute opportunité d'évolution qui l'auraient confiné dans un bureau. « Gagner peu pour vivre plus » était sa devise. Et cela convenait à Madeline et aux enfants, ce papa poule je-m'en-foutiste, incollable sur les plantes, les essences forestières, la mouche mineuse, l'évernie du prunellier, la phalène du bouleau, le trèfle rampant et la saga *La Planète des singes*. Toujours prêt pour une promenade à vélo, une projection à la Cinémathèque ou un apéro pique-nique dans le bois de Vincennes. Rien ou si peu ne paraissait le préoccuper sinon l'idée de voir grandir ses enfants – pas trop vite, mais assez tout de même pour qu'ils puissent regarder ensemble des films en V.O. – et d'être aimé de sa femme.

— Alors, le relança-t-elle, un poing sous le menton, ton nouveau boulot, toujours aux espaces verts ?

— Oui et non.

Christian referma la carte des desserts. Il avait cet éclat dans l'œil d'un gamin réjoui.

— Je passe en catégorie B. Agent d'Accueil et de Surveillance. J'ai obtenu le poste de conservateur du cimetière de Bercy.

— Conservateur… tu veux dire gardien ?

— Oui. Gardien conservateur, si tu préfères.

— Gardien de cimetière ? Toi ?

— Et pourquoi pas ?

Madeline ne put retenir un fou rire. Son époux tambourina nerveusement le rebord de la table de ses doigts.

— … C'est un métier qui exige beaucoup de qualités. Et une connaissance très précise des rites funéraires. On est en contact avec des familles qui vivent des moments difficiles. Il faut être capable d'empathie, de diplomatie et de sang-froid.

Elle pouffait dans sa serviette. Il se rembrunit.

— Merci d'accueillir la nouvelle avec enthousiasme.

— Excuse-moi !… Tu admettras que c'est un choix plutôt étonnant de la part d'un farouche défenseur de la laïcité.

— On me demande de gérer des concessions et d'entretenir des sépultures, pas d'entrer dans les ordres.

— C'est surtout un lieu de culte.

— Pas du tout. C'est un espace funéraire.

— Les croix partout, ça ne fait pas tilt dans ta tête ?

— Au sens étymologique du terme, cimetière veut dire dortoir, en grec ancien.

— Puis-je te rappeler que le grand adepte de la crémation que tu es a formulé le souhait qu'on répande ses cendres quelque part en Écosse ?

— Dans les Highlands, à Glencoe, oui. Là où Sam Mendes a tourné les scènes de *Skyfall*… Il faut absolument que je t'écrive mes dernières volontés, sinon je vais finir au fond du loch Ness.

— Sérieusement, Chris : ton dieu, c'est Kubrick !

— So what ?

— Tu refuses de mettre Eliot et Anna à l'école chez les cathos.

— Chacun ses convictions. Regarde, toi, c'est pareil : tu ne veux pas les faire vacciner.

— Je ne vois pas le rapport.

— Dieu ou Pasteur, c'est juste une question de croyance, non ?

Christian s'adossa à son fauteuil en soupirant.

— OK. C'est pas un job qui fait rêver, je te l'accorde. Mais il a une vraie utilité. Et surtout, j'hérite d'un logement de fonction qu'on n'aura jamais les moyens de se payer dans Paris. C'est pour ça que j'ai postulé… Je l'ai fait pour nous, Mad, pour qu'on se tire de cet appart' ! Que je m'occupe de tombes ou des plates-bandes où vont pisser les clébards du XIIe, quelle différence ? C'est juste de la terre, des plantes et de l'engrais.

— Et des cadavres.

Il s'éclaircit la gorge, jetant un coup d'œil à leurs voisins de table qui dînaient dans un silence religieux.

— Si ça peut te rassurer, le cimetière de Bercy est vingt fois plus petit que celui du Père-Lachaise. Rien à voir. On se croirait dans le jardin d'un curé. Les concessions sont déjà full et y a pas de crématorium. C'est à tout casser une inhumation par quinzaine et une mamie toutes les heures qui vient arroser un pot de fleurs. Côté pratique, je vais avoir plus de temps libre en étant logé sur place. On sera tranquilles là-bas, peinards.

— Qu'est-ce que tu entends par *logé sur place* ?

Christian caressa nerveusement sa barbe.

— La maison est… dedans. Dans le cimetière.

La flamme du photophore posé sur la nappe fléchit sous la brise. Madeline se crispa comme si sa robe venait de perdre une taille.

— Écoute, s'empressa-t-il d'ajouter, l'idée d'habiter dans un cimetière est assez glauque, c'est sûr, mais il faut voir le bon côté des choses…

— Pas de vis-à-vis et très calme.

Elle passa un bras par-dessus le dossier de son siège et fixa son homme de ses yeux verts. Ce fut une consternante poignée de secondes durant lesquelles Christian ne sut que dire.

— Mad, reprit-il en pesant ses mots, c'est une occasion en or. Notre problème avec les banques, c'est l'apport. On n'a même pas de quoi financer les frais de notaire. Pense à l'argent qu'on pourrait épargner tous les mois si on ne payait plus de loyer… C'est juste un plan génial !

Madeline considéra le visage de son mari où le trouble faisait affluer le sang.

— *Juste un plan génial* ? Mais qu'est-ce qui t'est passé par la tête ?

La poitrine de Madeline se souleva, et la chaîne de petits cœurs nouée autour de son cou scintilla sur sa peau ambrée. On devinait en elle une capacité à garder son calme non seulement dans sa manière de pondérer ses paroles, mais aussi à sa façon de contrôler sa respiration. Mise devant le fait accompli, cependant, il lui semblait que d'invisibles parois se refermaient sur elle.

— Comment est-ce que tu as pu envisager un truc pareil sans m'en parler ?

Son mari fit un geste vague de la main.

— J'attendais de savoir si j'avais le poste. Je ne voulais pas te faire… de fausse joie.

— Chris, je suis confrontée presque tous les jours à la mort.

— Je sais, je sais, mais…

— Et les enfants ? Tu as pensé à eux ?

Douze ans de vie sexuelle épanouie, presque dix ans de mariage, trois enfants dont deux en commun, un abonnement Netflix et Spotify Family, et Christian agissait toujours ainsi, guidé par l'étincelle qui jaillissait dans son cerveau, se laissant éblouir par sa propre allégresse, négligeant certains détails, comme le fait qu'il n'était plus célibataire et que ses actions pouvaient avoir des conséquences non négligeables pour ses proches.

— Mad, on ne peut pas continuer à vivre les uns sur les autres éternellement, argua-t-il. Ton fils vient d'avoir quatorze ans. Il n'a plus l'âge de partager sa chambre avec Eliot.

Il se pencha vers elle et poursuivit un ton plus bas :

— Et franchement, j'aimerais pouvoir faire l'amour avec ma femme ailleurs que dans le canapé-lit d'un salon où une gamine peut surgir à n'importe quel moment de la nuit pour réclamer son fichu verre de lait !

Madeline lâcha un soupir.

— Anna rêve d'habiter le château de la Reine des neiges, pas la maison de la famille Addams.

Christian hocha la tête, allongea le bras sur la table et prit la main de son épouse dans la sienne.

— Si tu préfères qu'on reste dans l'appart', se résigna-t-il, je peux encore leur dire que je renonce à prendre le job…

Madeline ne l'écoutait pas. Elle additionnait des chiffres. Les loyers. Les frais de location du garde-meuble. Une épargne mensuelle de mille cinq cents euros – presque le salaire de son homme. Elle retira sa main, vida son verre de merlot et se redressa.

— Allons-y.

— ... Tu ne prends pas de dessert ?

Elle agrippa son petit sac suspendu au dossier du fauteuil.

— Montre-moi ton plan génial et ses cinq pièces/cuisine.

— Quoi ? Là, maintenant ?

Madeline se leva, ajustant la lanière du sac à son épaule.

— J'imagine que tu as déjà les clés, non ?

— Oui, mais il va faire nuit.

— Tant mieux. C'est la nuit que c'est flippant, un cimetière.

Elle n'aimerait pas la maison. Ce rectangle froid, sans fioritures, coincé contre un mur d'abandon. Elle ne supporterait pas ce creux noir dans la nuit que dessinait le cimetière. À chaque station de métro, son anxiété grandissant, Christian serrait un peu plus les doigts de Madeline dans sa paume. Il avait agi avec cette même croyance têtue qui l'avait un jour mené vers cette femme : tenter le tout pour le tout plutôt que d'être rongé par le regret, et se faire accrocher le cœur par un sapeur-pompier.

— Monsieur ?

Il la revoyait encore, penchée sur lui. Ses cheveux noués et lissés étiraient l'ovale de son visage. Pleins feux sur ses yeux. Une veste de jogging nouée autour de la taille, en brassière de sport et collant training, Madeline incarnait ce miracle puissant, inattendu et frémissant – sa Lara Croft des parcs et jardins.

— Vous m'entendez ?

Pourquoi s'était-elle entichée d'un type comme lui ? Un mystère qu'il évitait de percer au risque d'y perdre le peu d'estime de soi qu'il lui restait. Elle était seule à l'époque de leur rencontre. Divorcée, un enfant. Assurait quinze gardes par mois à la caserne. Se voyait imposer des jours d'astreinte qui compliquaient encore les choses – pas facile d'élever le fiston dans ces conditions. Un an sans faire l'amour, cernée de mâles virils en uniforme, harcelée par un ex lourdingue. Le bonheur à bout de souffle. Elle n'avait eu qu'à battre des cils sur le banc d'un square où elle venait de s'asseoir après son footing et porter à ses lèvres une gourde pour distraire le jardinier. Quelques gouttes d'eau sur le menton et le cou avaient achevé de le troubler. Christian se tenait alors à quelques mètres d'elle, occupé à retendre le grillage affaissé d'une clôture. Sortie de la barre de tension, l'extrémité du fil de fer tordue en crochet avait ripé sur son gant, cisaillé l'avant-bras et sectionné l'artère principale. Une douleur fulgurante. Un flot de sang. Le cerveau qui s'emballe et le ciel, soudain, blanchissant.

— Monsieur ?

Madeline s'était avancée vers lui avant qu'il ne vacille dans les plates-bandes.

— Monsieur ? Vous m'entendez ?

Il percevait sa voix, devinait ses traits, mais impossible de prononcer la moindre parole, de se mouvoir. Christian éprouvait cette même sensation que procurent les attractions de fête foraine qui vous plaquent à votre siège par la force centrifuge. Jamel, un collègue qui bêchait le sol un peu plus loin, était aussitôt accouru et répondait aux premières questions de Madeline concernant l'âge et le patronyme du blessé.

— *Christian Mara*, c'est bien votre nom ?

Acquiescement des paupières.

— La plaie est profonde, il faut quelque chose pour la comprimer. J'imagine que vous êtes à jour de votre vaccination antitétanique ?

Il ne s'était jamais blessé au boulot. En attendant l'arrivée des secours, elle avait noué une manche de sa veste de jogging autour de la plaie pour éviter qu'il ne se vide de son sang et lui récitait le manuel du parfait secouriste. Madeline était incollable sur les risques des blessures profondes et la présence de lésions « en dessous », invisibles à l'œil nu. Christian devinait son cou gracieux penché sur lui, ses épaules de nageuse dans un halo cuivré ; une apparition divine sous le soleil printanier nimbé de brume.

— Ça vous arrive souvent de perdre conscience ?

— C'est… la vue du sang.

Des mots articulés au prix d'un terrible effort.

— Vous souffrez d'hématophobie ?

— … J'en sais rien.

— C'est un trouble causé par la phobie du sang. Il provoque des réactions anxieuses. Ça peut aller jusqu'à une perte de connaissance.

L'hématophobie. Bingo. Cette femme avait mis un nom sur ce qui le hantait depuis près de trente ans et qu'il s'était toujours employé à dissimuler à son entourage. Bientôt, cette maudite phobie lui interdirait la salle d'accouchement où Madeline mettrait au monde leur premier enfant.

— Vous avez essayé l'hypnose ?

— L'hypnose ?

Dissocier la notion de sang de celle de la peur. Marcher et se regarder marcher. Un truc impossible. Péniblement, il avait levé son autre main et tendu l'index vers le visage de la jeune femme dont il distinguait à présent les traits.

— Si je me concentre sur le petit grain de beauté, là, entre vos sourcils… je crois que ça pourrait le faire.

Elle avait souri. En attendant l'arrivée des secours, Madeline l'avait placé en position assise, contre un arbre. Christian sentait ses jambes peser étrangement lourd. Il se gardait bien de baisser les yeux sur la manche de la veste de jogging imbibée de sang. Inutile de s'imposer ça.

— J'espère que vous avez un super-détachant.

— Ne vous en faites pas.

D'un mouvement de tête, il avait indiqué son gant ensanglanté.

— D'habitude j'ai plutôt la main verte.

Madeline s'était jointe à l'équipe de pompiers lorsqu'il était monté dans le véhicule d'urgence. Elle les connaissait tous – des collègues de la caserne Nativité. C'était son jour de repos. L'un d'eux avait prononcé cette phrase entendue par Christian en d'autres circonstances : « Vous avez eu de la chance dans votre malheur, monsieur. » De son visage, il n'avait pas gardé souvenir. Il ne voyait que Madeline. N'écoutait que sa voix.

— Aux urgences, ils vont réaliser des tests de perte de sensibilité et de déficit moteur pour explorer la plaie.

— Explorer ? C'est si profond que ça ?

— On doit vérifier s'il n'y a pas une atteinte du nerf ou d'un tendon qu'il faudrait traiter en chirurgie… Ça va ?

Deux délicats sillons creusaient ses joues lorsqu'elle souriait. Trois s'il parvenait à la faire rire.

— On descend là.

— Hum ?

— Porte de Charenton. Il faut descendre.

Depuis le siège de la rame de métro, son épouse l'observait avec une pointe d'étonnement.

— Qu'est-ce que tu as ?

— Rien. Je pensais à toi.

L'évidente clarté dont il avait besoin pour affronter ses nuits. Une femme en pantalon noir et passepoil rouge, trois barrettes au galon, mais qui ce soir portait une robe de dentelle soulignant sa taille, ouverte jusqu'au milieu du dos. Une femme somptueuse qu'il était allé attendre à la sortie de la caserne avec un bouquet de camélias et son bras encore emmailloté. *Ça vous dirait d'aller au ciné un de ces soirs ?*

Une femme qui allait très vite s'assombrir.

Et ce serait entièrement de sa faute.

Christian fit jouer le mécanisme de la serrure et poussa le portillon en bois donnant accès aux visiteurs.

— On fait vite.

Sur la gauche, une maison sans charme et sans ornements était adossée au mur d'enceinte. Ses volets clos lui donnaient un air morne. Une gaine électrique courait le long de sa façade juste sous les fenêtres du premier étage. Une vieille cloche suspendue entre deux persiennes attendait qu'on la sonne. Une maison gardienne de sépultures. Grande. Si grande.

Tandis que Christian se dirigeait vers le bureau, Madeline embrassa du regard le petit cimetière. Baigné d'ombres, ciselé des pâles lueurs d'un clair de lune, il n'était ni effrayant ni sinistre. Mains sur les hanches, le menton tendu vers ce jardin de pierres tombales, elle retint un soupir. Pourquoi un projet aussi absurde se frayait-il un chemin dans son esprit avec autant de facilité depuis tout à l'heure ? Christian avait toujours été farouchement opposé à l'idée d'habiter un logement de fonction à la caserne. Pourquoi la perspective de vivre sur le lieu de travail de son mari n'allumait-elle pas les mêmes feux rouges ? Le vent léger d'une nuit de printemps rabattait ses cheveux sur son visage, frôlait ses jambes avec impudeur. Christian revint dans sa direction, éclairant ses pas à l'aide d'une lampe torche.

— L'électricité est coupée dans la partie habitation. Plus personne ne l'occupe depuis dix ans. Tu viens ?

Ils visitèrent rapidement les pièces du rez-de-chaussée. Le faisceau de lumière balayait les murs, révélant de-ci de-là une table basse en fer forgé couverte de poussière, un fauteuil en rotin, une moquette aux motifs géométriques orange et marron, identiques à ceux des doubles-rideaux défraîchis. Madeline et son époux parlaient à voix basse, comme deux voleurs craignant d'être surpris. En montant à l'étage, le grincement des marches de l'escalier les fit rire.

— On se croirait dans un film d'épouvante, chuchota Christian.

— Oui… Ça file les chocottes.

— C'était ton idée, Mad.

— Je sais, c'est génial. J'adore.

La première chambre faisait la taille de leur salon actuel et communiquait avec la salle de bains. Lavabo, baignoire, toilettes et bidet étaient d'un incroyable bleu canard et le carrelage en mosaïque d'un vert émeraude scintillant.

— La couleur est assortie à tes yeux, ma chérie…

Sans mot dire, Madeline fit le tour des deux autres pièces : la plus petite ferait une adorable chambre pour Anna et celle du fond, agrémentée de deux fenêtres dont une donnant sur la rue (et d'un papier peint orné de grosses tulipes rouges), conviendrait à Eliot. Constatant que cette issue pouvait permettre l'évacuation de tout l'étage en cas d'incendie, elle retourna dans la première pièce où Christian s'intéressait à un lampadaire assez laid agrémenté d'une tablette en Formica.

— Regarde-moi ça : la perle des années 50 ! Un lampadaire avec son porte-revues en scoubidou.

Les murs étaient tapissés d'un étonnant papier Art déco : un motif japonais seigaiha turquoise bordé d'un fin liseré ivoire dont les vagues en arc de cercle superposées finissaient par se chevaucher. Dans un angle se trouvait une cheminée ancienne identique à celle du salon : toutes les deux possédaient sur la partie haute une double-porte en cuivre incrustée dans le marbre noir ouvrant sur un chauffe-plats. Une plaque en fer forgé coulissante dévorée par la rouille fermait le foyer. La cheminée était surmontée d'un miroir piqué contre lequel un vieil ours en peluche faisait peine à voir. Madeline marcha jusqu'à la fenêtre, ouvrit les vantaux pour chasser l'odeur d'humidité et de vieux parquet poussiéreux, puis, bravant d'antiques toiles d'araignées, elle poussa les volets en bois. La lune pénétra aussitôt la chambre pour la remplir de sa clarté. Dehors se révélaient les allées de gravier, les sombres contours de monuments dressés depuis deux siècles en l'honneur de familles de notables, pinardiers et tonneliers qui travaillaient jadis aux entrepôts de Bercy – Madeline avait jeté un œil sur le site Internet du cimetière durant le trajet en métro. Mille cent vingt sépultures plongées dans un épais silence. Les chapelles portaient leurs croix au firmament, défendaient ce modeste sanctuaire. Ici, le temps s'était arrêté depuis une époque lointaine, tenant ce lieu à l'écart de toute modernité. Un parfum de chèvrefeuille et de fleurs pourrissantes émanait d'un bosquet en friche.

— Il lui manque une oreille, le pauvre.

Christian agita l'ours sous son nez.

— Alors, la p'tite dame, qu'est-ce qu'elle pense de la maison ?

— La déco est à hurler.

— Et le *jardin* ?

— Mortel.

Il reposa l'ours sur le manteau de cheminée et se rapprocha de sa femme.

— Tu devrais le voir en plein jour : il y a des lilas, des ifs, un très bel orme, des troènes, et de la vigne a été plantée le long du mur d'enceinte. Avec un peu de chance, on aura de jolies grappes de raisin dans quelques mois.

Madeline pivota doucement vers son mari.

— Parce que tu comptes aussi faire les vendanges ?

Christian ne répondit pas, captivé par cette clarté singulière qui donnait au visage de sa femme de divins reflets ivoire. Puis il indiqua de la tête un bosquet devant la maison.

— Tu vois les grosses branches qui dépassent des buissons, en bas ? C'est un arbre. Il a poussé à l'emplacement d'une ancienne sépulture.

— Ah oui ? Un noyau oublié dans une poche ?

— Plutôt la mauvaise graine du remords.

— Qu'est-ce que c'est : un saule pleureur ?

Il lui sourit.

— Non.

— Un hêtre ?… Je sais : un noyer !

Il posa une main sur sa taille et l'embrassa dans le cou.

— Un pêcher.

Encore un baiser.

— Humm… J'aime assez l'idée.

Un autre.

— Madeline, tu penses que tu supporterais de vivre ici ?

Leurs voix chuchotées ne furent plus que murmures.

— Il n'y a qu'un moyen de le savoir.

— Lequel ?

Ils firent l'amour à même le sol. Deux corps partiellement déshabillés, ombres enlacées dans un dernier sursaut. Christian bascula sur le dos pour reprendre son souffle.

— Oh ! Bon Dieu, Madeline !

Il passa un bras derrière sa tête.

— … Un peu rapide, non ?

Sa femme se pressa contre lui.

— Un bon gros shoot d'ocytocine, susurra-t-elle.

Leurs regards brillaient dans un halo de lumière. Aux lèvres de Christian s'accrochait un sourire.

— Je n'aurais jamais cru que le panorama te ferait… un tel effet.

Madeline caressa le visage de son mari. Elle percevait sa respiration un peu sifflante et devinait les sentiments qui se bousculaient en lui : ce ravissement qu'il éprouvait en cet instant, sa crainte que l'enchantement qui opérait depuis leur rencontre ne cesse d'un claquement de doigts, mais aussi l'espoir d'une vie nouvelle qui prendrait ici racine.

— Il y a tant de choses que j'ai faites avec toi sans savoir que j'en brûlais d'envie.

Qu'importaient à présent l'endroit et ce jardin de pierres ? En ces murs, un pacte venait d'être scellé.

Madeline frissonna.

— Tu as froid ?

Christian se leva pour aller fermer la fenêtre. Au moment où il tournait la crémone, quelque chose dehors attira son attention. Il se hâta de ramasser son jean.

— Qu'est-ce qu'il y a ?

— Rien.

— Qu'est-ce que tu as vu ?

La boucle de sa ceinture luisait dans la pénombre.

— Je ne sais pas. Il vaudrait mieux que j'aille jeter un coup d'œil.

— Je viens avec toi.

Il enfila rapidement ses chaussures.

— Je préfère que tu restes là. C'est plus prudent.

— Ce n'était pas une question.

— J'en ai pour cinq minutes.

— Christian, tu parles à une caporale-cheffe de la BSPP[1].

— Non, je parle à ma femme.

Il dévala l'escalier sans avoir boutonné sa chemise, emportant la lampe torche.

À son tour, Madeline se rhabilla puis vint se poster à la fenêtre, guettant la silhouette de son mari qui s'effaçait au loin entre les tombes. Sous les branches d'un arbre, au fond du cimetière, un animal au pelage clair – probablement un chat – fit une apparition furtive, se faufilant parmi les sépultures. Madeline observa les alentours. Disposés de part et d'autre des murs d'enceinte, allumant quelques balcons, les immeubles des rues adjacentes veillaient. L'écho rassurant de la circulation flattait le silence. Pour la seconde fois, Madeline ressentit cet élan confus vers ce domaine qui semblait l'accueillir, vers la paix profonde de sa nuit. Elle n'ignorait pas la présence de squelettes étendus sous ses

1. Brigade de sapeurs-pompiers de Paris.

pieds. La mort, elle la fréquentait depuis l'enfance, dormait pour ainsi dire dans la gueule du lion. Grandir sans père ni mère avait généré en elle cet indicible besoin de l'affronter. Sortie de l'école militaire des pompiers de Paris où elle avait terminé deuxième de l'instruction, à peine affectée à la caserne du XIIe, la jeune femme avait été envoyée sur son premier gros feu, un entrepôt boulevard des Maréchaux. Mille cinq cents mètres carrés en flammes, douze lances, vingt-sept engins, cent vingt pompiers appelés en renfort. Le troisième étage du bâtiment s'était effondré sur sa brigade. Madeline avait failli y rester. Le sergent qui doublait alors la jeune recrue l'avait tirée brusquement par le bras au moment où tout s'écroulait. Tous deux s'étaient mis à courir avant que des débris ne les projettent au sol. Une poutrelle avait heurté la hanche de Madeline. Cette blessure, dont par chance elle ne conservait aucune séquelle physique, inscrivait en elle la mise en garde de son ennemi. Cela ne l'avait pas refroidie. Au contraire. Cette main tendue vers le feu, ne demandant qu'à l'apprivoiser, était le legs de ses parents, insolite et perpétuel, un défi jeté à l'inéluctable fin du jour. Contempler des tombes était bien moins douloureux que de voir partir les vivants.

Un léger bruit dans la pièce la tira de ses pensées. Bien qu'il lui parût assez proche, il était difficile de le localiser précisément. Cela ressemblait au frottement d'une allumette contre le grattoir d'une boîte, ou plus logiquement à un insecte, un papillon de nuit qui cognerait ses ailes à un abat-jour. Madeline tendit l'oreille, attentive aux sons que ne couvrait pas le bruissement des feuillages porté par le vent ou le passage d'un véhicule dans la rue. Encore ce bruit, provenant cette fois d'un autre endroit de la chambre. Elle retint sa respiration une dizaine de secondes, immobile, à scruter la pénombre, guettant le souffle de la maison. Un craquement la fit sursauter. Cela venait de l'escalier.

— Christian, c'est toi ?

Un râle se fit entendre, suivi d'un pas lourd.

— … Christian, si tu essaies de me faire peur, c'est raté.

Une lueur sur le palier. Soudain, la porte entrebâillée s'ouvrit en grinçant sur une figure horrible. Une torche collée sous sa barbe rousse, cheveux hirsutes, Christian écarquillait les yeux. Ne constatant aucune réaction chez sa femme, il éclata de rire.

— Rien ne t'effraie, toi.

— Si. Ton humour.

Christian abaissa la torche.

— Je viens de terroriser à vie trois ados. Tu ne les as pas vus détaler comme des lapins ?

— Non. Qu'est-ce qu'ils faisaient ?

— Je n'en sais rien. Des trucs sataniques à deux balles. J'ai trouvé ça sur une tombe…

Christian éclaira le foulard qu'il tenait : le dessin d'un pentacle éclaboussé de cire.

— C'est ça que tu appelles un super-plan bien tranquille ?

— Les risques du métier… Tu sais, observa-t-il, je préfère avoir affaire à ce genre d'illuminés pétochards plutôt qu'à ces types qui dealent du matin au soir dans le square en bas de chez nous.

Il jeta le foulard dans un coin de la pièce et releva le faisceau de la torche sur sa femme.

— Alors ? Qu'est-ce qu'on décide ?

Madeline sentait l'ombre frémir autour d'elle et le regard de Christian se remplir d'espérance.

Aller dans le sillage de cet homme, y puiser cette force qui nourrissait en elle l'élan de toute une existence.

— On revient dimanche avec les enfants.

Des bourrasques culbutaient les nuages. Dans cette alternance d'éclaircies et d'averses, le cortège pénétra par la grande porte flanquée de deux piliers sculptés de sabliers. À son passage, Christian croisa les mains dans le dos et baissa la tête.

— Reste le plus neutre possible.

— Ah. OK.

Sa première inhumation. À ses côtés, droit sous un grand parapluie noir, Laurent Bonfils, l'agent chargé de sa formation sur le terrain, montrait une figure impassible. Ne pas sourire. Aligner son pas sur celui des porteurs.

— Ton rôle consiste à contrôler que tout se déroule correctement.

Famille peu nombreuse. Abondance de fleurs pour éclairer les visages gris, pas de discours ni de mouchoirs pour éteindre un sanglot. Deux personnes âgées se signèrent près du cercueil, touchèrent du doigt leur front humide. Seul un mort pouvait ouïr les paroles retenues au bord de ces lèvres. Crépitement dédaigneux de la pluie sur les rubans des couronnes mortuaires. Un vent canaille rabattait un foulard, une mèche de cheveux. Christian remonta le col de sa veste. La tournure que prenait la cérémonie le déconcertait. Habitué aux mises en scène grandiloquentes des films et séries, n'ayant guère eu l'occasion d'assister à pareil événement depuis l'enfance, il se confrontait à la réalité d'un enterrement dans toute sa fadeur – une parade éthérée, dépouillée de larmes, une succession d'actes mécaniques et pondérés. Le cercueil descendit au fond d'un trou rectangulaire. Les fossoyeurs opérèrent l'escamotage final avec deux cordes. Le frottement de la pelle qui creuse, puis le bruit de la terre cognant le bois du cercueil lui firent froid dans le dos. Mais il sut répondre aux questions de la veuve concernant l'entretien de la tombe sans laisser place au ressenti.

— Bon, ça s'est bien passé ? s'assura Bonfils alors qu'il l'accompagnait jusqu'au bureau de la conservation.

— Je crois.

— Les premières inhum', ça fait toujours quelque chose : même si c'est pas quelqu'un de sa famille, on est touché. Mais tu vas t'y habituer.

Christian hocha la tête. Dans sa façon de se tenir légèrement voûté, le menton rentré, son collègue dégageait cet air blasé d'une personne qui aurait renoncé à tirer de l'existence la moindre gratification. La direction imposant désormais un conservateur logé sur site, Bonfils changeait d'affectation. Former son successeur ne semblait pas blesser son amour-propre ; rien dans son attitude ne le laissait penser, tout du moins.

— Il faut te concentrer sur ton rôle social.

— D'accord.

Son regard se porta sur un visiteur du cimetière.

— Tiens, il est encore là, lui ?

— Qui est-ce ?

— Munch. Le précédent locataire.

L'homme se promenait, mains dans les poches, s'attardant sur le bosquet en fleur devant la maison.

— Il a pris sa retraite il y a dix ans.

— Son ancien job lui manque, on dirait.

— Non. Simple visite. Sa femme est enterrée ici, section 7.

Bonfils adressa un signe au retraité, lequel répondit d'un bras d'honneur avant de poursuivre sa promenade.

— Il est un peu spécial, expliqua l'agent avec un sourire crispé.

— Je vois ça.

— S'il te pose le moindre problème, fiche-le dehors. On va se manger un truc ?

Christian préféra décliner l'invitation à déjeuner. Il avait hâte d'être seul. Hâte d'oublier ces figures désespérantes et lugubres. Hâte de passer à autre chose. Enfiler son pantalon de travail, ses bottes et ses gants. Entretien, désherbage, débroussaillage. Le nettoyage du cimetière se faisait « à la main », sans recours aux produits phytosanitaires. Toucher la terre pour renouveler quelque chose qui éveille le cœur et préserve de l'indifférence.

Christian avait signé pour un putain de job. Dans une semaine, les enfants et Madeline investiraient les lieux. Trop tard pour changer d'avis. Il se ressourcerait là, au contact de cette matière vivante.

Des pas dans l'escalier.

Désormais, pour Madeline, le bonheur commençait au grincement de ces marches. Hier encore, il s'incarnait dans la lumière du jour traversant les persiennes à l'aube et en chacun de ces bruits délicieux du petit matin dont résonnait l'appartement : le ruissellement de l'eau sur un rideau de douche qu'un crooner de pacotille accompagnait d'un refrain tonitruant, le couinement d'une licorne en plastique rose écrasée sous le talon, la respiration mesurée d'une fillette récitant un poème printanier, le suçotement du crayon entre les lèvres de son frère qui sèche sur un exercice de fractions décimales, les contours imprécis de la voix de l'aîné en pleine mue qui somnole sur sa chaise, le rugissement d'un papa secouant un paquet de céréales à tête de lion dans la cuisine, et la caresse de son bonjour chuchoté au creux du cou… De ravissants instants altérés par trop de crispations. Cinq personnes dans un trois pièces. Une pointure 40 dans un 38. Cacophonie et conflits. Occupation outrancière de l'espace vital par des coffres de rangement et l'empilement de boîtes fourre-tout, linge mis à sécher dans la cuisine s'imprégnant des odeurs de poulet frit, « clic-clac ! » du canapé pour convertir le salon en dortoir parental, un seul W.-C. L'anarchie grondait, la famille au bord de la rupture. Aucune possibilité de louer ou d'acheter plus grand à Paris, faute de moyens. Jusqu'à ces pas dans l'escalier.

— Et celui-là, je le mets où, cheffe ?

— Dans la pièce du fond.

Leur nouveau chez-eux se remplissait de cartons, de meubles emmaillotés de papier bulle. Une équipe de déménageurs improvisés donnait un coup de main à la famille Mara. En plus de quelques amis, des collègues sapeurs-pompiers s'étaient portés volontaires. Un renfort appréciable. Cet équipage s'activait depuis la camionnette de location stationnée dans la rue. C'était un moment singulier, plein de voix chaleureuses, de coups de marteau dans les murs, de vibrations d'outils électriques, d'odeurs de mobilier neuf et de transpiration, de canettes de bière fraîches et de Coca Zero vite froissées, de chips et de cookies faits maison.

— Maman, y a Eliot qui mange tous les Apéricube !

— Michael, surveille ton frère.

— Mais bien sûr ! Et ensuite, je lui change sa couche ?

— C'est toi qui en tiens une, de couche !

— On se calme, les garçons. Quelqu'un a vu le tournevis cruciforme ?

Cependant, le paysage qui se dévoilait à chaque fenêtre du pavillon inspirait une juste retenue. Ces tombes soumettaient le regard à une perspective ferme et définitive. Les rires étaient comme des bourgeons vite éclos, les sourires imprégnés de sentiments confus, et les blagues libératrices.

— La fête de la Toussaint, ici, ça doit être la folie comme le premier jour des soldes aux Galeries Lafayette.

— Ni repris ni échangé, cheffe !

— Et ça, je le mets où ?

— Dans le salon.

— Au fond, Christian, t'es un mec plutôt arrangeant, dans la vie.

— Ah oui ?

— Bah ! Ton truc, c'est de faire des concessions, non ?

— Très drôle, Jamel. Passe-moi le guide de montage de l'étagère.

Mais quelle énergie déployée autour d'eux ! Et ce bleu puissant, limpide vers lequel se dressait la maison comme une voile blanche, tendue et fière, quelle ivresse tombée du ciel !

— Maman, la grosse pomme rouge en plastique dans la cuisine, je peux la prendre pour jouer ?

— C'est un seau à glace, Anna.

— Je sais : c'est pour faire un jacuzzi à la Reine des neiges.

Le bruit des pas précipités d'une fillette dans l'escalier.

Un instant que Madeline n'effacerait jamais.

Le point de départ de sa nouvelle vie.

Anna aurait aimé avoir les beaux yeux clairs de sa maman. Pas deux billes d'ébène comme son père. Si elle avait hérité d'elle cette peau d'ambre et d'incroyables boucles plus légères que des plumes, papa s'était arrangé pour saupoudrer ses pommettes de sucre roux et enflammer sa chevelure d'un fauve puissant. Mais tout le monde la trouvait très mignonne, à part une copine méchante qui la traitait de guenon et qui aurait mérité qu'on lui retourne le compliment. Anna s'en fichait. Elle y pensait juste un peu le soir lorsqu'elle se couchait, serrant contre elle sa peluche Simba.

— Roaaar…

Papa rugissait comme un lion et sa barbe était douce quand il lui donnait un baiser dans son lit.

— Dors bien, ma petite Nala.

Sa fille s'entraînait aussi à rugir et progressait plutôt bien.

— Roah ! Roah !

Anna était née princesse de la savane et portait le prénom d'une héroïne de Walt Disney. Pourquoi habitait-elle dans un cimetière ? Une lubie de ses parents, laquelle néanmoins présentait un avantage : l'attribution d'une chambre dont les deux tiers de la surface n'étaient pas occupés par une penderie, où à tout instant quelqu'un dérangeait ses jeux en venant chercher un vêtement qui ne s'y trouvait même pas.

— D'accord, je veux bien vivre ici, avait-elle déclaré lorsque son père et sa mère lui avaient montré son futur royaume de neuf mètres carrés. Est-ce qu'on peut avoir un chien, maintenant ?

Ils avaient dit non pour le chien, mais l'avaient autorisée à garder le vieil ours en peluche trouvé dans leur chambre – après lavage en machine.

— Si ça avait été le mien, j'aurais pas aimé qu'on le jette.

Son nouvel espace ne se limitait plus à un couloir : il était infini. Il englobait le visible et l'invisible, le vivant et ce qui ne l'est plus. Anna commandait à toute une ville souterraine, pareille à celle d'Halloween dans *L'Étrange Noël de monsieur Jack* ; ses parents avaient tenu à lui montrer ce film avant de lui faire visiter la maison.

— Si elle ne part pas en hurlant après le générique, avait marmonné sa mère, alors il y a une chance que ça passe.

Dans la séquence où un petit garçon ouvre son cadeau de Noël et retire de l'emballage une affreuse tête coupée, Anna avait éclaté de rire. En comparaison de cet univers merveilleusement morbide, le cimetière où elle avait emménagé était agréable et calme. Et puis son papa lui plaisait dans son nouveau costume – chemise bleu ciel, cravate et pantalon noir. Elle devait juste être attentive à bien respecter les règles. Elle avait le droit de parler aux gens qui dormaient sous terre, mais pas de le faire devant les personnes qui fréquentaient le cimetière. Elle pouvait caresser le chat qui chassait des musaraignes entre les sépultures (si jamais elle parvenait à l'approcher sans qu'il la griffe), mais devait aussitôt se laver les mains avec du savon – et en aucun cas lui faire de bisou. Elle pouvait promener sa poussette Reine des neiges dans les allées en dehors des visites, mais interdit de rouler à vélo, de faire la course à trottinette avec des copines, de lancer des pierres ou de dire des gros mots.

La nuit, parfois, Anna se levait pour contempler à la fenêtre de sa chambre cette brume étrange qui montait comme une vague à l'assaut des tombeaux. Elle imaginait alors toutes sortes de petits êtres qui grouillaient dessous : fées-scolopendres, elfes-araignées, licornes-chauves-souris… Un autre monde se déployait là pour elle. Une armée fascinante et dégoûtante. Ce n'était pas une brume ordinaire, mais un nuage vaporeux dont elle enveloppait ses songes. Puis elle se retirait sans que l'on sache d'où elle venait ni où elle allait. De quoi épaissir le mystère et précipiter la fillette pieds nus dans la chambre des parents pour réclamer un verre de lait.

— Elle est où, maman ?

— À son travail.

— Elle va encore sauver des gens ?

— Oui.

— Alors je peux rester un peu ?

— Le temps que je te rapporte ton verre de lait et que je finisse de lire mon article, d'accord ?

— Hakuna Matata !

Et Christian, trente minutes plus tard, vaincu par le sommeil, de s'endormir avec ses lunettes, *Télérama* sur le ventre, une princesse de la savane et un ours en peluche élimé vêtu d'une ridicule robe de poupée occupant l'autre moitié du lit.

3 heures du matin. Paris dans la fournaise. Une température caniculaire à vous clouer au sol. Les fenêtres happaient une brise misérable et chaude. Vingt et une heures sans dormir. Sur le pont depuis 7 h 45. Après les deux séances de sport quotidiennes (montée à la corde, mannequin de soixante-quinze kilos à tirer, disques de dix kilos à soulever…), le rituel de la planche[1], une heure de manœuvres consacrées au maniement de la lance en bord de Seine (durant lesquelles sa brigade avait généreusement arrosé les passants) et dix-neuf sorties en mission (de l'aide aux personnes victimes de malaises ou d'hyperthermie, principalement), Madeline courait dans les couloirs de la caserne pour rejoindre le véhicule de premiers secours. Julie Pinsault et Bertrand Barbier arrivèrent à leur tour, jouant des coudes, avec cet excès d'allégresse qu'engendrait la fatigue. Tous deux se renseignèrent sur la nature de l'intervention.

— Une femme enceinte sur le point d'accoucher.

---

1. En tenue de feu, les sapeurs-pompiers doivent rester suspendus plusieurs secondes à une planche fixée à 2,40 mètres du sol, puis se hisser dessus à la force des bras. Pour les femmes, le test est différent : il faut maintenir une traction de 30 secondes, le menton au-dessus de la planche.

— Primipare ?

— Non. C'est son deuxième.

À bord, les femmes étaient majoritaires. Situation assez rare pour être soulignée. Six minutes de trajet avec sirène et gyrophares. Le reste du chemin à pied, matériel sur le dos, en formation triangulaire, Madeline devant, sous l'éclairage post-apocalyptique des lampadaires du quartier sensible de la Passerelle, un ensemble d'HLM festonnées de bosquets cache-misère au centre duquel une baleine bleue crachait l'eau d'une fontaine. En approchant de l'entrée du bâtiment dont la porte vitrée brisée tenait par miracle, Madeline se crispa : elle était déjà venue ici avec le sergent-chef Delavoux porter secours à une victime, suite à un appel. Son conjoint les avait accueillis avec une barre de fer. À l'issue d'une course-poursuite dans l'escalier depuis le cinquième étage, l'individu s'était déchaîné contre la porte et les boîtes aux lettres.

— LE PREMIER QUI SE POINTE CHEZ MOI, J'LUI ÉCLATE LA TRONCHE !

La brigade avait dû patienter une dizaine de minutes dehors, attendant que la police se décide à leur prêter main-forte. Le sergent-chef s'en était tiré avec trois points de suture à la pommette gauche. Madeline n'avait pas oublié l'image de cette cuisine dont les murs étaient éclaboussés de pâtes à la tomate, ni celle de la victime en état de choc, le nez fracassé, souffrant de contusions multiples, blottie contre le réfrigérateur, serrant contre elle son smartphone tel un crucifix. Son conjoint lui avait lancé le plat à la figure avant de se défouler sur elle. Tout était parti d'une tache de sauce sur son maillot de foot. Depuis ce jour, Madeline laissait à Christian la préparation des spaghettis bolognaise.

Elle chercha le numéro de l'appartement communiqué par le central téléphonique et sonna.

— C'est les pompiers, monsieur !

Grésillements de l'interphone. Troisième étage, porte gauche. Ils prirent l'escalier. Sur le palier, en short et débardeur, le futur père fumait nerveusement. Il s'effaça pour les laisser entrer. L'équipe de secours s'engouffra dans un couloir encombré de paires de chaussures qui distribuait les pièces du logement. Assise dans le canapé-lit du salon, vêtue d'un tee-shirt et d'un pantalon de pyjama, une jeune femme couvrait son visage de ses mains, en proie aux douleurs d'une contraction. À ses pieds se trouvait le sac préparé en vue d'un départ hâtif pour la maternité. En dépit d'un ventilateur oscillant et de la fenêtre ouverte, l'atmosphère était suffocante. À l'odeur de tabac s'ajoutait le parfum pugnace d'un adoucissant. Madeline vint se placer près de la jeune femme.

— Allez, respirez profondément… Monsieur, vous voulez bien éteindre votre cigarette ? Si vous pouviez m'apporter un grand verre d'eau et une serviette mouillée, ce serait gentil.

Occuper le mari. Demander à Pinsault de prendre connaissance du dossier médical de grossesse.

— On est à sept jours du terme, cheffe.

Madeline hocha la tête. La canicule augmentait le risque d'accouchement prématuré et de mort *in utero*. Contrôler la saturation, charger Barbier de chronométrer l'espacement entre les contractions.

— C'est un garçon ou une fille ?

— Un garçon.

Madeline humecta le cou de la jeune femme à l'aide de la serviette.

— Vous avez choisi quoi, comme prénom ?

Apaiser la maman, la détourner de son angoisse, gagner du temps. La fréquence des contractions augmentait.

— Il est arrivé vite, votre premier enfant ?

— En une heure.

Le bébé à venir s'apprêtait à battre ce record. Madeline masqua son appréhension d'un sourire. Pour franchir le portillon, Michael, Eliot et Anna avaient pris leur temps. Plus de cinq heures de travail. Elle savait quelle part inconsciente d'elle-même opérait le blocus, repoussait le moment fatal où elle devrait accepter de ne plus rien maîtriser de leur vie. Cette maman-là n'appuyait pas sur de tels freins. Elle délivrait *illico*. Sans perdre une minute, Madeline contacta la coordination médicale.

— Oui… Les contractions ont commencé… Une heure quinze… OK, on y va.

Un instant plus tard, le véhicule filait en direction de l'hôpital. Mais il n'avait pas fait cinq cents mètres que Pinsault frappa contre la vitre qui la séparait de la cabine.

— Cheffe ! Elle perd les eaux, là… Et elle a envie de pousser !

Madeline gara le camion le long du trottoir et rappela la coordination.

— Vous m'envoyez un moyen ? Je suis rue Montgallet.

Elle passa à l'arrière. Allongée sur le brancard, la patiente gémissait. Le mari était à deux doigts de paniquer. Barbier montrait quelques signes d'appréhension en tendant à Madeline la trousse contenant le kit pour accouchement d'urgence.

— Un médecin arrive, madame. Tout va bien se passer… Barbier, vous allez vous placer de l'autre côté, vous lui tenez la tête et vous ventilez. Pinsault, on la couvre.

— Oui, cheffe.

— Monsieur, je vais vous demander de sortir.

— Vous ne pouvez pas lui faire une piqûre pour qu'elle ait moins mal ?

— On n'a pas le temps, monsieur.

Madeline ouvrit les portes du véhicule. Quelques jeunes se trouvaient à proximité, prêts à dégainer leurs portables et filmer l'intervention.

— … Si vous voulez fumer, c'est le moment.

Pinsault attendit que le mari quitte le véhicule pour retirer la culotte de la patiente dont on souleva les jambes afin de les maintenir écartées. Pour ne pas prendre de risque, Madeline réclama une ambulance de réanimation ainsi qu'une présence policière. Mais le bébé serait plus rapide à venir que le médecin.

— Ça fait trop mal ! Ça fait trop mal !

— Respirez bien. Respirez bien l'oxygène.

En treize ans de carrière, elle avait fait face à trois accouchements : deux à domicile, un dans le métro. Celui-ci serait son premier dans un VSAV[1]. Elle enfila des gants chirurgicaux. Ses doigts moites glissaient avec difficulté dans le latex. Ses équipiers firent de même.

— Je peux plus le retenir ! Il va sortir !

— On se calme, madame, on se calme… Barbier, contrôlez sa respiration.

— Soufflez, madame. Essayez de bien souffler.

Madeline vérifia la dilatation du col. Celle-ci était complète et le bébé engagé. Son rôle se bornerait donc à accompagner la naissance ; physiologiquement, toutes les femmes étaient conçues pour donner la vie sans assistance. Malgré la sueur qui collait ses vêtements, malgré l'exiguïté de l'habitacle et les complications possibles, elle se savait prête à guider la maman et son équipe par la voix, à laisser l'enfant venir à elle dans ce tour de force miraculeux.

— Je peux pousser ?

1. Véhicule de secours et d'assistance aux victimes.

— Allez-y.

— Oh ! Ça fait trop mal !

Tendue à l'extrême par la douleur, la jeune femme levait un bras – celui que ne retenait pas le brassard relié au tensiomètre –, doigts écartés, cherchant quelque chose à quoi s'accrocher. Barbier lui saisit le poignet et le plaqua contre sa poitrine, serrant sa paume dans la sienne. Madeline l'approuva d'un battement de paupières.

— Voilà. Respirez. Très bien… Allez, on y va ! Poussez !

La patiente cria. Le crâne du bébé apparut, pastille colorée et visqueuse, couverte de cheveux noirs.

— Poussez ! Poussez, madame !

Un autre cri. Déchirant, guttural. Madeline apercevait la tête qui sortait peu à peu dans cette fascinante trajectoire finale.

— Il arrive. Allez !

— On souffle bien.

— On pousse ! On pousse, madame !

Encore un cri, long et puissant, perceptible depuis l'extérieur du véhicule par l'attroupement et l'époux, lui aussi au supplice. Mais Madeline ne regardait plus que ce petit corps chaud à la peau frippée et couverte d'une substance blanchâtre qu'elle tenait entre ses mains, recroquevillé, silencieux.

— … Il pleure pas ?

— … Si, si ! Écoutez-le !

Les pleurs de la vie, cette fontaine de Jouvence. L'émotion qui gagne chaque être présent. Des paroles à peine prononcées, aussitôt remplies de larmes de joie.

— Mon bébé… Mon… bébé !

— Pinsault, on retire la couverture de survie.

Madeline posa l'enfant sur le ventre de sa mère à laquelle le cordon le reliait encore.

— C'est maman… Maël, c'est maman…

— Allez. Compresses. On va le nettoyer un peu.

La vie, flottant comme un nuage au-dessus des tourments.

Maël, baptisé par cette voix familière, pleurant faiblement, épuisé, mais bien vivant.

Madeline et son équipe entouraient le nouveau-né, les yeux pétillants d'un bonheur auquel le père s'associait enfin, déposant un baiser parfumé de tabac sur le front de sa femme, trop bouleversé pour parler.

Dehors, les applaudissements crépitaient, et quelques sifflements fusèrent alors que des gyrophares bleuissaient la nuit.

— La pince clamp.

Séparation.

La maman et son petit garçon, en pleine santé.

La récompense.

Un moment rare dont Madeline aurait hâte de partager l'émotion avec sa famille dès la fin de sa garde, comme si, par le récit, elle inscrivait avec force ces instants précieux qui écartaient les brumes de l'existence.

— Je le retiens, avec ses plans foireux !

Michael avait l'art de la concision. Leur emménagement dans un cimetière avait atteint un sommet de *glauquitude*. La décision la plus déprimante de l'année ne pouvait avoir germé que dans l'esprit de son beau-père.

Plus le temps passait, plus Christian était à côté de la plaque. Pourtant, sa mère ne trouvait rien à redire – ou bien elle n'y prêtait pas attention, accaparée par son job. Pour Michael, il était clair que cette famille courait au désastre. Cette baraque puait la mort aussi certainement que sa belle-mère était une chieuse.

— Michael, sois plus respectueux avec Christian, s'il te plaît.

— Non, mais c'est vrai, quoi ! T'as vu le panorama qu'on doit se farcir ?

— Grâce à lui, tu as une chambre pour toi tout seul, non ?

— Peut-être, mais j'ai plus la fibre.

— Qui reprend de ma quiche ?

Comment ses parents avaient-ils réussi à foirer autant leur vie ? Pourquoi sa mère n'avait-elle pas attendu qu'il soit majeur pour s'enticher d'un jardinier ? Christian devenait vite relou quand il se prenait pour son père. Depuis que Michael avait passé sa treizième année et gagné la taille de sa mère, il lui répétait à longueur de journée : « Tu écoutes ce qu'on te dit ? » Michael devait se tenir droit, lâcher son smartphone quand on était à table, mettre son linge sale dans le panier, rincer la baignoire, faire son lit (ce qui franchement était idiot puisqu'il se recouchait dedans le soir), et ça lui tapait sur le système. Le pire, c'est quand son beau-père décidait d'un truc tout seul qui mettait gravement la famille dans la mouise. Exemple : programmer des vacances à la dernière minute en février sur la Costa del Sol (parce qu'ils avaient tous mauvaise mine) sans vérifier si les activités mentionnées sur le site étaient proposées à cette période de l'année. Huit jours en pension complète chez papi-land à bouffer de la rémoulade au buffet. Une piscine en travaux, connexion Internet en supplément avec débit préhistorique, pas de miniclub, centre nautique fermé, plage de sable mouillé et un seul truc à visiter dans le coin : le Sea Life de Benalmádena (sa petite sœur avait failli basculer dans le bassin des raies mantas à force de se pencher pour les caresser).

— Moi, papa, je sais ce que ça veut dire « quiche » en alsacien.

— Ah oui ? Tu as lu ça dans ton magazine, ma chérie ?

— Ça veut pas dire « conne » ?

— Eliot !

Quand il avait quatre ans, Michael trouvait ça sympa, qu'un type gratte à la porte de maman. Elle galérait trop avec ses baby-sitters chelou qui vidaient le frigo et lui coûtaient une blinde. Et Christian était plutôt cool. Il lui avait offert une mallette remplie de crayons de couleur, de la peinture à doigts et des graines à faire pousser dans du coton. Le samedi, si sa mère était d'astreinte ou avait besoin de récupérer de ses vingt-quatre heures de garde, il prenait deux billets pour le Grand Rex, l'emmenait à l'aquarium de la Porte Dorée, au musée du Louvre, au zoo de Vincennes ou à la Foire du Trône. Christian se cognait la tête dans un labyrinthe de miroirs pour rigoler et trichait à la pêche aux canards en ajoutant à la main des canetons roses dans le panier. À l'époque, son paternel vivait assez mal leur divorce et se comportait comme un gros naze – ce qu'il s'évertuait encore à faire quand l'envie lui prenait, histoire de bien pourrir la vie de son ex, bombarder son acrimonie. Si au début de leur séparation il n'adressait pas encore de ces mails désolants à Madeline concernant le montant de la pension alimentaire (toujours trop élevée) ou les résultats scolaires de son fils (jamais satisfaisants), il ne se privait pas de lui téléphoner pour lui hurler dans les oreilles : si elle ne venait pas tout de suite chercher Michael dont il ne supportait plus les cris, il allait faire une connerie… Michael savait que la connerie, son père l'avait déjà faite – c'était lui. Le plus emmerdant avec les pères, c'est qu'ils sont capables de reproduire les mêmes erreurs avec aplomb et de faire des mômes sans savoir les aimer. Michael était le fils d'un deuxième mariage. Son paternel était fâché à mort avec sa première ex-femme et leurs deux gamins. Quelqu'un aura oublié de lui donner le mode d'emploi.

— Ça veut dire « gâteau » en alsacien.

— Tu sais ce que c'est, l'alsacien, ma chérie ?

— Oui, maman me l'a dit, mais je me souviens plus.

C'est pour ça que Michael restait avec sa mère. Même si ça le gonflait de partager la personne qu'il aimait le plus au monde avec un frangin pétomane et une miss Je-sais-tout.

— Michael, tu es avec nous ?

— Ça va, mon grand ?

Dans cette histoire, il n'avait pas eu son mot à dire. Ses parents l'avaient placé là, sur une faille, entre deux familles recomposées. Parce que son père avait remis le couvert une troisième fois avec la reine des pouffes. D'un côté, un foyer bohème borderline et, de l'autre, une belle-mère prise de tête à Saint-Cloud, auprès de laquelle il se devait de passer un week-end sur deux jusqu'à ses dix-huit ans. Une sentence décidée par un juge qui le pompait sévère.

— … Il aime pas la quiche de papa.

— Occupe-toi de tes fesses, Anna.

— Michael, ne parle pas comme ça à ta sœur. Si tu n'aimes pas, donne ta part à Eliot.

— Il en a déjà mangé deux, le morfal.

— Eliot ? Tu as encore faim ?

Alors, ce cimetière à sa porte, c'était dans l'ordre des choses.

Presque une péripétie.

Oui. Il aurait bien réclamé un autre endroit où imaginer sa life en haut débit.

Serrant le pommeau d'une canne de sa main rugueuse, un octogénaire se présenta à la conservation, accompagné de son épouse. Grand et robuste, il dépassait de deux têtes sa compagne, laquelle s'agrippait à lui d'une démarche fragile. Chacun d'eux avait porté une attention particulière à sa tenue dont se dégageait un parfum de lavande. Le couple venait renouveler le bail d'une concession parvenu à expiration. Prévoyants, ils ne s'étaient pas attendus à vivre si longtemps.

— On dirait bien qu'on ne veut pas encore de nous là-haut, plaisanta le vieil homme.

Sa femme souriait de toutes ses dents de céramique. Sa peau, fine et veinée comme un pétale d'orchidée, ne couvrait guère plus que des os, mais les traits du visage n'avaient rien perdu de leur beauté. Christian fit asseoir ses visiteurs dans l'axe du ventilateur posé sur le bureau, entra leur nom de famille dans le logiciel de gestion des concessions et indiqua les tarifs correspondants aux options proposées. De dix à cinquante ans, le coût de la location quintuplait. Il y eut entre les deux aspirants à reposer en paix un léger malaise. Il était évident que le couple ne roulait pas sur l'or.

— C'est que nous n'avons pas eu d'enfant. Cette concession, c'est juste pour nous.

— J'entends bien.

Christian se retint d'ajouter « Prenez votre temps », expression désormais bannie de son vocabulaire. Un silence s'ensuivit. Comptaient-ils finir centenaires ? Allaient-ils parier sur la vie ou sur la mort ? Au regard que les époux échangèrent, il comprit que ce couple n'appréhendait plus guère qu'une chose : seule la perspective que l'un parte avant l'autre pesait sur leurs cœurs. Tels deux écoliers dociles, ils penchèrent la tête sur le formulaire choisi, réglèrent la somme convenue par chèque puis saluèrent le conservateur du cimetière, un poignant reflet dans l'œil. Ces petits vieux savaient qu'ils ne reviendraient pas ici ensemble. Se poserait alors pour celui qui resterait la redoutable question de la nécessité de survivre.

Christian fit disparaître le document dans l'un des dossiers suspendus du meuble à rideaux qui se trouvait derrière lui. Ces deux-là s'étaient offert le luxe d'un défi : celui de croire qu'ils pouvaient encore partager trente années de bonheur. Il s'étira sur son siège, troublé par cette visite et ce qu'elle disait du pouvoir des sentiments. L'humain était aussi bien capable d'investir, même au-delà de la mort physique, l'être aimé d'un lien impérissable que de le détruire… Une mésange s'invita sur le rebord de la fenêtre, promenant son duvet jaune contre la vitre par petits sauts irréguliers. Christian saisit machinalement son bloc-notes à spirale et, de quelques traits de crayon, captura la tache blanche des joues, la ligne noire fendant le ventre et le gris insolent des ailes avant que l'oiseau ne s'envole.

Saisir le vivant.

Pour que la joie secrète d'avoir été touché par ce couple de vieux amants ne se change en mélancolie.

Depuis sa prise de fonction, il remplissait ce bloc-notes de dessins, laissant sa main aller et venir sur la feuille suivant son humeur – le temps était long, parfois, entre deux visiteurs. Tracer des traits noirs chevauchant le bord de la feuille ou griffonner des lignes de mots indéchiffrables lui permettait de se vider la tête ; une habitude qui remontait à l'enfance. Il n'avait pas imaginé que son métier puisse être aussi bouleversant ni creuser en lui ce puits d'émotions. Laurent Bonfils et José Dos Santos, un fossoyeur proche de la retraite, l'avaient pourtant prévenu. Il y aurait des moments difficiles ; des instants pour engloutir le moindre sourire. Il fallait s'armer d'une bonne dose d'humour et prendre ses distances avec la mort. Un peu comme si son boulot consistait à garder des cadavres dans un champ de mines où les futures victimes viendraient se promener avec insouciance.

— Si tu réfléchis bien, on est tous des morts-vivants, aimait à lui répéter José.

Dès 8 heures ce matin, le fossoyeur était venu avec un collègue vider une concession échue. Un monument à détruire, six occupants à retirer du caveau. En tant que représentant assermenté, Christian était chargé de surveiller l'opération. Il leur avait donné un coup de main pour remonter les cercueils à la surface ; le bois pourrissant, tous menaçaient de s'effondrer comme des soufflés sortis du four. Plus la pioche creusait, plus nombreuses étaient les racines qui transperçaient les murs en meulière délimitant la sépulture. Du quatrième cercueil enfoui dans la glaise se dégageait une odeur pestilentielle qui lui avait tordu les boyaux : le cadavre avait séjourné dans une poche d'eau. Les autres squelettes n'étaient pas plus beaux à voir : des ligaments racornis se mêlaient à des fragments de tissu, les cheveux partaient en panaches desséchés des boîtes crâniennes et les mâchoires béantes figeaient des sourires grotesques. Christian constata que José retournait systématiquement les couvercles des cercueils avant de les remonter du caveau.

— Pourquoi tu fais ça ?

— Bah, je suis tombé deux fois sur des traces de griffures… Comme si quelqu'un s'était acharné sur les parois. J'ose pas imaginer ce que ça doit être pour celui qui se réveille là-dedans !

Le fossoyeur avait ajouté que, parfois, il tombait sur des personnes sans tête.

— Le pire, c'est les macchabées qui sortent de l'hosto dans des sacs mortuaires et qu'on enterre direct. Quand on exhume, si le plastique n'est pas crevé, tu retrouves tout dedans : les viscères, le sang… une vraie bouillie. Là, c'est toi qui meurs !

José avait essuyé son front du dos de la main avant de prendre sa fourche.

— … C'est pas pour rien qu'on nous teste aussi sur le mental.

Les tests psychologiques. Christian s'en était plutôt bien tiré, évitant d'aborder sa principale phobie – et son origine. Mais il savait qu'il aurait rarement l'occasion de voir du sang couler ici. De la boue jusqu'aux mollets, les fossoyeurs avaient poursuivi leur labeur, creusant la glaise collante avec une surprenante vigueur pour leurs carrures de petits hommes secs.

— … Y a trop de gars qui ont craqué. Faut dire qu'il y a de quoi perdre les pédales quand tu fais l'exhum' d'un gosse qui a l'âge du tien… Ah ! Je crois qu'on a un problème : tu vois le tapis de racines, là ? Le dernier corps est juste en dessous. Passe-moi le piémontoir, faut que je coupe les plus grosses.

Christian était rentré se changer et se doucher avant de reprendre son service à 14 heures. Mais l'image de ces fragments de corps humains entre les gants terreux des fossoyeurs, placés tous ensemble dans la volige[1], ne s'effacerait pas au savon. Elle incarnait la désespérance d'une attente sans but. Le contenu de cette boîte de cent centimètres par trente était le comble de l'oubli ; l'anéantissement ultime de toute une famille. Cette dernière demeure sous terre ne garantissait pas de repos éternel. Loin de là.

— Coucou papa !

Anna déboula dans son bureau en bermuda mauve et tee-shirt imprimé d'une licorne multicolore. Des torsades de cheveux jaillissaient des deux couettes vissées sur le haut de sa tête comme des robinets.

— C'était trop bien ! On a fait des jeux d'eau et de la pâte à sel !

Premier jour de centre aéré. Les vraies vacances ne commenceraient pour les enfants que dans un petit mois, lorsqu'ils partiraient comme chaque été en Bretagne chez leur grand-père. Christian s'étonna de ne pas voir Madeline entrer à son tour.

— Maman n'est pas avec toi ?

— Elle est allée faire des courses.

— Et Eliot ?

— Il est chez son copain Hugo.

La fillette vint poser ses lèvres contre la joue de son père ; un parfum de barquettes de LU à la fraise flottait dans l'air. Anna, éblouissante de joie et d'insouciance.

— Alors, tu as vu des squelettes, aujourd'hui ?

Cette partie de son travail semblait fasciner sa fille. Il la prit sur ses genoux.

— Oui. J'en ai vu six.

1. Boîte à ossements exhumés destinés à être réinhumés ou à être transportés dans un ossuaire en vue d'une crémation.

— Comment ils étaient ?

— Très vieux.

— À quoi ça ressemble, des vieux squelettes ?

Christian inspira profondément.

— Aux racines d'un arbre mort.

— Tu veux dire qu'ils sont tout tordus ?

— Plus ou moins.

Anna fronça les sourcils.

— C'est peut-être qu'on les met dans des cercueils trop petits ?

— Peut-être.

— Moi, déclara-t-elle d'un ton badin, mon cercueil, il sera grand comme un lit. Avec de la fourrure partout !

Son père sourit malgré lui à cette image, avant qu'une autre ne s'y substitue, bien différente.

— Wouah, il est trop beau, ton dessin, papa ! Tu me le donnes ?

Christian détacha la feuille du bloc-notes et la lui tendit, légèrement crispé. Anna rayonnait.

— Merci ! Je vais le colorier et l'offrir à papi quand je le verrai.

— … Il faut que tu me laisses travailler, maintenant, Anna.

— Tu m'apprendras à dessiner des oiseaux comme toi ?

Il acquiesça d'un signe de la tête.

— Tout à l'heure, si tu veux.

— Promis ?

— Promis. Allez ! Ouste !

Une main sur la nuque, il la regarda s'éloigner en sautillant de son pas chassé. Puis il se remit au boulot, repoussant non sans mal de son esprit cette vision échappée de son cerveau : sa fille enfermée dans une boîte, tambourinant et griffant le couvercle de ses ongles jusqu'au sang.

Les premières années, Eliot était super-content de fêter son anniversaire chez McDo. Mais on se lasse de tout, même des Happy Meal. Alors, quand on lui avait montré sa future chambre tout au fond du couloir, et les tombes juste sous la fenêtre, il avait ravalé sa salive, secoué la tête, écarquillé les yeux et bredouillé « Oui ça me plaît, non j'aurai pas peur ». Un chez-soi assez grand pour accueillir enfin plus d'un copain à la fois et faire la fête. Giga géant.

La journée, pas de souci. C'était tenable, même sous la pluie. De son environnement, Eliot ne percevait que la surface des choses. Le columbarium ? Un mur végétalisé agrémenté de petites cases auxquelles s'accrochaient des bouquets de fleurs séchées. Les tombes ? Des blocs de pierre chaude sous le soleil. Les photos sur les ornements et les noms gravés dans le marbre ? Juste là pour qu'on les regarde et qu'on se souvienne de ces personnes. Mais quand arrivait l'heure de la fermeture, lorsque les nuages noircissaient le crépuscule de leur effroyable vide, lentement, les stèles libéraient d'abominables fantômes, et du caveau provisoire[1]

---

1. Le caveau provisoire est destiné à recevoir les cercueils en attente d'être inhumés et les voliges contenant des ossements exhumés avant qu'ils ne soient adressés à un ossuaire.

aux lourdes portes cadenassées s'échappaient des spectres qui venaient souffler dans sa figure un relent de pourriture. Levant le nez de sa Nintendo Switch, encore absorbé par son jeu, Eliot réalisait soudain qu'il était le seul être vivant à se tenir là, sur le banc, devant le bureau vide de son papa. En trois enjambées, il se précipitait dans la maison, oubliant d'essuyer ses pieds sur le paillasson, saisi d'effroi face aux vêtements suspendus dans l'entrée tel un chat surpris par son propre reflet.

La première nuit, il avait pris sur lui. Eliot avait dit « Bonsoir tout le monde », Michael s'était fendu d'un « Bonne nuit, le pétochard », sa petite sœur avait gloussé « Bonne nuit, Pumbaa », et il était monté seul rejoindre sa chambre, goûtant le plaisir du courage. Le craquement cafardeux des marches de l'escalier, le néon de la salle de bains grésillant comme s'il contenait une armée d'insectes, l'eau chaude qui sifflait et cognait dans ses tuyaux quand Eliot ouvrait le robinet du lavabo pour remplir son gobelet, tout cela avait quelque peu refroidi ses ardeurs. Dans son antre aux murs nus, une pauvre lampe de chevet posée par terre jetait des ombres froides sur les piles de cartons. Eliot s'était déshabillé, couché, attendant la visite de ses parents pour le câlin du soir.

— On te laisse la lumière ?

— Maman, je vais avoir dix ans…

Madeline avait embrassé ses bonnes joues, caressé son front, et son père tiré les rideaux. Une fois la porte refermée, le jeune garçon s'était empressé de saisir sous son oreiller la lampe de poche à friction, d'en tourner la manivelle et de promener son faisceau partout dans la pièce, le cœur affolé, avant de lâcher un pet nerveux.

Il n'avait pas osé regarder sous son lit. Pour lui, la nuit durerait encore une éternité, et à la verticale de sa fenêtre le paysage resterait ce même cauchemar : le caveau provisoire et ses boîtes à os.

Dompter les ténèbres. Cette maison était peut-être un moyen d'y parvenir. De s'affranchir de sa réputation de trouillard. Fêter son anniversaire chez soi valait bien qu'il combatte cette phobie du noir qui lui donnait des flatulences et des fringales monstres. Au moins, avec une chambre au premier étage, il n'aurait jamais la force d'affronter le corridor qui menait jusqu'à la cuisine…

Mais l'enjeu, bientôt, n'en vaudrait plus la chandelle.

— Je t'ai dit non.

— Mais pourquoi, papa ?

— On ne fait pas n'importe quoi dans un cimetière. C'est un lieu de recueillement.

— On restera dans la maison et on mettra la musique pas fort !

— Désolé, mon p'tit bonhomme, mais c'est pas possible.

Grosse déception teintée de sidération. Eliot haussa les épaules tandis que son père rejoignait son bureau, poussant la porte communicante au bout du couloir.

— Bah alors ça sert à quoi, d'avoir une maison, si on peut inviter personne ? grommela-t-il.

Sa maman ébouriffa ses cheveux de petit rouquin.

— Allez, va ! On trouvera un autre endroit.

— Mais c'est dans quinze jours !

— Je crois que le musée de la Magie organise des anniversaires.

Eliot fronça le nez, n'osant y croire. Ce genre de plan trop cool existait à Paris ?

— On regarde ça après le centre aéré, d'accord ? Allez, termine ton chocolat. Tu vas être en retard.

Abracadabra.

— Pourquoi tu te prends la tête avec ton anniv' ? avait aussitôt ricané Michael, plantant une cuillère dans son porridge. De toute façon, tes potes sont tous barrés en vacances, poil de cul de baboune.

Son grand frère, ce gros nul, était capable d'avoir raison. Heureusement qu'ils ne partageaient plus la même chambre. Se faire traiter de pétochard ou de poil de cul de baboune, ça allait cinq minutes.

— Poil de cul toi-même, bolos !

C'est à cause de lui qu'Eliot s'infligeait la pire corvée qui soit au monde depuis l'invention du tri sélectif : sortir les poubelles le soir. Il fallait bien leur montrer à tous qu'il n'avait pas la frousse, qu'on pouvait lui confier une vraie responsabilité. Eliot avait relevé le défi que lui lançait Michael. Il connaissait sa mission par cœur :

La poubelle à couvercle vert se sort tous les soirs.

La poubelle à couvercle marron (déchets alimentaires) tous les soirs si nécessaire.

La poubelle à couvercle jaune (carton) deux fois par semaine.

La poubelle à couvercle blanc (verre) une fois par semaine.

L'autre poubelle, la benne du cimetière, était la plus lourde, souvent remplie à ras bord de mauvaises herbes, de pots cassés, de racines et de planches moisies. Son père s'en chargeait.

Supporter l'étreinte angoissante de ces minutes. Son épreuve quotidienne. Il y avait le grondement des roues sur le gravier crispant comme le tonnerre. Le feulement des gonds du portillon en bois. Des gens bizarres dans la rue, toujours surpris de voir un enfant émerger du cimetière… Et il y avait *les autres*. Quand il tirait les poubelles, Eliot percevait d'infimes mouvements derrière lui dans l'allée. Les dernières lueurs du jour pesaient sur lui comme un manteau de glace, à lui figer le cœur. Alors il serrait les fesses avec la crainte qu'un zombie ne surgisse pour le projeter contre le sol avant de lui aspirer les entrailles.

Dompter les ténèbres.

Tourner la clé dans la serrure.

L'enfant s'imposait une ultime épreuve : adossé au portillon du cimetière qu'il venait de verrouiller, il relevait la tête et défiait de ses yeux clairs ce bataillon de sépultures.

Dompter les ténèbres le plus longtemps possible.

Pour l'instant, il tenait dix secondes.

La paix du jour. Ce ciel bleu sur les tombes. Le parfum capiteux des roses. L'été changeait le cimetière en jardin minéral, développait des arômes de pierre brûlante. Les alysses ayant poussé en bordure des allées répandaient une odeur de miel et l'armoise camphrée se plaisait dans le gravier. De la fenêtre de la chambre, Madeline pouvait voir les promeneurs du bois de Vincennes remonter la rue de Charenton et passer une tête à l'entrée du cimetière, étonnés de découvrir de si jolies chapelles derrière le haut mur. Tôt le matin, dès l'ouverture, des familles roms installées depuis peu sur la coulée verte venaient à la fontaine remplir des bouteilles en plastique et des jerricanes : bien que l'usage de celle-ci soit réservé aux visiteurs du cimetière, Christian leur en autorisait l'accès, ce qui multipliait par dix la consommation habituelle. Un peu avant la fermeture accouraient les proches, soucieux d'arroser les pots de fleurs sur les tombes et de retarder ainsi l'inéluctable – le spectacle indécent d'une plante crevée, desséchée, qui alourdirait leur peine.

Le père de Michael s'était présenté devant le portillon un peu avant 10 heures. C'était la première fois qu'il venait ; son fils préférait se déplacer en train lorsqu'il passait le week-end chez lui. Alors qu'il contemplait la maison et son atypique jardin, un sifflement s'était échappé de ses lèvres. Puis il avait claqué deux bises à son ex-femme et pris Michael par le cou dans une accolade aussi maladroite que démonstrative. Sa tenue extravagante – chemise rayée moulante, pantalon rouge tomate et sneakers en daim vert –, sa voix éraillée par le tabac, son parfum dont il se vaporisait à outrance pour cacher celui de sa peau, ses lunettes de soleil Berluti hors de prix et les mots qu'il avait prononcés à peine sorti de sa voiture – « J'ai un mal de crâne terrible » – si peu de choses changeaient en cet homme au fil des années, sinon l'impression de plus en plus nette qu'il dégageait : celle d'un mal-être, d'une insatisfaction originelle. Éric Falk jouait toujours cette même partie contre lui-même, ignorant qu'il était possible d'en modifier les règles à condition de faire un travail sur soi.

— Une heure quinze pour venir de Saint-Cloud à cause d'un abruti en panne porte de Gentilly… J'ai cru devenir fou !

Son Audi cabriolet garé rue de Charenton, il pestait après la circulation et les bagages qu'il peinait à faire tenir dans le coffre. Prudent, Michael avait déjà pris place sur le siège passager et adressait à sa mère un petit signe de la main derrière la vitre, auquel Madeline répondit avec tendresse. Elle remarqua combien ses cheveux châtains s'assombrissaient, contrastant avec la peau claire de son visage. Un dos plus large, une mâchoire plus affirmée, la lèvre supérieure ourlée d'un duvet foncé, chaque année passée ajoutait à la beauté de son fils. Grondait en lui cet adulte à venir, fougueux de promesses.

L'angoisse de la séparation picotait le cœur de Madeline. Éric partait en Corse avec son fils sans sa nouvelle épouse. Une parenthèse de deux semaines dont elle attendait pour Michael le meilleur – des moments privilégiés avec son père, hors de toute tension familiale. Baignades et sports nautiques.

— Allez, on y va, lança Éric. J'espère que ces abrutis de Gilets jaunes ne vont pas nous bloquer au péage ou sur un rond-point.

Il jeta un regard au pavillon adossé au mur du cimetière, rajustant ses lunettes de soleil.

— Jamais on ne me ferait habiter un endroit pareil.

— Je n'ai pas l'intention de te le proposer.

— J'imagine le tableau en hiver ! Combien de temps mon fils va devoir se taper une vue aussi déprimante ?

Madeline croisa les bras.

— Le temps de mettre assez de côté pour devenir propriétaires.

Éric lorgna le débardeur blanc de son ex-femme, lequel mettait en valeur ses épaules et sa poitrine.

— J'espère que tu sais ce que tu fais, lâcha-t-il.

— Christian a saisi une opportunité.

— Gardien de cimetière ! Il doit bien s'éclater.

— Parce que c'est plus sexy, de vendre des assurances vie, peut-être ?

— Ça permet de s'acheter un duplex, accessoirement.

— Et des fringues de gigolo has been.

— Le seul gigolo que je connaisse se trouve de l'autre côté du mur : il vit aux dépens de mon ex-femme et du fric que je te file.

— Tu parles de la pension minable que tu verses pour ton fils ?

Machinalement, tous deux tournèrent la tête en direction de Michael, lequel toquait contre la vitre en les fixant d'un œil maussade, les écouteurs de son smartphone enfoncés dans les oreilles. Madeline s'empressa de lui sourire et son ex-mari de faire sauter les clés de contact dans sa paume.

— Vous ne tiendrez pas six mois dans cette baraque, grommela-t-il.

Madeline regarda la voiture s'éloigner avec le regret de ne jamais atteindre l'amitié sereine d'un couple échu. Déjà, elle redoutait que, de ce départ invariablement gâché, le voyage du père avec son fils ne prenne ombrage.

Elle retourna dans le cimetière en soupirant, actionna la fontaine à droite du portillon et passa de l'eau fraîche sur sa nuque.

Éric exprimait une vérité que la plupart de leurs amis, craignant de blesser ou de déplaire, se retenaient de leur dire. Elle rejoignait la question que le commandant Le Poissy lui avait posée lorsqu'il avait appris son déménagement : « Franchement, Mara, votre mari n'aurait pas pu choisir autre chose ? Gardien de square, par exemple, avec vue sur le bac à sable ? » La réponse de Madeline l'avait désarçonné : « Mon commandant, dans un square, un enfant entre quatre et neuf ans a 42 % de chances de se blesser sur un toboggan, une balançoire, un vélo ou en jouant à la balle. Dans un cimetière, c'est 0,1 % de chances de voir un gamin courir. » Elle n'entendait pas alors le convaincre, mais le rassurer sur le fait que son nouveau logement n'affecterait en rien ses compétences professionnelles.

Oui. Quand elle se mettait à la fenêtre de sa chambre et contemplait les sépultures, Madeline ressentait une pro fonde sérénité.

Plus de souffrance. Tout était fini.

Du moins l'espérait-elle.

Depuis l'échelle, par la verrière du local situé au-dessus de son bureau, Christian bénéficiait d'une vue plongeante sur sa femme et la calvitie du vendeur d'assurances vie. Plutôt que de serrer la pince à un ex-mari qui lui tapait sur les nerfs, il avait préféré enfiler casquette, gants et masque de protection pour mettre à profit son jour de repos et s'atteler aux travaux de son futur atelier. Cet espace s'offrait à présent à lui, soulagé de son encombrant passé, soit grosso modo dix mètres cubes de gros bordel transporté à la décharge.

Cette pièce jadis destinée à la conservation des archives, à la réparation d'ornements funéraires endommagés et à divers usages avait souffert bien des abandons, bien des orages. Les huisseries se désolidarisaient des murs, démasquaient les éclisses en bois sous le plâtre. La verrière zénithale ouvrait le plafond à la lumière du jour qui pénétrait sans encombre depuis que Christian avait démonté les stores qui partaient en lambeaux et lessivé sa surface en verre armé. Trop lourd pour être déplacé, un vieux poêle à bois encore fonctionnel sommeillait contre le mur du fond. Le plancher charbonneux constellé de taches, de trous et d'éraflures sentait l'urine de rat et l'eau croupie. Par endroits, les plinthes avaient été arrachées et l'enduit s'effritait. Mais d'ici la fin de la semaine, dût-il y passer ses nuits, il aurait décapé le sol, rebouché les trous, poncé les murs et les dormants.

Convaincre Madeline de ne pas utiliser cette pièce comme débarras mais de la transformer en atelier d'artiste ne s'était pas révélé trop ardu, même si l'idée l'avait plutôt surprise.

— Tu nous fais ton facteur Cheval ?

Sa femme n'avait jamais vraiment prêté attention aux dessins qu'il griffonnait sur un carnet ni aux photos de nature abstraites qu'il publiait sur son compte Instagram. Elle était plus sensible aux portraits qu'il faisait d'elle et des enfants sur les nappes en papier au restaurant lorsque les plats tardaient à venir. Systématiquement, elle les découpait avec délicatesse avant de les glisser dans son sac à main. Petit déjà, il dessinait comme l'on se gratte là où ça démange. Du balbutiement d'un coup de pinceau à la toile barbouillée de gouache, il peignait ce qu'il avait dans le cœur, plaquait sur le Canson ses paumes maquillées d'un rouge querelleur. À sa mère, il tendait des feuilles gondolées de peinture sur lesquelles l'artiste en herbe avait collé des bouts de ficelle, de fragiles capsules de tilleul, des morceaux d'écorce et quelques plumes ramassées dans le jardin ; des œuvres accueillies d'un commentaire admiratif qui finissaient discrètement à la poubelle.

Ses créations investissaient jusqu'à ses cahiers d'école, au grand dam de sa maîtresse. Au collège, des fresques gothiques grouillantes de personnages torturés et de macabres pendus envahissaient la marge des copies doubles – ça faisait passer le temps et marrer les copains. Et puis, une fille avait débarqué en classe de troisième au collège privé Saint-Magloire. Une beauté séraphique. Attirait à elle tous les regards. Même son frère Julien en était tombé amoureux… Un simple dessin, une feuille de papier réduite en cendres, avait alors précipité Christian au-devant d'une nuit impénétrable.

Son désir ardent pour elle et l'orgueil de l'artiste, brusquement anéantis.

Mis au bûcher.

Qui sait s'il n'avait pas été poussé à prendre ce job et à poser ses valises dans cette maison car là était sa place depuis lors : au domaine de l'oubli.

De son nouveau territoire, il commençait à s'accommoder. Il s'y était même fait un ami : le caïd des sépultures. Un chat blanc, sauvage et sans âge. Souvent, Christian croisait son œil humide lorsqu'il désherbait une tombe ou arpentait les allées au crépuscule. Le félin avait plusieurs fois franchi l'interdit de la maison où Madeline lui donnait la chasse, et flanqué à Eliot une frousse mémorable un soir qu'il sortait les poubelles : le fiston était rentré en trombe dans la cuisine, hurlant qu'il venait d'entendre un bébé pleurer dans le cimetière. Olaf était capable d'imiter la voix humaine pour obtenir sa pitance. Depuis peu, Anna l'avait baptisé d'un nom que seule une petite fille pouvait imaginer, celui d'un bonhomme de neige de chez Walt Disney. L'animal, qui avait son utilité puisqu'il traquait les rongeurs, bénéficiait d'une gamelle d'eau et d'un bol de croquettes près de la remise.

Christian contemplait maintenant Madeline, en train d'actionner la fontaine et d'humecter sa nuque. Cette femme dont il avait embrassé chaque centimètre de peau était porteuse d'espérance. Elle sauvait des bébés à naître, faisait repartir le cœur des gens et délivrait du feu des églises. Elle pouvait aussi redonner du sens à la vie d'un jardinier, le cas échéant. Il avait suffi qu'elle apparaisse sur un banc pour que le sang de Christian se remette à couler ; le symbole d'une renaissance… Et cela lui pesait. Fatalement, penser à Madeline le menait vers cette épineuse question : qu'avait-il fait pour elle en retour, sinon entraver sa carrière en lui faisant deux enfants, puis la cloîtrer au royaume des macchabées, faute de pognon et d'ambition ?

Mais les choses allaient changer. Dorénavant, il avait la possibilité de la surprendre, de révéler l'ampleur de ses capacités – ce qu'il s'était bien gardé de faire jusqu'à ce jour, lui dont les exploits ne dépassaient pas la greffe en couronne sur un arbre fruitier ou la préparation d'un tiramisu aux spéculoos. Il y avait bien eu quelques créations paysagères saluées par sa direction et ses collègues des parcs et jardins, de beaux gestes esquissés, un paquet de blocs-notes remplis de croquis oubliés dans des cartons, quantité d'essais de coulures d'encre sur toiles blanches, trop vite remisés à la cave. Jamais il ne s'était autorisé à libérer cette part intime qui l'obligerait précisément à s'exposer au regard des autres.

À présent, elle battait en lui comme le tic-tac d'une horloge.

La clarté qui pénétrait ce lieu serait son alliée.

Il rajusta le masque sur son visage.

Avec vigueur, reprit le brossage des profils.

Ensuite, il remastiquerait les joints.

— Merde !

La brosse cogna si fort le dormant qu'elle lui échappa. Elle rebondit contre le mur et tomba dans la chambre de combustion du poêle par l'ouverture laissée béante. Christian descendit de son perchoir en jurant, s'empara de son smartphone et activa la fonction lampe torche pour éclairer l'orifice : le poêle était plein de cendres. À peine eut-il plongé le bras à l'intérieur qu'il le retira en poussant un cri. Quelque chose avait touché le dos de sa main. Avec prudence, il se pencha au-dessus du trou. Un papillon de nuit s'en échappa aussitôt. Un magnifique sphinx noir et or dont les stridulations proches de celles du grillon traduisaient un stress au moins équivalent au sien. Christian soupira. Il entrebâilla le vasistas pour libérer le papillon, vérifia qu'il n'y avait pas d'autres lépidoptères sur les parois en fonte et commença à fouiller les cendres. Il sentit alors sous ses doigts un objet dur, comme un manche en bois. Des entrailles de l'appareil de chauffage, il retira un livre. Sale. Jauni. Sans aucune marque de combustion. Quelqu'un avait sans doute voulu le brûler et oublié de mettre le poêle en marche.

La couverture était en papier glacé, le titre énigmatique et l'auteure inconnue. *L'Ange à fourrure*, de Monique Watteau. Son portrait en noir et blanc, au dos, montrait une ravissante brune au nez mutin. « Ma mère tout craché », songea-t-il avec cette aigreur qui le gagnait dès qu'il pensait à elle. Christian jeta un œil à l'année de publication – 1958 –, feuilleta le bouquin et s'arrêta à une page où avait été glissée une photographie en forme de médaillon. Curieux de savoir ce qui dans cet ouvrage avait déplu au point de le promettre au feu, il en lut quelques lignes. Le caractère romanesque et nébuleux lui sauta aux yeux. Dans ce passage, la romancière évoquait un singe auquel l'héroïne était attachée par une chaîne, ainsi qu'un « Seigneur rouge » entouré d'anges parcourant une forêt vierge matricielle qui se confondait avec les jardins de la mort où la jeune femme s'apprêtait à se dissoudre, devenir « tige, feuille, fleur », nourrir « d'autres arbres, d'autres fleurs, d'autres bêtes », pour gagner l'éternité.

Du grand n'importe quoi.

Avant de refermer le livre, Christian retourna la photographie dont les bords avaient été grossièrement découpés :

couleur sépia, elle semblait plus ancienne que l'ouvrage, évocatrice des clichés de l'époque 1900. Y figurait une fillette. Vêtue d'une robe qui captait la lumière, elle respirait le parfum de fleurs disposées dans un vase devant elle. La présence d'une si charmante image dans un bouquin aussi destroy le troubla. Il balança l'ensemble sur la table à tapisser, contre sa boîte à outils, et reprit ses fouilles, replongeant la main au milieu des cendres.

Ses doigts rencontrèrent alors les poils métalliques de la brosse. Il se remit au travail, plissant les paupières sous la visière de sa casquette. Lentement, le soleil se détacha d'un nuage pour inonder la pièce, pailleter d'or et d'argent l'air saturé de poussière et de rouille qu'il décollait à la brosse. En haut de l'échelle, Christian suspendit son geste, captivé par un tout autre spectacle : dans cette clarté, le plancher souillé révélait sa splendeur. L'éclaboussement des couleurs, ces germinations belles et poétiques aux teintes vert d'eau, bleu pâle et blanc cassé, inquiétantes avec leurs lignes tourmentées, griffées en zigzags ou soulignées d'épais traits noirs… Se dégageaient de ce sol une énergie, de prodigieuses vibrations, une angoissante frénésie.

Il s'empresserait d'en recopier le schéma à la peinture antirouille sur le seul support à sa disposition – la page de garde du livre au papier jauni.

II

LE LIERRE

Il est un symbole d'éternité et d'attachement. À l'image de son feuillage persistant, il représente l'immortalité. Si le lierre pousse au pied de la croix, alors la vie reprend ses droits sur la mort. Parfois, il se faufile sur des rocailles ou forme une couronne pareille à celle d'épines d'acacia qui ceint la tête du Christ.

Ses parents se disputaient souvent. De l'amour qui fait mal, devant les enfants. Des coups, des claques. Des bouteilles qu'on fracasse contre les murs quand elles sont vides. À cinq ans, Olia Zejnilovic avait été confiée à sa grand-mère. La vieille femme habitait une ferme au bout d'une route près du village de Borovac, dans le canton de Tzula, en Bosnie. C'était une personne rude et tendre au visage incrusté de sillons. Les gamins qu'elle gardait – une douzaine – l'appelaient Bako[1]. Depuis la fin de la guerre et la fermeture de la mine, sa maison était l'endroit le plus peuplé du hameau. Les gens partaient chercher du travail à l'étranger ; on lui confiait les petits. Nadia, la cousine d'Olia d'un an son aînée, vivait ici depuis sa naissance. Dès la première nuit, elle lui avait fait une place dans son lit.

Dormir tête-bêche. Se murmurer des secrets. Trois jolies années passèrent pour les petites filles. Lorsqu'elles rentraient de l'école, Bako leur apprenait des choses utiles comme éplucher les légumes pour le ragoût ou la soupe, cuire les galettes de pain, faire la vaisselle et chanter « Crven fesić[2] » en frappant deux cuillères l'une contre

1. « Grand-mère » en bosniaque.

2. Chanson traditionnelle bosniaque.

l'autre. Une fois l'an, elle les conduisait au mémorial des martyrs et combattants tombés à Treštenica ; un lieu que les filles trouvaient charmant à l'orée du bois avec son petit bassin bleu piscine et ses faux cygnes. Vêtue de propre, la sainte Bible contre le cœur, Bako fleurissait le souvenir de son homme et de ses deux fils.

Le reste du temps, ce n'était que des jeux infinis dans les prés avec les autres enfants, des lapins qu'on caresse et qu'on embrasse avant de leur tordre le kiki, des chèvres à traire qu'on rentre le soir dans l'enclos avec un bâton, des légumes qu'on fait pousser sous la terre, des mûres à saisir au creux des ronces, des pommes cueillies avec des trous noirs dedans et des poules au cou pelé qui caquettent quand elles pondent. Certains jours, des gens venaient chez Bako déposer un gamin ou en prendre. La vieille femme regardait le petit s'en aller, essuyait une larme d'un coin de torchon puis retournait à sa lessive, une liasse de billets fourrés sous la jupe.

Souvent, Olia priait pour Dino, son petit frère qui était toujours chez ses parents. Souvent, elle demandait de ses nouvelles au téléphone. Sa mère lui parlait de cette drôle de maladie qui déformait les jambes du pauvre enfant, des soins coûteux qui obligeaient son père à travailler plus dur à la fabrique de pièces détachées. Dino ne guérissait pas vite. Fatalement, l'argent venant à manquer, la décision fut prise : un matin, deux hommes se présentèrent à la ferme de Bako pour prendre Olia et sa cousine. Bako fulminait. Comme toujours, on avait oublié de la prévenir. Elle se planta sur le seuil de la porte et cria : « *Moje unuke ! Ne uzimajte moje unuke !*[1] » Les poings sur les hanches, elle les empêcha d'entrer. Olia et Nadia filèrent par-derrière

---

1. « Mes petites-filles ! Ne prenez pas mes petites-filles ! »

et coururent à travers champs. Ils n'eurent qu'à les cueillir plus bas sur la route.

Poussées d'une paire de gifles dans un break qui sentait la sueur. Repliées l'une sur l'autre, sans manteau ni poupée, joue contre joue, elles grelottaient, avec la crainte d'être à nouveau frappées, ignorantes de leur sort. Une nuit et un jour de route, à peine nourries. Deux arrêts pipi. Un long chemin sous une pluie déchaînée, parfois quelques flocons de neige. À l'arrière du véhicule flottait l'odeur âcre des cigarettes que fumaient les hommes dont les voix bourdonnantes ne s'adressaient jamais à elles, mais à leurs téléphones portables. Olia se concentrait sur la forme apaisante d'un nuage ou sur celle d'une montagne ancrée au loin dans le paysage. Les souterrains éclairés par des rafales de néons semblaient ouvrir le ventre du Monde.

On les amena dans un camp, à Paris. Dans des cabanes, adossées à un pont sur une voie de chemin de fer désaffectée, harcelées par le vent, là où aucun rêve n'a jamais germé.

Olia parlait tout le temps de fuir, mais pour aller où ? Elle n'était ni de ce lieu, ni de cette ville, ni de ce pays ; son passeport et celui de Nadia demeureraient entre les mains poisseuses de ceux qui les avaient achetées. La femme chargée de leur apprentissage faisait chaque jour le geste de passer un doigt sous sa gorge et répétait sa litanie : si elles n'étaient pas réglos, quelqu'un *là-bas* s'occuperait de leurs familles. La loi du clan. Dieu n'avait pas son mot à dire.

Les fillettes avaient obéi.

Apprendre à voler.

Bloquer, caler, tirer, passer au coureur qui passe à la mule.

Des techniques en bande.

Elles opéraient devant des portes que franchissaient des filles de leur âge traînant avec insouciance des cartables à roulettes lumineuses. Elles étaient jetées dans la rue pour détrousser les gens. En une fraction de seconde, former la pince avec l'index et le majeur, descendre au fond de la poche, sentir le grain du cuir, accrocher le portefeuille avec la force d'un crabe. Le soir, on récupérait leur butin et on les ramenait au camp.

Olia et Nadia avaient la docilité d'un animal domestique et la souplesse du roseau. Courbaient l'échine sans qu'il soit nécessaire de les battre. Elles étaient mignonnes, avec leur frange. Propres et habillées à la manière des collégiennes de banlieue. Inspiraient confiance aux touristes. Pas comme ces bandes de gamines tapageuses aux voix criardes trop repérables sur les quais du métro.

Trois ans plus tard, elles formaient une équipe soudée avec Myriam, Amina et Azra. Toutes les cinq avaient quitté le camp démantelé de la coulée verte, porte de Charenton, pour une chambre d'hôtel de la proche banlieue nord où le chef logeait ses petites mains. Une embellie furtive, suivie d'une autre : une assistante sociale était un jour venue frapper à leur porte pour les conduire dans une école. Olia aimait bien apprendre le français, lire les mots dans des livres, mais pas sentir sur sa nuque le regard des enfants de sa classe. Quand on avait voulu les placer en foyer, les filles s'étaient carapatées et l'expérience de tourner court, à la grande satisfaction des parents d'élève. Quoi qu'il en soit, Olia préférait vider les poches des Chinois à Opéra plutôt que de poser des divisions. C'était une bonne petite voleuse. Habile et futée. Le gang la respectait. Elle rapportait bien – jusqu'à mille euros par jour. Avait droit à sa part. De quoi se payer des choses qui lui plaisaient : jolies fringues, parfums de grandes marques, bonbons et maquillage.

Olia gardait surtout de l'argent pour sa mère. Pour soigner Dino. Une fois l'an, elle retournait dans sa famille comme les autres filles. Embrasser Bako lui colorait les joues, voir son frère en fauteuil roulant avec son appareil respiratoire portatif lui nouait l'estomac. Mais de son dernier voyage, elle était revenue muette. Un mal étrange s'était emparé d'elle lorsque sa mère avait ouvert la porte de la maison avec un pâle sourire ; Dino était décédé depuis sept mois. Personne n'avait osé en informer sa sœur dont l'argent versé avait permis quelques achats indispensables tels qu'un écran full HD, un smartphone et un nouveau four à micro-ondes.

De cet oubli, Olia refusait de guérir. Elle entendait seulement ce qu'il racontait de la sécheresse du cœur des vivants. Ni les baisers de sa mère ni ceux de Nadia ne purent rien y changer.

L'occasion viendrait bien vite pour elle de se fabriquer un autre enfer. Elle y prendrait d'un seul élan toutes les revanches de sa courte vie.

Au cœur toujours ardent du mois d'août, l'effet combiné d'une journée de repos passée dans le bois de Vincennes saturé de graminées et d'un pic de pollution enflammait les sinus de Christian. Après l'amour (et dix milligrammes de cétirizine), il s'était assoupi contre sa femme en quinze secondes, lui offrant le premier mouvement d'une création sonore singulièrement concrète. D'une tape sur l'épaule, Madeline interrompit le récital.

— Chris.

— Quoi ?

— Je ne peux pas dormir.

— Je ronfle ? C'est dingue ! Moi, j'entends rien.

À l'incrédulité s'ajoutait un brin de culpabilité. Gentleman, Christian se proposa d'aller roupiller sur le canapé du salon, mais le sommeil l'emporta avant même qu'il ait achevé sa phrase. Mouvement numéro deux.

— Chris.

La scène se répéta plusieurs fois sans qu'il en ait conscience. Sa présence se résumait à un corps nu et moite, renversé sur le côté du lit. Plutôt que d'aller encore à l'assaut de ce roc, Madeline quitta la chambre vers 3 heures du matin, lasse d'entendre monter de l'arrière-gorge de son époux un bruit similaire à celui d'une lourde commode que l'on déplacerait sur un plancher, chaque seconde rendant plus redoutable encore celle à venir. En nuisette imprimée d'étoiles, elle descendit avec son oreiller. Lorsqu'ils habitaient encore l'appartement, sa solution de repli était le petit lit d'Anna ; la fillette accueillait alors sa maman avec un sourire imprégné de sommeil et de félicité. Dorénavant, Madeline jouissait d'un convertible.

En bas, l'air était moins étouffant, mais sans ventilation, la température avoisinait les vingt-huit degrés. Le soleil tourmentait sans fin cette maison, martelait ses volets clos. Pas un arbre pour l'abriter sous son ombre, mais une dalle de ciment brûlant pour la border. Le matin à l'aube, Madeline ouvrait les fenêtres du pavillon dans l'espoir d'apporter un peu de fraîcheur avant de replier les persiennes aux premiers feux du soleil. De toute façon, la présence du public l'obligeait à les garder fermées pour éviter les regards indiscrets ou les incontournables coups frappés contre la vitre en quête d'informations ; les gens n'imaginaient pas qu'une famille puisse vivre là.

Madeline tourna la crémone de la porte-fenêtre, et une brise légère pénétra la pièce. Dehors, quelques bruissements dans l'opacité de la nuit, le discret chassé-croisé des chauves-souris accrochant un rayon de lune, le frémissement des buissons devant la maison. Étendue sur le canapé-lit, couverte d'un drap, elle glissa enfin vers l'eau calme d'un songe. Une lumière opaline soulignait chaque aspérité de sa peau jusqu'à la fossette lovée au creux de son bras. Un souffle froid lui chatouilla l'oreille. Il lui semblait à présent qu'elle flottait au milieu d'une rivière douce et fraîche, longeant les rives d'une forêt invisible dont descendaient jusqu'à elle des branches grises balançant dans le vide. La tentation lui vint de tendre la main, de les saisir pour s'y accrocher comme elle l'aurait fait, petite.

Escalader, grimper à la corde, se suspendre à une barre, ramper sur le toboggan, faire le cochon pendu, transformer le jardin de papi et mamie en parcours du combattant, un masque de plongée sur les yeux, le tuba dans la bouche… À travers ses jeux, la fillette qu'elle était se préparait déjà aux mauvaises intentions du destin. Et il y avait le feu. La bûche rougeoyante dans la cheminée, le scintillement de la bougie, l'étincelle du briquet ou les cierges magiques sur le gâteau d'anniversaire attisaient en elle une insatiable curiosité et ce désir de toucher, de cajoler le satin de la flamme jusqu'à s'en rendre maîtresse, repoussant l'instant où d'un seul souffle elle ordonnerait sa destruction. Elle devait à tout prix et pour toujours vaincre l'incendie qui menaçait sa famille avant qu'il ne l'encercle de brasiers, ne l'étouffe de ses émanations acides…

Madeline se laissait porter par l'eau transparente d'un songe que rien ne paraissait troubler. Dans le ciel se mit à tournoyer l'éclat puissant d'une lumière. Quelque chose alors attira son regard près du rivage : dans un faible clapotis, deux formes oblongues et verdâtres remontaient à la surface. Pareilles à des troncs d'arbres qui dérivaient sans bruit, elles luisaient sous les algues. Leurs contours se faisaient plus précis à mesure que Madeline s'en approchait, et une vive émotion saisit la baigneuse lorsqu'elle reconnut le plastique étanche de deux sacs mortuaires contenant des corps. Les sacs n'étaient pas entièrement fermés et laissaient entrevoir les visages des cadavres.

Elle gémit dans son sommeil.

Sauvez notre fille !

L'éblouissante lumière, écarlate, suffocante.

Madeline ouvrit les paupières. On braquait sur elle une lampe torche. Elle se redressa, son cœur cognant à tout rompre.

— Qui est là ? !

Dans la pénombre se détachait une silhouette à quelques mètres. Une odeur de cigarette imprégnait la pièce.

— J'suis désolé. J'ai cru que…

— Qui êtes-vous ?

L'intrus orienta le faisceau de la lampe vers lui, éclairant sa figure.

— C'est Laurent… Laurent Bonfils, le collègue de votre mari.

L'ancien gardien du cimetière. Madeline l'avait déjà croisé dans le bureau. Avec sa dégaine de mollusque, sa voix monocorde et son teint blafard, ce type qui officiait maintenant comme agent de surveillance suppléant dégageait quelque chose de saumâtre. Elle pressa le drap contre sa poitrine ; le sang lui battait les tempes.

— De quel droit vous entrez chez moi ?

Christian n'était pas d'astreinte, Bonfils faisait sa ronde.

— J'ai vu que c'était ouvert, alors j'ai cru que…

L'agent balayait la pièce d'une lueur bleuâtre.

— On nous a signalé du mouvement dans le cimetière. Une intrusion ou un animal. Sûrement une fouine. J'allais vérifier quand j'ai remarqué la porte-fenêtre entrebâillée… Je me suis dit que quelqu'un avait peut-être pénétré chez vous.

Madeline glissa une jambe hors du canapé-lit pour atteindre l'interrupteur à pied du lampadaire laissé là par l'ancien occupant. Le bouquet de trois abat-jour au tissu jauni éclaira le salon.

— Je ne vois personne à part vous, dit-elle.

Bonfils se tenait dans l'encadrement de la porte, le visage brillant de sueur. Une cravate trop longue couvrait jusqu'à la boucle de sa ceinture par-dessus laquelle plissait la chemise délavée de son uniforme. Il tira une bouffée de sa cigarette, recracha la fumée.

— Votre mari n'est pas là ?

— Il dort dans la chambre.

— … Ah ! Bien sûr.

Le ton faussement détaché de l'agent acheva d'exaspérer Madeline.

— J'avais trop chaud, se justifia-t-elle pour dissiper tout malentendu.

Il tira une autre bouffée.

— Sûr que vous devez cuire, là-haut, sous la toiture en zinc.

Son regard de cocker était d'un gris terne. Au milieu de son front se découpait une houppette de cheveux blonds épars. Le faisceau de sa lampe obliqua vers un tableau accroché au mur.

— Oh ! Vous avez gardé cette toile ?

Une nature morte. Quelques marguerites dans un broc en fer-blanc. Madeline l'avait ôtée de sa chambre – elle jurait sur le papier peint.

— Est-ce que je pourrais dormir ?

— Pardon… C'est… Elle rend bien dans cette pièce.

Bonfils s'éclaircit la gorge. Sa voix se teintait d'émotion.

— Bon… Alors je vais continuer ma ronde. Encore désolé de vous avoir dérangée. Bonne nuit, madame… Et surtout, fermez bien votre porte.

Madeline écouta son pas s'éloigner dans l'allée puis bondit hors du lit pour verrouiller la porte-fenêtre. Ses pieds nus foulèrent la cendre de cigarette tombée sur le carrelage. Comme un renard délimite son territoire en y frottant son arrière-train, ce type venait de marquer le sol de son empreinte. Combien de temps était-il resté là, à l'observer ? Elle remonta dans la chambre le guetter à travers les persiennes et fut soulagée de le voir quitter le cimetière. Christian était dans la même position que tout à l'heure ; son ronflement dominait celui du ventilateur au plafond. Sa femme vint se coller à lui, posa une main sur son épaule.

— Qu'est-ce qui se passe ?

— Rien.

— Je ronfle encore ?

— Rendors-toi.

Cette nuit, elle s'accommoderait du bruit et de la moiteur qu'aucun appareil ne semblait capable de combattre. Tout plutôt que l'inépuisable silence d'une insomnie, engoncée dans les ombres terrifiantes d'un cauchemar. Un sentiment d'oppression se frayait en elle un chemin. Ce logement de fonction dont les portes étaient destinées à demeurer closes en toutes circonstances dévoilait chaque jour de nouvelles entraves. Soumise à une discipline militaire dans l'exercice de son métier, Madeline se devait aussi de respecter certains usages dès qu'elle rentrait chez elle. Même en dehors des heures d'ouverture, il n'était pas envisageable de manger sur la terrasse, de sortir une chaise longue pour prendre un bain de soleil, de partager un thé glacé avec une amie, d'étendre son linge, d'écouter la radio fenêtre ouverte, de laisser les enfants s'époumoner en cas de conflits ou d'aérer une pièce à 3 heures du matin, au risque de se retrouver en nuisette face à un agent de surveillance un peu trop zélé.

Contre ce vent de contraintes, pour l'instant, sa famille tenait bon. Anna prenait cela comme un jeu et se pliait aux règles sans difficulté, comparant sa maison au château dans *La Belle et la Bête* où devait régner le plus grand silence afin de ne pas déranger le maître des lieux. D'un naturel taciturne, tête baissée sur sa Switch ou occupé à compléter sa collection d'insectes et de papillons – lesquels proliféraient entre les tombes en l'absence de produit phytosanitaire –, Eliot menait sa petite vie sans jamais s'offusquer de rien. Pour Michael, seuls importaient la qualité de sa connexion Internet et le confort de l'espace gaming qu'il s'était aménagé dans sa nouvelle chambre, ne lésinant ni sur les bandes lumineuses à LED ni sur les stickers muraux en 3D. Quant à Christian, dévoué à sa tâche, il avait endossé avec une surprenante facilité son costume de gardien des morts. Pour lui, le sujet n'était pas discutable : dans *son* cimetière, faire preuve de décence, de correction et de bienséance tombait sous le sens.

La question était de savoir si Madeline serait en capacité de vivre recluse chez elle vingt-quatre heures sur vingt-quatre, week-ends compris.

Cette dernière semaine sans les enfants – Eliot et Anna faisaient le bonheur de leur papi à Dol-de-Bretagne et Michael éblouissait son père par ses performances sur un paddle gonflable de trois mètres de long – s'achevait comme un mauvais rêve. Sa famille avait définitivement emménagé dans un espace public.

Michael jouait de malchance.

Les vacances s'étaient pourtant bien passées avec son père : sports nautiques sur les plages de L'Île-Rousse, super-restos à Saint-Florent et balades de ouf dans les petits villages perchés de Balagne. Relax. Il avait même hérité de l'iPhone de son paternel. Un parcours sans faute jusqu'à la confidence de trop sur une terrasse de Bastia la veille de leur retour. Éric Falk s'était mis à le bassiner à propos de sa grand-mère, cette inconnue – la vioc n'avait jamais manifesté l'envie de rencontrer son petit-fils, et à en croire le portrait qu'il brossait d'elle, c'était une sacrée peau de vache.

— Ma mère me répétait à tout bout de champ que j'étais arrivé par accident et que, à part la faire chier, j'étais bon à rien.

— Bah, c'est aussi ce que tu me disais quand j'étais p'tit, p'a.

— Moi ? Déconne pas !... Je serais un beau salaud si c'était le cas.

La figure de son père s'était animée de tics nerveux. Michael avait préféré sourire et le laisser poursuivre.

— Si j'avais 18 à un contrôle, elle me soupçonnait d'avoir copié sur mon voisin. Mais si je me tapais une note en dessous de la moyenne, j'étais un gros nul, un raté. Quoi que je fasse, elle me rabaissait.

Au deuxième pastis, il avait ouvert les vannes, le cœur chamboulé :

— C'est à cause d'elle que j'en suis là… Pas foutu d'aimer une femme sans lui faire du mal… Pas foutu d'aimer mes gosses !

Michael avait vaguement compris qu'il s'était brouillé avec sa troisième épouse juste avant leur départ en Corse. Mais dans la vieille tête de son père régnait un sacré bordel : il était loin d'imaginer qu'un putain d'avatar le bousillait de l'intérieur depuis des lustres, au point de nécessiter une prise de médocs.

— Je voulais que tu le saches, Micky.

Le mauvais scoop.

— C'est un secret entre nous. Ta mère n'est au courant de rien.

Coucher de soleil bien pourri.

Ambiance craignos.

Après un voyage interminable en ferry jusqu'à Nice et mille bornes de bagnole jusqu'à Paris, les joyeuses retrouvailles avec cette baraque au milieu des tombes. Michael avait eu droit à un chouette comité d'accueil : depuis un minuscule orifice sous la fenêtre de sa piaule, une procession de fourmis traversait la pièce de part en part et finissait dans son sac de sport où il avait oublié une barre de céréales entamée – un des avantages d'habiter au rez-de-chaussée.

Écoper d'une entrée perpétuelle pour le Phantom Manor du XIIe arrondissement de Paris avait pourtant ses attraits : pas de train fantôme ni d'audio-animatronic mais effets lugubres et chocottes garantis. Il se passait des trucs trop zarbi la nuit dans sa chambre. Michael n'en avait encore parlé à personne. Pas même à ses potes. Il espérait qu'à son retour de Corse, tout serait revenu à la normale.

Les bruits avaient repris dès le premier soir.

Le phénomène se produisait généralement vers 2 ou 3 heures du matin. Des frottements saccadés, irréguliers, venant de l'extérieur. Un bruit crispant, semblable à celui des griffes d'un animal qui gratterait les vantaux de la porte-fenêtre. Ça durait parfois un bon quart d'heure. Au début, plus intrigué qu'autre chose, Michael était monté réveiller son beau-père pour lui dire qu'une bestiole s'en prenait à ses volets. Christian s'était habillé pour aller jeter un œil aux abords du pavillon, mais avait fait chou blanc. Le lendemain, inspectant les vantaux à la lumière du jour, il avait bien remarqué des éraflures dans le bois, mais difficile d'affirmer si celles-ci étaient récentes et d'en deviner l'origine exacte.

— Sûrement des mulots ou des rats.

— Oh putain ! Des rats ?

— C'est pas dangereux. Faut juste éviter de les laisser entrer dans la maison.

— Mais ça répand grave des maladies !

— Si tu dois te méfier d'un nuisible, c'est plutôt du pigeon : ses parasites sont beaucoup plus dangereux pour l'homme.

— C'est censé me rassurer ?

— Tu sais, y a un paquet de rats, à Paris. Le ratio est de deux par personne. On est plus de deux millions d'habitants *intra-muros*, alors fais le calcul…

Des mulots ou des rats. OK. Michael était prêt à l'admettre. Seulement, la présence de ces rongeurs dans le cimetière n'expliquait pas tout. Parfois, quand il était devant son PC, le casque sur les oreilles, la porte de sa chambre s'ouvrait toute seule. Il arrivait aussi que, vers

5 heures du matin, un bouquin tombe de l'étagère à côté de la fenêtre et le tire brutalement d'un rêve érotique.

Mais là n'était pas le plus effrayant.

Taper « bipolaire » dans le moteur de recherche de Google lui avait carrément foutu les jetons. La maladie de son père se transmettait par les gènes. Quant aux symptômes dans la phase dépressive – irritabilité, troubles du sommeil, perte de motivation, pessimisme, culpabilité, dépréciation, repli sur soi –, il cochait toutes les cases.

La déveine totale.

N'avoir rien vu, rien compris de ce qui se tramait.

À présent, il doutait de tout : de sa piaule, de sa tête, de son reflet dans le miroir, de cet espace misérable autour de lui.

Ce soir, avant de s'endormir, il brancherait sa GoPro sur le port USB de son PC. En mode nocturne et time-lapse, à raison d'une photo prise toutes les quatre secondes, elle capterait absolument tout ce qui se passerait dans la nuit, histoire de vérifier si un spectre ne sortait pas de son corps pour aller gratter sous la fenêtre ou se choisir un manga dans sa bibliothèque.

Un rai de lumière gorgé de soleil traversait la cuisine, tirait son trait acide sur la nappe en toile cirée. Par les volets entrebâillés, Christian suivait des yeux un visiteur : à la faveur des derniers beaux jours, des « indésirables » pénétraient dans le cimetière autour de midi pour y manger un sandwich ou faire un brin de bronzette, le cul sur une tombe. Il suffisait au gardien de paraître pour qu'ils déguerpissent telle une volée de moucherons. Mains dans le dos, l'intrus marchait d'un pas hésitant près de la maison, scrutait l'interstice entre les persiennes.

— Encore un qui veut pisser, grogna Christian.

Un des aspects les plus barbants de son métier. Vingt fois par jour, on lui demandait les toilettes. Le gardien balançait poliment sa rengaine, indiquait du menton une Sanisette au coin de la rue.

— J'ai parfois l'impression de me transformer en dame pipi.

Dans la pénombre de la cuisine, jusqu'à la fin du repas, il demeurerait invisible, hors d'atteinte. Revenus de sentiers buissonniers au parfum d'été, les enfants avaient repris place autour de la table, imposaient une nouvelle organisation, un autre rapport au temps et à soi.

— C'est quoi une dame pipi ?

— Une dame qui fait dans sa culotte.

Les réponses idiotes d'Eliot aux questions de sa sœur, la figure morose de Michael penché sur son iPhone télescopaient la présence ardente de leur mère à ses côtés ; l'esprit fébrile, Christian lui caressait les cuisses. Loin de se tarir, leur désir l'un pour l'autre croissait au fil des années. Captif du calme de ses yeux, des petits vaisseaux affleurant la surface de sa peau, de ses seins ciselés, du creux de ses reins, Christian était comme un torrent dont le flux désordonné convergeait vers un unique point : sa femme. Et cette proximité nouvelle – la savoir là, à quelques pas de son bureau quasiment à portée de main – attisait ses pulsions.

Habillée d'une jupe courte en jean et d'un chemisier sans manches noué sur le nombril, Madeline s'appliquait à former des boules de glace bien rondes qu'elle disposait dans des coupelles. À son épaule gauche, un petit hématome était visible. Sa faute à lui. Seulement vingt et un pas de la cuisine à leur chambre. Sept de la cuisine à l'escalier. Hier, à cette heure, il l'avait prise sur les marches. Rejoué dans sa tête une scène du film *A History of Violence*. Le retour des enfants réduisait à néant les siestes improvisées, les câlins décousus et sauvages. Il glissa ses doigts sous la jupe.

— Christian ?

D'un regard, Madeline lui indiqua la crème Chantilly dont il était chargé de coiffer les boules de glace. À regret, il retira sa main et s'empara de la bombe.

— Ils jouaient de la cornemuse.

— Mais non, c'était du biniou !

— C'est pareil.

— Non, c'est pas pareil !

Revenus la veille de Bretagne, Eliot et Anna donnaient une conférence au sujet de leurs vacances, enchantés de ce séjour chez papi, chacun corrigeant l'autre pour apporter une précision jugée indispensable – comme la race des chevaux attelés au char de l'évêque à la fête de la Saint-Samson ou encore la nature exacte du bruit que font les abeilles.

— Elles bourdonnent.

— Elles vrombissent.

Anna tirait une certaine vanité de l'herbier fabriqué avec son grand-père. Son frère, lui, avait hérité d'une splendide collection de papillons naturalisés sous cadre dont il connaissait les noms par cœur.

— Le monarque, il se déplace par groupe et fait des milliers de kilomètres ! Celui que j'ai, c'est un mâle. Il a les ailes orange vif. C'est papi qui me l'a dit. Et celui-là, c'est le sphinx « tête de mort ». Il vient d'Afrique.

Christian acquiesça. Ce cadre de papillons était suspendu au mur derrière le comptoir de la bijouterie que tenait son père avant de prendre sa retraite. Petit, il n'avait pas le droit de l'approcher, encore moins d'y toucher. Qu'il finisse entre les mains de son fils était louable. Mais il en éprouvait quelque amertume. Christian avait toujours considéré son père comme un homme accompli, mais sans éclat, pondéré jusqu'à l'effacement. Leurs rapports se résumaient à des promesses mal tenues et à des sentiments altérés par une terrible tragédie qui avait scellé un pacte de silence. Les enfants avaient de leur papi une perception différente, proportionnelle à l'affection qu'il leur témoignait. Cet attachement réciproque poussait le père et le fils à reconsidérer peu à peu leur relation, à tendre vers quelque chose de plus harmonieux.

Christian forma un dôme de chantilly au-dessus des boules de glace et fit glisser la première coupelle sur la table.

— Voilà pour toi, ma petite lionne.

À genoux sur sa chaise, Anna se dandinait d'impatience.

— On va bientôt pouvoir le cueillir, le raisin du cimetière ?

— Bien sûr. Si les merles et les merlettes nous laissent deux-trois grappes… Pour les oiseaux, ici, en ce moment, c'est open bar.

Eliot grimaça.

— Moi, j'en boufferai pas, des fruits qui poussent sur des cadavres.

— Qu'est-ce que tu racontes ! La vigne est plantée le long des murs, pas au milieu des tombes.

— Michael ? Vanille, caramel ou chocolat ?

Avachi, effrontément bronzé, l'adolescent s'intéressait aux notifications qui défilaient sur son téléphone.

— Michael, je te parle.

— Euh… ouais, les trois, s'te plaît.

— On a dit pas de portable quand on mange.

Madeline plongea la cuillère dans un verre d'eau tiède pour la rincer. Christian contemplait ses épaules nues, la mobilité de ses clavicules, le galbe de ses seins sous le chemisier, l'émouvante torsion du poignet tenant la cuillère à glace, le renflement de ses lèvres. Il agita nerveusement la bombe de chantilly.

— Quand bien même, reprit-il, je ne vois pas en quoi ce serait un problème si ces fruits avaient vraiment poussé au-dessus d'une tombe. Tu manges bien de la viande et du poisson.

— Oui, mais…

— C'est des animaux morts. La mort fait partie du cycle de la vie, mon p'tit bonhomme. Est-ce que tu sais au moins pourquoi les fleurs poussent plus vite sur une tombe en pleine terre ?

Michael mugit la réponse sans lever les yeux de son écran :

— À cause des macchabées qui pourrissent dessous.

Madeline déposa une troisième boule dans la coupelle de son fils aîné.

— On peut éviter ce genre de discussion à table ?

— Pourquoi, ma chérie ? Qu'est-ce qui te choque ? On parle d'engrais.

Christian couvrit le dessert de chantilly puis désigna le bac de glace vanille.

— Cet emballage, par exemple, c'est ni plus ni moins un dérivé du pétrole. Vous savez d'où vient le pétrole, non ?

— Des cadavres de dinosaures, lança Anna de sa voix la plus sérieuse.

La pertinence de ce qui sortait du cerveau de sa fille n'avait de cesse de surprendre Christian.

— En gros, oui. C'est de la matière organique décomposée : un mélange de plancton, de végétaux et d'animaux qui date de millions d'années. Eh bien, cette matière noble, l'homme l'a transformée en arme de destruction majeure.

— Comment ça ?

— Les dérivés du pétrole envahissent tout. On en trouve dans les produits phytosanitaires, les lessives, les plastiques, les additifs alimentaires et même dans les crèmes de soin.

Anna prit un air dégoûté.

— Beurk !

— Là, en toute logique, votre papa va embrayer sur le Nutella qui contribue à la déforestation.

Eliot balançait sa cuillère au-dessus de la table tel un pendule.

— Maman, c'est quoi le rapport entre le Nutella et la déforestation ?

Cette façon qu'avait Madeline d'intervenir dans la discussion agaçait Christian.

— L'huile de palme, répondit-il à sa place. Une matière grasse à bas prix. Pour planter ces foutus palmiers, on détruit des forêts primaires.

Les lèvres badigeonnées de chocolat, Anna fronça les sourcils. Un bracelet en raphia mauve assorti au bandeau qui retenait ses bouclettes tranchait sur sa peau dorée.

— Et c'est quoi, des forêts primaires ?

— Un endroit où l'homme n'a jamais mis les pieds, une sorte de sanctuaire pour des animaux en voie de disparition.

— Comme le panda ?

— Oui.

— Si je mange du Nutella, alors je détruis sa maison ?

— Ce n'est pas ce que papa a voulu dire, ma chérie.

— Mais si. Elle a très bien compris. Et pour ton monarque, Eliot, même topo : l'agriculture industrielle, la pollution de l'environnement et la déforestation l'ont quasiment éradiqué… Je me demande pourquoi la nature se laisse ravager sans broncher et ce qu'elle attend pour se débarrasser de nous une bonne fois pour toutes.

Un étrange silence se fit, comme une invitation à méditer ou à passer vite à un autre sujet. Madeline tapota le bras de son mari.

— Bien ! Merci à M. Rabat-joie pour son éloquent discours. Eliot ? Une boule de chaque ?

— Oui. Avec de la chantilly et du vermicelle multicolore, s'te plaît.

Michael releva les yeux de son iPhone.

— J'peux en avoir aussi, du vermicelle bourré d'additifs ?

Christian souffla bruyamment par le nez et s'appuya au dossier de sa chaise, les doigts croisés derrière la tête.

Madeline se hâtait de finir le service, déposant une boule grossièrement moulée dans la dernière coupelle. Tandis que les garçons se passaient le flacon de vermicelles avec ce mélange de maladresse et de connivence, Christian s'interrogeait sur le nombre de perturbateurs endocriniens auxquels les enfants avaient été exposés depuis leur naissance.

Petit, il croyait que l'eau d'un ruisseau était si pure qu'elle pouvait laver jusqu'au chagrin et qu'on aspirait le bleu du ciel dans ses poumons si on ouvrait grand la bouche. La connaissance, la conscience de ce qui l'entourait et cette menace invisible n'étaient qu'un lent et inéluctable déchirement.

Après avoir aidé à débarrasser la table, les enfants filèrent dans leur chambre. Christian passait un coup d'éponge sur la nappe lorsque fatalement Madeline lui tomba dessus.

— Qu'est-ce qui t'a pris de raconter des trucs pareils devant Anna ?

— Elle a le droit de savoir dans quel monde elle grandit. Il n'est jamais trop tôt pour apprendre qu'on a tous une responsabilité.

— Ta fille a aussi le droit de vivre une enfance heureuse et insouciante sans se dire qu'elle condamne à mort un panda chaque fois qu'elle prend son goûter.

Jet de l'éponge dans l'évier de la cuisine.

— C'est pourtant le cas si toutes les petites filles font la même chose.

— Tu pourrais au moins mettre des nuances.

— Écoute, je n'ai pas envie qu'on se prenne la tête avec ça.

Coup d'œil à la pendule – un quart d'heure avant la fin de sa pause. Rien n'était plus crispant que la marche inexorable d'une trotteuse. Christian pivota vers sa femme, cherchant un moyen d'adoucir les choses. Exprimer le fond de sa pensée lui parut la meilleure option.

— … J'aimerais que les promesses qu'on fait à nos enfants ne soient pas des illusions, des réalités jetables. Parler de ce qui nous menace et menace leur santé, c'est mieux les préparer à vivre ce qui les attend… Je crois qu'habiter ici est une chance, pour eux. Ça leur permet d'apprivoiser la mort, de grandir en se détachant de la peur qu'elle leur inspire.

Madeline referma le lave-vaisselle et croisa les bras.

— Ce n'est pas de la mort qu'ils ont le plus à craindre, mais des vivants… Ne laisse pas ton travail prendre le pas sur toi, sur nous. Je suis d'accord avec toi sur le fond, mais tu ne dois pas les priver d'espoir et de perspectives. Tu imagines, si tes parents t'avaient bassiné petit avec le sida, les marées noires et la crise de la vache folle ?

— Bah ! Ils ont fait pire.

— Vraiment ?

Du brouillard de ses souvenirs, Christian tira celui de sa chambre, emplie d'une honte qu'il ne pouvait nommer. Il songea à son frère Julien. À ce qu'il y avait d'irréparable. À ce que son père et sa mère avaient déposé en lui à leur insu. À cette balle dont il n'avait pu arrêter la course.

— Un enfant se construit sur ce qu'il reçoit… ou pas.

— J'avais à peine un an quand mes parents sont morts. Difficile de faire pire !

Évidemment… Il agissait comme un imbécile en s'aventurant sur ce terrain. Christian se rapprocha de Madeline et l'enlaça.

— C'est pour ça que tu es une femme tellement optimiste et pleine de sagesse, dit-il tout bas avant de donner un baiser à ses lèvres. Parce qu'ils ne t'ont pas pourri la vie avec des discours à la con comme les miens.

— Il va falloir que tu t'en remettes.

Christian posa la main sur ses fesses, descendit jusqu'aux cuisses.

— J'y travaille.

— Tant mieux.

Ses doigts remontaient sous la jupe, s'immisçaient dans l'entrejambe.

— Chris…

Il effleurait maintenant sa culotte.

— Tu crois qu'en dix minutes, c'est jouable ?

Remettre la balle dans le canon. Inverser la poussée.

Besoin de se perdre en elle, pour toujours.

Dès 14 heures, Christian arpentait l'allée centrale du cimetière sans parvenir à contrôler ce qui bouillonnait en lui. Le marbre des stèles brillant sous le soleil l'obligeait à détourner le regard et le souffle chaud du vent lui portait sur les nerfs. Il lui tardait de se rendre à son atelier. Christian remonta en direction de la conservation, salua un jeune couple qui déposait des géraniums sur une tombe et aperçut Madeline qui sortait du cimetière avec Anna. Tout à l'heure, dans la cuisine, la fillette n'avait pas laissé à sa mère le temps de lui répondre : elle s'était précipitée vers eux, brandissant un prospectus de fournitures scolaires et un dessin.

— Tiens, papa, tu pourras le mettre dans ton bureau ! J'ai copié le panda de mon livre de coloriage. C'est pour dire aux gens qu'ils arrêtent de manger du Nutella.

Sans transition, elle s'était tournée vers sa maman pour lui montrer différents modèles de sacs à roulettes repérés dans la brochure.

Christian reprit sa place derrière le bureau. Le ciel nappait la fenêtre d'un bleu insolent. Pénible contre-jour. Il se connecta à sa boîte mail : un appel aux dons contre la mucoviscidose, deux spams. Épinglé au mur, face à lui désormais, un énorme panda auréolé de petits cœurs roses souriait à côté d'un pot de Nutella soigneusement découpé dans une publicité et barré d'une croix. Anna avait hérité de lui ce réflexe ; dessiner ce qui la chagrinait…

Pas la peine de tergiverser : il était allé trop loin avec sa tirade d'écolo déprimé. Christian pressa les poings contre ses tempes.

L'écho du passé.

Une explosion de sang et puis l'oubli.

Une succession de vagues floues glissant à la surface d'un miroir.

Les doigts de son frère repliés sur l'arme…

Il n'était qu'un oiseau pris dans un filet.

En sursis.

Rivé à l'imbécillité.

Derrière la porte entrebaîllée, Eliot plissait les paupières, ébloui par la lumière. Depuis le lit, Madeline releva la tête du livre qu'elle lisait.

— Tu ne dors pas encore, mon p'tit loup ?

La veille de la rentrée scolaire, ballotté entre excitation et appréhension, il ne trouvait pas le sommeil. Ses intestins gargouillaient. La fenêtre de sa chambre qui grinçait au moindre coup de vent n'arrangeait rien à l'affaire.

— J'ai mal au ventre.

Madeline lui fit signe de venir s'allonger à côté d'elle, reposa son livre sur la table de nuit et, doucement, lui massa l'estomac.

— Détends-toi. Tout va bien se passer.

Eliot savait que sa mère se trompait, mais il n'avait pas le cœur de la contrarier : elle faisait un job assez éprouvant, inutile d'en rajouter avec ses états d'âme.

— Il est pas là, papa ?

— Non. Il travaille dans son atelier.

— Je trouve qu'il y passe vachement de temps.

— Ton père est sûrement très inspiré.

Le garçon se frotta le bout du nez. Tout à l'heure, il était allé le prévenir qu'ils passaient à table. Tandis que l'artiste nettoyait ses pinceaux en râlant après le temps qui filait trop vite, Eliot avait jeté un œil aux agrandissements épinglés aux murs et aux toiles qui séchaient par terre.

— C'est trop bizarre, de photographier des tombes.

— Tant qu'il ne prend pas en photo des cadavres…

— Sur ses tableaux, on dirait qu'il a écrit plein de phrases super-serrées, mais quand on regarde de près, on n'arrive pas à lire les mots.

— Peut-être que c'est à nous de les inventer, ces mots.

— Ouais. Peut-être que c'est un truc codé ou quelque chose dans le genre.

— Il faudra que tu en discutes avec lui demain. Alors, dis-moi : qu'est-ce qui t'empêche de dormir, à part l'idée de retrouver ton école dans…

Elle regarda le cadran du réveil et lâcha dans un soupir :

— … moins de huit heures ?

Eliot se tourna sur le ventre, réclamant des caresses dans le dos – son péché mignon. Sa maman avait une façon très agréable d'alterner grattage du bout des ongles et palpé des muscles. Son corps se détendait comme s'il plongeait dans l'eau d'un bain chaud. Apaiser les pensées qui lui traversaient le cerveau était une chose bien plus délicate. Il y avait des tas de problèmes qu'il ne pouvait exposer à sa mère et que personne d'autre ne comprendrait hormis son père. Sa couleur de cheveux, par exemple. À cause de son paternel, il collectionnait les remarques lamentables de certains camarades dans la cour de récréation. *Les roux c'est moche, les roux ça pue*, il commençait à s'y faire depuis l'école primaire, mais ça le mettait toujours mal à l'aise. Parce qu'il ne comprenait pas ce qui se passait dans la tête de celui ou celle qui disait ça. Tout ce qu'il voulait, c'était être un élève comme les autres, se fondre dans la masse avec ses copains.

Son père, qui apparemment s'était farci le même genre de commentaire quand il était jeune, lui avait expliqué de quelle manière combattre ses harceleurs : en embrayant du tac au tac sur une blague qui les ferait marrer. Pour son entrée en CM1 l'année dernière, il lui avait même fourni un paquet de blagounettes. Eliot les avait apprises par cœur – en raconter une de travers pouvait se révéler pire que tout. Celle avec laquelle il botterait en touche demain à la récré, il l'avait glanée sur le Net – c'est un gars qui drague une fille en boîte, et à un moment il lui dit : « On échange nos numéros ? », et la fille répond : « J'aime beaucoup le mien, alors non, ça va ! » Seulement, pas sûr que ça suffise à assurer sa popularité en CM2 parce qu'il partait avec des cartes bien pourries. Pendant les vacances chez papi, il avait grossi. Des bourrelets au niveau de la taille. Même le pantalon de pyjama le boudinait. Et il y avait plus flippant : l'étape de la fiche de présentation que la maîtresse lui demanderait de remplir.

— Je ne vois pas pourquoi tu t'inquiètes, Eliot. Tu as peur de faire des fautes ?

— Non, c'est pas ça. En fait, j'sais pas trop quoi mettre pour le métier de papa.

— C'est simple : gardien de cimetière.

— Mais vu qu'il fait aussi des travaux de jardinage, je me disais que je pourrais encore écrire « jardinier municipal ».

Sa maman descendit le haut du pyjama sur son dos, mettant fin aux caresses.

— Qu'est-ce qui te dérange dans le métier de ton père ?

— Rien.

Un des points douloureux de l'affaire. Eliot roula sur le côté, un coude dans l'oreiller, une main derrière la tête. Voyant son ventre déborder du pantalon, il soupira.

— C'est à cause des autres élèves.

— Tes copains t'ont fait des remarques ?

— Bah ! non, c'est mes copains.

Sa mère scrutait son visage avec intensité. Il baissa les yeux. Lui revenait en mémoire ce grand moment de solitude l'année dernière lorsque, devant toute la classe, le maître s'était adressé à lui pour savoir s'il avait indiqué par erreur « sapeur-pompier » comme profession de la mère ou bien, dans le doute, s'il souhaitait remplacer le mot « mère » par « parent 2 ». Dans des instants pareils, le regard des autres lui filait carrément la colique. Une main se glissa dans ses cheveux pour les ébouriffer.

— Si tu veux, demain, sur ta fiche, tu peux écrire « conservateur ».

— Comme les conserves ?

— Non. Comme les musées.

— … Je comprends rien.

— « Agent d'accueil et de surveillance », ça sonne mieux ?

— Ouais.

— Accueil avec deux *c* devant le *u*, et surveillance avec deux *l*.

— D'accord. Merci, m'an.

De toute façon, Eliot s'attendait au pire pour son baptême de rentrée : *Eliot la fiote*, *Eliot Mara-bout* ou *Eliot le croque-mort*, ce serait au choix.

— Et pour moi, tu sais quoi écrire, à présent ?

— Oui. « Femme sapeur-pompier ».

— Bon. C'est tout ce qui te turlupine ?

Eliot sourit à ce mot qu'elle disait parfois et que son grand-père prononçait aussi. Quel bonheur ça aurait été de rester en vacances chez lui jusqu'à sa majorité… Il embrassa sa maman sur la joue sans oser lui avouer ce qui lui pesait le plus sur le cœur et, avec mollesse, se releva. Au moment de quitter la pièce, le garçon s'arrêta sur le seuil.

— Maman…

Elle avait déjà repris en main son livre.

— Surtout, tu ne dis rien à papa.

— Promis.

— Et aussi, quand est-ce que vous allez changer le papier peint de ma chambre ?

— C'est en haut de la liste des choses qu'on doit faire avec ton père. Allez, maintenant, file au lit !

Sous ses pieds nus, le plancher grinça lorsqu'il passa devant le petit royaume d'Anna. Par la porte entrouverte filtrait une lumière bleue. Eliot perçut le chuchotement de sa sœur – quand elle n'arrivait pas à trouver le sommeil, elle lisait en boucle *Bonsoir lune* à ses peluches.

— Anna, faut dormir ! murmura-t-il.

Sa petite sœur faisait sa rentrée en CP.

Son plus gros handicap.

Collée à lui dès la première récré, avec tee-shirt mauve, ballerines à paillettes et cartable à roulettes lumineuses. À la fin de la journée, quand il quitterait l'école avec elle, il voyait d'ici le tableau : un Ron Weasley empâté et une mini-Hermione Granger qui jacasse à ses côtés.

— Je suis la seule de ma classe qui sait déjà lire et y en a plein qui savent même pas écrire leur prénom, mais on a surtout fait des coloriages pour apprendre les règles de vie de la classe avec des images. Tu vois, tu colories un feu de circulation en vert si tu as le droit de faire ce qui est dessiné dans les cases et tu le colories en rouge si tu penses que c'est pas bien de parler avec ta voisine, par exemple…

Sûr que ses copains ne se bousculeraient pas pour faire un bout de chemin avec lui. Ils fileraient droit devant ou resteraient derrière comme si Eliot puait la mort. Il referma la porte de sa chambre en soupirant, vérifia que sa trousse Scooby-Doo toute neuve était bien dans son sac, se coucha avec sa lampe de poche, tira le drap sur sa tête et lâcha une rafale de pets.

Dans la pénombre, les grosses tulipes du papier peint se transformaient en chauves-souris suceuses de sang.

Un sentiment de flottement se mêlait à la fatigue. Au fil des années, Madeline s'était habituée à cette plate volupté. Une vie en décalage, un contrechamp de l'existence.

Elle rejoignait la caserne à 7 h 30, assurait vingt-quatre heures de présence, revenait se coucher un peu après 8 heures lorsque les enfants se rendaient à l'école puis se levait vers 15 ou 16 heures en fonction de leurs emplois du temps pour être d'aplomb à leur retour. Cette logique absurde dictée par les jours d'astreinte s'imposait à sa famille. Jusqu'alors, Christian se fixait pour mission de lui faciliter la vie et alignait ses RTT sur ses jours de garde. Son objectif : distraire Michael, Eliot et Anna, faire de ces journées sans maman des moments de plaisir qui chasseraient de leur tête l'anxiété engendrée par son métier à haut risque.

Dorénavant, la maison ordonnait différemment les choses. Chacun occupant sa propre chambre, les enfants n'étaient plus réveillés par le bruit des autres. Anna ne venait pas se glisser sous la couette de ses parents avec un livre, Michael ne délogeait plus Eliot de son lit en lui frictionnant les cheveux du poing, et Christian se rendormait après avoir coupé la sonnerie du réveil. Ce matin, à son retour de la caserne, Madeline le trouva en travers du lit, la tête sous l'oreiller.

— Chris, il faut te lever !

— Hein ?

— Il est presque 8 heures.

Branle-bas de combat. Sa tribu sur le pont en catastrophe, elle prépara le petit déjeuner (plus de jus d'orange), vérifia le cartable d'Eliot (pas de cahier de texte mais deux paquets de chewing-gums pourtant interdits à l'école), chercha les clés du cadenas de la trottinette de Michael (oubliées dans la poche d'un jean mis au sale) et coiffa Anna (le plus long étant de choisir les barrettes papillon ou le serre-tête idéalement assorti à sa tenue), autant de tâches habituellement échues à Christian.

— Désolé, Mad !

Il déboula dans la cuisine tout en nouant sa cravate.

— ... Tu vas bien ? Vous avez beaucoup décalé[1] cette nuit ? Tu as l'air épuisée.

Son parfum embaumait la pièce. Distribution de bisous et de bonne humeur.

— Hakuna Matata ! Comment se sent ma petite lionne ?... Eliot, bien dormi ?... Salut, Michael. Hé ! Cool, ton tee-shirt Yoda.

De courtes phrases, des gestes affectueux pour égayer les premiers instants de la journée, et il passait déjà dans son bureau, emportant un mug de café.

— Je file, j'ai une inhum'.

À l'entrée du cimetière, dans la douceur matinale, Madeline vola un baiser à Michael avant qu'il n'empoigne sa trottinette, embrassa Eliot et sa petite sœur puis les

1. Expression utilisée dans le métier pour signifier un départ en intervention.

regarda courir en direction de l'école située à cent soixante mètres en ligne droite sur le trottoir : Anna tirait d'une main un cartable à roulettes qui oscillait derrière elle et, de l'autre, agrippait celle de son frère. Leurs silhouettes rapetissant au loin, cet effet de perspective créé par les façades en enfilade, ce flot de voitures aux pare-brise miroitant sous le feuillage des arbres et les akènes duveteux des platanes tombant à ses pieds telles des offrandes ouvrirent en elle une brèche.

Les épreuves de la nuit se télescopèrent.

Madeline avait décalé à trois reprises.

Le souvenir de ces interventions se déformait déjà, perdait en netteté, bientôt disparaîtrait. Il arrivait cependant qu'une image crochète son cerveau, comme le regard voilé de ce livreur, à peine plus âgé que Michael, dont le cœur s'était arrêté de battre dans le VSAV, agressé en pleine rue pour quelques billets, le larynx fracturé. Le poil soyeux de sa moustache juvénile était ce genre de détails qui s'incrustait en elle avec le tranchant d'un éclat de verre. Ce matin, l'odeur fétide de Joseph, un SDF bien connu du quartier, frappait encore ses narines. Régulièrement, les pompiers le ramassaient en vrac sur le trottoir et le déposaient aux urgences. Trois semaines plus tard, ils le récupéraient au bord d'un caniveau, dans un état de délabrement physique tout aussi critique. Cette fois, Madeline était allée le déloger au fond d'un local à poubelles : victime d'un coma éthylique, Joseph planquait sur un matelas souillé d'excréments.

Sa collection de souvenirs maussades, inconsolables.

Rejoignant la maison, Madeline croisa un habitué du cimetière avec lequel il lui arrivait d'échanger quelques propos et dont le visage s'éclairait lorsqu'il levait les yeux sur elle : un veuf à la dégaine particulière, tout de beige vêtu, tel un explorateur des années 30, le foulard noué sous la glotte. Il avait de vigoureux cheveux gris plaqués sur le crâne, ce regard un peu flou de la vieillesse derrière lequel un chagrin se cache, et de longs bras entre lesquels avait vécu l'amour. Des bras devenus inutiles, sinon à faire les courses au Franprix ou remplir un arrosoir à la fontaine du cimetière pour rafraîchir quelques pensées en pot sur une tombe.

— Belle journée à vous, madame.

— Belle journée à vous.

Des mots simples et doux comme le bleu de leurs pétales.

À sa maîtresse, le jour de la rentrée, Anna avait résumé le métier de ses parents : maman veillait sur les vivants, et papa veillait sur les morts. Madeline doutait que cette façon de voir les choses corresponde à la réalité. Maman veillait sur des êtres destinés à mourir à plus ou moins court terme. Quelque chose était en train de basculer ici et partout ailleurs. L'incendie de Notre-Dame avait sonné le glas d'une ère nouvelle, plus sombre. Paris muselait la misère en son sein, la précarité gangrenait les foyers les plus modestes, des Gilets jaunes coloraient ses boulevards d'une colère flamboyante.

Et dans cette grande maison, sa famille lui faisait l'effet d'un bouquet dont l'élastique trop lâche ne tiendrait bientôt plus les tiges.

Si elle collait son visage au portillon vitré, Anna pouvait voir l'intérieur de la chapelle et contempler les vitraux qui la décoraient. Celui du fond représentait la Sainte Vierge ; une paysanne agenouillée tendait vers elle des petits pains ronds et dorés. Sur le mur de gauche, une croix d'un bleu glacé se détachait sur un motif de losanges aux couleurs fanées. Mystérieuses, austères, d'allure massive ou discrètes, en ogive ou rectangulaires, ornées de couronnes de lys, de blé tressé, de vases ou de feuilles torsadées, pas une chapelle n'était identique aux autres. Chacune se révélait une source de rêverie et de jeux pour Anna. Et si par chance la serrure avait cédé, il lui suffisait de pousser fort sur le montant en cuivre vert-de-gris pour pénétrer cet univers humide et frais au parfum de vieille pierre et de pipi de chat, de tendre la main et de frôler le plâtre lisse d'une statuette.

— Ce ne sont pas des maisons de poupée, mais des monuments funéraires privés, Anna.

Des vitraux brisés de concessions mal entretenues menaçaient de lâcher leurs derniers éclats de verre au moindre coup de vent. Des ornements cassés et des parties métalliques rouillées pouvaient aussi blesser la fillette. Dressée sur la pointe de ses ballerines, le ventre appuyé contre le portillon, elle brûlait pourtant de franchir l'interdit.

— Ni toi ni moi n'avons le droit d'y pénétrer, insista son père.

— Bah ! Alors qui c'est qui les nettoie ?

— Leurs propriétaires.

— Mais ils sont morts.

— Pas tous. La famille est censée le faire.

Anna se retourna et croisa les bras, la mine boudeuse.

— Pourquoi c'est pas toi ?

— Ce n'est pas mon travail. Je dois entretenir les abords des tombes, ramasser les pots de fleurs défraîchies, signaler les monuments endommagés et faire en sorte que le cimetière soit sécurisé pour tout le monde, y compris pour toi, ajouta son papa en lui touchant le bout du nez.

Après l'école et le tumulte de la cour de récréation, Anna aimait la tranquillité des allées, les stèles brillantes sous le soleil, les corneilles aux cris puissants perchées sur une croix et les roses finissantes penchées sur elle qui déposaient à ses pieds leurs pétales veloutés comme la peau. La fillette savait que plus tard, au printemps, elles refleuriraient. Quand la terre grouillerait de fourmis et des petites bêtes que collectait Eliot avec son piège à insectes.

D'une pierre tombale à l'autre, elle rêvassait devant les céramiques florales aussi exubérantes que les décorations de gâteaux chez le pâtissier, promenait sa poupée achetée à Disneyland avec son petit bonhomme de neige. De ses gestes enfantins, elle animait les contes qu'elle élaborait, s'inspirant d'un médaillon incrusté dans une stèle. Anna faisait d'une épitaphe une formule magique, convoquait des morts dont les prénoms, par l'érosion et la pollution, s'effaçaient sans répit, créant pour eux des légendes, les abreuvant de confidences. La jolie tombe de Charly où poussait un érable, l'ange blanc agenouillé sur son socle anonyme, l'imposant caveau de Jules et son visage de bébé, la pierre tombale abandonnée offrant aux passants une pauvre rose en laiton blanchie par les intempéries, la plaque de marbre gravée d'un signe énigmatique – une lettre barrée d'une croix –, à chaque monument son histoire. La fillette façonnait à ceux qui reposaient dessous une deuxième vie palpitante. Y revenaient fréquemment les figures d'un roi jardinier capable de faire pousser des arbres en diamants, d'une reine invincible portant un casque d'argent et d'une princesse dont les cheveux d'or avaient le pouvoir d'absorber la pollution, de sauver les pandas et aussi de guérir les enfants malades. Entre ses doigts s'animaient des personnages en brindilles à tête de marron. Il n'était pas rare que le gardien du cimetière trouve des cailloux disposés en forme de bonhomme sur le prie-Dieu d'un soubassement.

Éphémère clarté du soir, le souffle du vent gonflant ses bouclettes, Anna arpentait les allées de gravier d'un pas léger en chantonnant, dégainait son album *Max et les Maximonstres* ou son magazine *Le Petit Quotidien* dont elle tirait une grande partie de son savoir, gouvernait jusqu'au chat du cimetière.

— Tu sais pourquoi un éléphant secoue ses oreilles ? Pour se ra-fraî-chir. Ça doit être pratique, d'avoir deux éventails sur le crâne.

Le murmure de sa voix opérait sur lui mieux que la mélodie ensorcelée d'un joueur de flûte. Le félin se glissait hors des égouts par le regard près de la fontaine et posait son derrière à quelques mètres d'elle. Certains visiteurs s'étonnaient de voir une fillette assise en tailleur devant une chapelle, occupée à lire sous l'œil bienveillant d'un matou, un vieil ours en peluche affublé d'une robe sur les genoux.

À la contempler, tous étaient pénétrés par cette douce immobilité de l'enfant, cette source merveilleuse au croisement de leur deuil.

— La petite fille là-bas, vous savez où sont ses parents ?

Lorsqu'on lui posait la question, selon son humeur, le gardien du cimetière répondait : « Son père est devant vous » ou bien : « Chemin de l'Est, section 4. » Ce qui engendrait invariablement le même commentaire, appuyé d'un air tantôt attendri tantôt affligé :

— Ah ! Elle est bien mignonne.

Christian marchait alors en direction d'Anna, ramassait une chaussure de poupée ou une baguette de fée tombée sur le gravier et la lui tendait un peu sèchement.

— Anna, il est tard. Rentre à la maison, maintenant.

— Oui, papa.

Dans la mort, la fillette voyait une infinité de vies possibles.

Et parfois, comme le silence appelle le silence, dans ce voyage aux frontières du réel, l'inimaginable se produisait.

— Il faut que j'y aille… Au revoir… chuchotait-elle alors.

Là demeurait son secret. Derrière cette porte en ferronnerie qui obscurcissait l'intérieur de la chapelle, quelqu'un était entré dans son jeu pour lui répondre.

Parcourir les allées dès l'ouverture.

Observer ce que la lumière révélait des monuments, la précision de la taille du marbrier dans la pierre, saisir la cruauté des fissures, la finesse des craquelures. Se laisser gagner par le vert grisâtre d'un lichen conquérant la roche polie de la semelle jusqu'à la stèle, l'ocre d'un rivet rouillé, la secousse d'une ombre sur la fleur humectée de rosée, poussée là, à peine née.

Son cimetière était une invitation à créer, à photographier, un jardin d'Éden de toutes les tentations esthétiques et chromatiques.

L'impatience électrisait Christian du matin au soir.

Après dîner, une fois la table débarrassée et les garçons dans leur chambre, il se hâtait de lire à Anna *La Fabuleuse Histoire de la poire géante* (et pas deux fois), déposait un baiser sur son front puis filait à son atelier. Il n'en revenait qu'à bout de fatigue, au point de s'écrouler tout habillé sur le lit à côté de Madeline, comme si son corps avait bu l'agitation de son esprit jusqu'à l'ivresse.

Ce soir encore, il tournait en rond sans trouver ce qu'il cherchait. L'encre, à perdre de son vernis trop vite sur le papier, le décevait. Rien n'allait dans le bon sens, ni le geste, ni sa tête. Il connecta une enceinte Bluetooth à son smartphone, changea de playlist et vint coller son front contre la baie vitrée pour contempler le cimetière dans le clair-obscur d'une dernière nuit de septembre.

« Rescue », Sully, Clint Eastwood, Christian Jacob, The Tierney Sutton Band.

Ce décor exerçait sur lui une emprise dont il soupçonnait la puissance, mais dont pour l'instant il ne tirait aucun bénéfice.

Comme on se perd sur un chemin forestier sans prendre de repères, à peine majeur, Christian était parti loin de sa Bretagne natale chasser les paysages les plus insolites ; pas aussi loin qu'il l'aurait voulu, mais tout de même. Combien de berges et de rivières, combien de rues et de ports, combien de cafés pris en terrasse à Berlin, Barcelone ou Rome, combien d'esquisses exécutées sur un banc à Stockholm, Anvers et Bruxelles, les doigts rougis par le froid et le ventre vide. À l'époque, il tirait de son sac un petit carnet, croyant capter d'un coup de crayon l'émotion que lui inspirait telle ou telle ligne à l'horizon, l'écho d'un arbre au bleu du ciel, la mélancolie d'un nuage, l'arc noir d'une bouche de métro. Mais aucun de ses dessins n'avait survécu à la malédiction de l'artiste, à cette sentence qui pesait. La crainte de ne pas être compris le condamnait à n'exister que dans l'excellence, et son éducation avait dressé en lui des barrières de jugement infranchissables par-dessus lesquelles à présent il sautait allègrement. Christian se fichait bien de savoir s'il était doué, si sa main était habile à traduire la rigueur de sa nouvelle vie et ce qu'en penseraient les autres. Des impulsions irrésistibles dictaient à l'œil ce qu'il avait à voir, et le temps manquait pour transcrire ce bouleversement intérieur. Avant toute chose, il se refusait à présager des conséquences de ses actes. Seule importait la satisfaction de creuser une brèche, de laisser l'encre couler, gicler sur la feuille, éclabousser ce vide insupportable et blanc.

À condition d'avoir l'inspiration.

Il arrivait que Madeline lui rende visite à l'atelier, parfois avec Anna, l'une se gardant bien de commenter ses œuvres, et l'autre de déclarer, ouvrant grand les yeux :

— Tu dessines mal, papa. C'est pas de la peinture, c'est du gribouillis.

— Tu es un peu petite pour pouvoir comprendre mon travail, Anna.

— Peut-être, mais moi je préfère quand tu dessines des oiseaux, c'est plus joli.

Sa réponse, « Les oiseaux n'ont pas besoin de moi pour exister », avait laissé ses visiteuses un brin songeuses.

— Si tu veux, je peux te montrer un tuto pour savoir comment faire un pélican.

— Allez, viens Anna. Laisse papa tranquille.

Sa fille avait raison : sa production ne valait pas un clou.

Qui ou *quoi* avait besoin de lui pour exister ?

Le fusain ou un lavis à l'encre de Chine… Il hésitait encore.

Sur sa table recouverte de plastique blanc, il avait aligné différents types de pinceaux. Des longs, des fins à la pointe durcie. Des couteaux à peindre rangés par ordre de grandeur. Des crayons, mines de plomb, fusains, pastels. Des feutres. Des plumes Sergent-Major, façonnées en acier, forgées, gravées, fendues, aiguisées, à emmancher sur un porte-plume en bois fuselé verni. Presque une revanche, une prise de pouvoir sur toutes ses ratures d'écolier, ces règles de vie et de morale imposées, ces phrases à recopier cent fois par punition, ces taches d'encre indélébiles, cerclées d'un rouge professoral, indiquant dessous la sentence : 5/20.

Oui. Il dessinait mal, le poignet empesé par l'amertume du passé.

Et puis, l'autre jour, il y avait eu cette fille, montée dans la rame avec lui, station Bastille, vers 13 heures. Pommettes virginales, menton à l'arrondi parfait, lèvres soyeuses, iris d'un bleu minéral, des sourcils en ailes d'oiseau. Elle s'était jetée sur la banquette face à lui. Un visage curieusement familier qui ranimait le souvenir de *l'autre* : celle assise à sa droite en français lorsqu'il était en classe de quatrième. Comme lui, son passe-temps était de gribouiller dans la marge de ses cahiers. Si elle s'appliquait à entrelacer des tiges de fleur et des brins de blé en rosace, lui crayonnait ses fresques morbides. Étrangement, elles amusaient beaucoup sa voisine. Un jour, l'idée lui était venue de faire son portrait en plein cours. Sans doute avait-il été inspiré puisque son modèle s'était fendu d'un incroyable sourire en découvrant le dessin glissé sous son classeur.

— T'es super-doué, avait-elle chuchoté. Je peux le garder ?

— Oui. C'est pour toi. Attends…

Christian avait griffonné quelque chose sur la feuille avant de la plier en quatre et de la lui donner. Les conséquences de cette décision l'obsédaient encore. Ce portrait qu'elle trouvait si beau avant qu'il n'y ajoute une phrase, la fille l'avait brûlé.

— C'est comme si tu nous avais trahis !

Son menton levé, accusateur, mais charmant.

Christian s'était toujours demandé comment elle s'y était prise : l'avait-elle détruit aussitôt rentrée chez elle ? L'avait-elle jeté au feu dans la cheminée en formant une croix avec deux doigts comme on repousse le diable ? Avait-elle sacrifié une allumette et regardé le papier se recroqueviller dans un cendrier en versant une larme ?

Face à la jolie passagère, il s'était senti crétin de se torturer encore avec pareilles questions. Il avait alors eu ce geste de défi ou de consolation : tirer un carnet de croquis tout neuf du sac plastique Rougier & Plé – profitant de sa pause déjeuner, il était allé y faire des emplettes. Aussi discrètement que la position le lui permettait sur la banquette, il avait capté la tension des traits de ce gracieux visage, les joues rose praline, le cou fier, l'éclat châtain des longs cheveux, les petites oreilles comme des pétales de fleur cachées sous quelques mèches. La jeune fille tapotait nerveusement l'écran de son smartphone, plongée dans la lecture de ses SMS. Un foulard bleu assorti à ses yeux était noué à la lanière en cuir d'une besace qui barrait sa poitrine menue. Par chance, elle n'était pas décidée à descendre. Au bout de huit stations, Christian avait achevé son esquisse.

— Tenez. C'est pour vous.

Porte Dorée, il avait détaché la page du carnet pour la tendre à la jeune fille, son rythme cardiaque accélérant soudain. Devant son portrait, celle-ci s'était raidie comme si Christian brandissait une arme.

— Prenez-le, je vous l'offre, avait-il ajouté avec un sourire gêné.

Lui arrachant presque la feuille des mains, elle s'était précipitée hors de la rame juste avant que les portes ne se referment. Les autres voyageurs n'avaient guère prêté attention à la scène, et Christian s'était hâté de remettre le carnet dans le sac. Tête basse, il avait suivi du regard la demoiselle qui avançait sur le quai dans le sens de la marche. Son cœur avait cessé de battre lorsqu'il l'avait vue s'arrêter devant une poubelle pour y jeter ce qui ne pouvait être qu'une boule de papier froissé. Et l'obscurité du souterrain de cogner la vitre.

La fille l'avait certainement pris pour un de ces pervers balourds du métro.

D'une vieille graine, rien jamais ne serait à germer.

Il trempa un pinceau dans un flacon d'encre rouge, laissa cascader quelques gouttes sur sa feuille et la souleva de la table pour la tenir à la verticale. Le liquide s'écoulait, fracturait les lignes de mots en sillons aléatoires.

Des fragments demeuraient là, logés dans son cerveau, le prenaient en otage, ruinaient toutes perspectives.

« Parker's Mood », Charlie Parker.

Tant de maux à écrire, écraser, compresser, répéter.

Peu importe la plume pourvu que le geste soit souple, éloquent, l'envolée de Bird étincelante et qu'on ne vienne pas l'emmerder.

III

LA FLAMME DE LA LANTERNE

Elle est celle qui éclaire la nuit éternelle et guide l'âme vers son chemin. Ce symbole peut être implanté à l'intérieur d'un cimetière ou bien à l'entrée. De petites lanternes sont parfois déposées sur des tombes. Les proches y placent une bougie suggérant le souvenir. C'est aussi une manière d'exprimer l'idée d'une filiation, d'une amitié ou d'une complicité.

Depuis juin, la petite bande opérait sur la ligne 8, entre Opéra et La Motte-Picquet-Grenelle. Les autres groupes étaient répartis sur les stations Miromesnil, Champs-Élysées, Étoile et Havre-Caumartin. Les Ivoiriens se concentraient à Saint-Michel et sur la ligne 4. Chacun chassait sur ses terres, récoltait sa dîme.

Les voyageurs ordinaires et les pauvres, elles ne s'y intéressaient pas. Les filles cherchaient du cash. Des touristes avec du cash. Du Russe. De l'Américain. De l'Asiat'. Cette foule, elles la respiraient comme le sein d'une mère, se frottaient à elle avec voracité. Ablettes frétillantes parmi les usagers du métro, Olia, Nadia et les autres filles développaient une intelligence pragmatique, détectaient d'instinct l'objectif, tournaient autour, l'assiégeaient, le serraient jusqu'à l'étourdir et le délestaient sans sourciller, dans cet enchaînement chorégraphié d'épaule qui bouscule, de coude qui bloque, de dos qui cache, de main passée à la ceinture, sous la veste ou dans le sac. Une mécanique parfaite qui rapportait au clan près de vingt mille euros par semaine.

Chacune jouait son rôle. La première choisissait l'élu, le désignait par un geste secret connu des autres, allait se placer un peu à l'écart de telle façon qu'elle puisse sécuriser l'action, faire le guet. La deuxième venait ralentir le client, gêner sa marche. La troisième se postait devant pour le bloquer – deux secondes, guère plus – jusqu'à l'arrivée de la quatrième : elle le toucherait et le pousserait juste ce qu'il faut pour le distraire, sans qu'il remarque les contacts opérés sur lui par la cinquième fille, la tireuse. Nadia agissait en une fraction de seconde. Ni vue ni prise. Mais tout le groupe savait l'affaire réglée. Déjà le lot passait entre les mains d'Olia qui le glissait dans sa sacoche, s'éloignait, ajustait son pas à celui de la foule. Avec cet air ingénu de collégienne, elle tirait de sa poche un tube de gloss transparent, en soulignait ses lèvres, rajustait sa casquette de basket-ball rose et blanche, puis rejoignait la sortie tandis que ses équipières prenaient le large dans la direction opposée. Aussi vives et volatiles que des escarbilles, les filles disparaissaient des écrans de surveillance sous le nez des vidéopatrouilleurs. À l'entrée de la station, Olia abandonnait ensuite leur butin au chef, lequel attendait en bas des escaliers, sec et nerveux, un portable contre l'oreille, écrasant un mégot.

— Vite ! Vite !

Elle retrouverait les autres au point de rendez-vous fixé à l'intersection de trois lignes de métro – en cas de danger, le groupe devait pouvoir se disperser. L'excitation, l'exaltation d'un coup réussi chaufferaient leurs joues. Des sourires d'allégresse s'épanouiraient, des rires éclateraient sans retenue à la face des gens comme la pluie ranime l'eau grise d'un canal.

Les types de la BLAST[1], Olia les connaissait tous. Des gars en civil qui se mêlaient à la foule pour repérer les voleuses, les prendre en flag'. Ils serraient aussi les

1. Brigade de lutte contre les atteintes à la sécurité des transports.

trafiquants de drogue et les frotteurs, ces détraqués qui se collaient aux femmes dans les moments d'affluence, électrisés par le contact d'une cuisse, braguette ouverte. Le métro grouillait de cette population souterraine, engluée dans ses crimes, endurant ce châtiment de chaque instant, immobile au bord d'un couloir sans fin, royaume de la récidive et des petits jouisseurs. Tous partaient battus d'avance. Y compris les flics.

À deux reprises, Olia et Nadia s'étaient fait pincer. Au poste de police, on n'avait pas tiré grand-chose d'elles sinon de faux prénoms, des dates de naissance bidons, un nom de famille – Osmanovic – et la même litanie : « Impossible joindre famille. » Les jeunes filles étant mineures, on les avait relâchées. Olia et sa cousine étaient alors retournées vider les poches des touristes à Opéra.

Olia repérait aussi les anciens parmi la foule du métro, des pick-pockets de la vieille école aux tempes grisonnantes. Ces types avaient tous pris de la coke et de la taule en sursis à une période de leur vie. Fonctionnaient en équipes réduites. Jamais plus de deux ou trois. Olia s'en méfiait. L'un d'eux n'était jamais loin lorsqu'elles opéraient. S'il estimait que leur prise pouvait valoir le coup, il stoppait la coureuse[1], entrouvrait son veston pour qu'elle voie la lame de son couteau à cran d'arrêt et lui cède vite le cash, puis il filait au PMU claquer tout le pognon.

— Ça m'arrivera pas. Je cours vite comme un cheval.

— Si tu te fais voler, c'est toi qui prends.

Son chef de groupe avait montré à Olia une vidéo sur son portable : le passage à tabac d'une voleuse. Des coups de pied dans le ventre, le dos. Jamais la tête. On ne touchait pas au visage des filles. Mais des cris. Des cris.

1. Personne chargée d'emporter l'objet volé.

Olia ne craignait pas la souffrance. Elle craignait de grandir. De voir son corps changer, prendre des formes qui la rendraient visible aux hommes du clan. À seize ans, beaucoup de filles tombaient enceintes. Elles se retrouvaient à la traîne avec leur ventre rond, et puis un jour, elles disparaissaient. Partaient pour une autre ville, un autre pays – Italie, Belgique, Espagne –, un autre genre de réseau.

Le soir, dans la chambre d'hôtel qu'elles partageaient, Olia et Nadia dormaient serrées l'une contre l'autre, un canif sous l'oreiller. Nadia voyait gonfler ses seins avec angoisse. Un garçon du clan, Rambo, lui tournait déjà autour, offrait des cigarettes. Il ne tarderait pas à l'embrasser, à la prendre par la taille. Olia savait leur temps à toutes deux compté. Il fallait trouver un moyen de s'échapper. Voler pour leur pomme, de leurs propres ailes. Même sans papiers. Quitte à mettre en danger leurs familles.

— Qu'ils crèvent.

— À la vie, à la mort.

Elles avaient craché par terre. À deux, elles étaient puissantes. Olia avait une lame pour frapper. Mais il leur faudrait partir loin. Là où on ne viendrait pas les reprendre. La mer. Son intarissable vague qu'elles rêvaient d'approcher. Partir vers la mer. C'est ce qu'Olia se répétait depuis que tout avait basculé. Frigorifiée dans ce vieux refuge de la coulée verte, étendue sur des cartons derrière d'épais buissons abrités sous un érable, elle attendait Nadia. En cas de coup dur, c'est là que les jeunes filles devaient se rejoindre.

Olia avait pris ses précautions. Son trésor était bien gardé, désormais. La Sainte Vierge y veillerait.

Ainsi s'écrivait son destin. Cet enchaînement implacable et mystérieux qui mène au point de non-retour, entre l'abîme et le ciel.

2 heures du matin.

— On décale !

La nuit se troublait d'un nouveau feu. Dans la cabine du FPT, vêtue de sa veste, d'un surpantalon et chaussée de bottes, Madeline enfila les bretelles chevillées à une bouteille d'air comprimé, serra les sangles. L'incendie avait pris dans un local au fond de la cour d'un immeuble, rue de Charenton.

Passer en trombe devant le mur d'enceinte du cimetière sans cligner des paupières. Imaginer ceux que l'on aime, à quelques mètres de soi, enfouis dans un profond sommeil, sourds à l'avertisseur du véhicule.

— Les affaires reprennent, cheffe !

La voix émue de Julie Pinsault, coiffant son casque. À l'arrière du camion, l'excitation pointait. Madeline fixa les sangles à sa ceinture.

— Branchez votre casque au détendeur, Pinsault.

Trop d'impatience. Le signe d'une mauvaise gestion des émotions. Cette fois, Madeline ne mettrait pas Julie au feu. Monter à bord du fourgon réveillait cet appétit de sensations fortes, le besoin de se mesurer à une bête dont on ignorait encore la taille et la vigueur. Ils avaient signé pour ça. Rêvé d'être ce soldat barricadé de son héroïsme, prêt au pire. On ne parlait plus de la manifestation du 15 octobre qui était pourtant dans toutes les têtes ; des milliers de sapeurs-pompiers professionnels prévoyaient déjà d'y participer. Ceux de la caserne Nativité auraient leur place dans le cortège. Madeline aussi. Elle serait gréviste, pour combattre un feu d'une autre nature : l'embrasement d'une profession. En treize ans, les conditions de travail s'étaient dégradées et les interventions pour des missions qui ne relevaient pas de leurs compétences multipliées. Ce qu'elle affrontait avec ses hommes au quotidien était la conséquence d'une détérioration inéluctable du système médical, éducatif et judiciaire. Les incivilités verbales ou physiques rongeaient le moral des troupes. Tous étaient aptes à la douleur, en capacité de porter un adulte sur leur dos, bravant les flammes. Encaisser cette violence était une autre affaire. Un crachat sur l'uniforme et des jets de pierre contre le casque renversaient tout, mettaient au supplice.

Dernier coup de volant avant de sortir de la cabine.

— On fait évacuer le bâtiment. Fauvel, Pinsault, en reconnaissance. Je veux savoir ce qu'il y avait dans ce local.

Bien qu'il ne présentât pas un réel danger, les logements alentour n'étant pas menacés par l'incendie, il fallait vite maîtriser le feu afin d'éviter la propagation des fumées par les escaliers et de limiter les risques d'intoxication. Les premiers ordres de Madeline allèrent dans ce sens.

— Hamon et Desautel, au premier étage pour fixer[1]. Barbier, avec moi.

Une équipe frapperait aux portes et mettrait tout le monde en sécurité, une autre lâcherait un déluge d'eau sur la remise.

---

1. Enrayer la propagation du feu.

Arrosant à faible distance des flammes, Madeline sentit rapidement ses vêtements s'imprégner de sueur. Au bout d'une dizaine de minutes, Julie Pinsault la rejoignit d'un pas précipité. À son expression, Madeline comprit que quelque chose allait de travers.

— Cheffe, apparemment, le local est habité !

Une mère et deux jeunes enfants vivaient là, payant sans doute au propriétaire de ce taudis l'équivalent d'un loyer en toute illégalité.

Personne ne s'était préparé à cela.

— Changement de mission ! Barbier, derrière moi.

La caporale-cheffe rabattit l'écran facial de son casque, ouvrit la bouteille d'air comprimé attachée dans son dos et pénétra le brasier.

Le logement était trop encombré pour que deux personnes s'y engagent côte à côte. Barbier marchait derrière, s'appliquant à arroser dans son sillage pour éviter une reprise des flammes qui les auraient piégés. Tenant fermement sa lance, Madeline encaissait leur fureur. La température était insoutenable. Autour d'elle, des meubles, des vêtements se consumaient, déformés par la chaleur. Des gouttes de plastique fondu tombaient du plafond. Fouillant du regard les décombres, elle aspergeait à jets diffusés pour empêcher une vaporisation de l'eau, focalisée sur le chuintement de son souffle dans l'appareil respiratoire. Derrière ce rideau de vapeur et de fumée, difficile de reconnaître les objets qu'elle soulevait, ustensiles de cuisine ou jouets. Le feu ravageait tout, emportait jusqu'à l'ombre. Elle aperçut soudain une forme allongée sur le sol, de la taille d'une grosse poupée, coincée sous une structure métallique. En s'avançant, elle constata avec horreur qu'il s'agissait d'un Baby Relax carbonisé. Ce qu'elle avait pris pour un poupon était en réalité un enfant. Peut-être un ou deux ans.

La peau anormalement lisse du visage se rétractait sur les dents. Elle ferma les yeux un bref instant pour contrôler une montée d'adrénaline puis leva la main, signifiant à son collègue qu'elle avait trouvé quelque chose. Madeline concentra ses recherches autour du corps. Près de ce qui ressemblait à un fauteuil couvert de goudron craquelé, une deuxième petite victime apparut, recroquevillée sur un sommier partiellement calciné.

Le feu avait surpris les enfants en plein sommeil.

Lorsque Madeline ressortit du local, suivie de Barbier, elle ôta son masque et s'appuya d'une main contre un mur, le temps de reprendre son souffle, respirer librement. Pinsault s'approcha d'elle. Madeleine secoua la tête.

— J'ai trouvé les enfants… Aucune trace de la mère.

— Elle n'était pas avec eux, cheffe.

À une dizaine de mètres de là, sous le porche, une jeune femme se débattait entre deux officiers de police. Pinsault leva le menton dans sa direction.

— C'est elle, la mère des gosses. Elle est partie vers minuit rejoindre une copine en boîte.

Madeline relâcha l'air de ses poumons. L'émotion lui nouait les entrailles.

— Elle les a laissés tout seuls ?

— Elle dit que les petits dormaient quand elle est sortie. Elle a fermé la porte à clé. Elle pensait qu'ils étaient en sécurité.

En minijupe et talons aiguilles, la jeune femme insultait les agents, trop ivre encore pour comprendre le drame qui venait de se jouer. Madeline retira ses gants, essuya la sueur de son front.

En sécurité. Brûlés vifs.

Elle serra les poings.

Rien ne sonnait juste dans son cœur.

Ce visage d'enfant, comme de la cire fondue.

Autour d'elle, les toits pleuraient leur eau sale.

— On est coincés là pour un bout de temps, Pinsault.

L'expert judiciaire de la RCCI[1] arriva aux environs de 4 heures pour constater les faits, confirmer l'origine accidentelle du sinistre – un chauffage électrique sur lequel un vêtement avait été mis à sécher. Après son passage, le plus éprouvant restait à accomplir : prendre au brasier ses victimes. Plutôt que d'infliger cette épreuve à un membre de son équipe, Madeline s'en chargea.

Du bois carbonisé craquait sous ses bottes, menaçant de la faire trébucher. Dans le faisceau de la lampe torche fixée à son casque, des formes insoumises au feu émergeaient d'un chaos de cendres. Ni sainte Couronne ni statue de bronze, nul trésor à sauver. Un par un, avec d'infinies précautions, elle sortit les petits corps de leur tombeau, les déposa chacun dans un sac mortuaire, l'un à côté de l'autre, sur les pavés froids de la cour. Des figures se penchaient aux fenêtres des immeubles. Elle se garda bien de lever les yeux. Croiser ces regards animés d'une curiosité morbide, dépouillés de décence, était au-dessus de ses forces.

L'unité rejoignit la caserne vers 6 heures après avoir vérifié qu'aucune reprise de feu n'était possible dans les décombres. Les fonctions de Madeline l'obligeaient à ne pas montrer son émotion. Elle s'y employa. Mais lorsqu'elle noua ses cheveux après la douche, face au miroir du vestiaire, dans cette lumière fatiguée des néons, elle ne put retenir les larmes qui courbaient ses cils. Le plus dur n'avait pas été d'affronter le feu et la mort de deux enfants.

1. Recherche des causes et circonstances d'incendie.

Le plus dur avait été de prendre en charge médicalement cette mère, de trouver les mots justes pour ne pas aggraver sa peine, et de tenir à l'écart tout ressentiment et toute colère.

Un peu avant 8 heures, elle rentra chez elle à vélo, caressée par la fraîcheur du jour. Sa main trembla lorsqu'elle introduisit la clé dans la serrure du portillon. Derrière ses murs, le cimetière semblait assoupi. Sa maison l'attendait, calme et tiède. Avant même d'ôter son gilet, avec cette odeur de brûlé cramponnée à ses narines, Madeline passa dans les chambres des enfants pour s'assurer qu'ils allaient bien. En ce mercredi matin, Michael, qui n'avait cours qu'à 9 heures, traînait encore au lit. Anna et Eliot dormaient profondément.

Un sentiment effroyable s'immisçait en elle.

L'idée qu'il pourrait lui arriver la même chose : par sa faute, perdre ses enfants.

— Madeline ?

Christian se tenait à l'autre bout du couloir, fourrant les pans de sa chemise dans son pantalon. Sa journée commençait là où la sienne s'achevait.

— Je ne t'ai pas entendue entrer… Ça va ?

— Oui, se força-t-elle à sourire. J'avais juste besoin… d'embrasser les enfants.

Il prit un air faussement contrarié.

— Et moi ? Non ?

Son regard s'enroulait autour d'elle comme la queue soyeuse d'un chat.

Sa présence. Celle de son amour.

Se coucher vite dans des draps dont les plis ont gardé son empreinte.

Saison pourrie.

Soirée craignos.

Attente interminable.

Treize degrés à peine. La fraîcheur était venue progressivement avec la pluie. Un air poisseux prenait à la gorge dès qu'on pénétrait dans la maison. Par la fenêtre de la cuisine, Michael ne distinguait qu'un amas de nuages charbonneux.

— Qu'est-ce qu'ils foutent ?!

Les bougies dont Madeline avait pris l'habitude d'encombrer le salon embaumaient la pièce de leur parfum d'ambre et d'épices, camouflaient l'odeur d'eau croupie que dégageaient les murs. Sous l'éclairage vacillant des flammes, cheveux mouillés, Anna demeurait prostrée sur le canapé, serrant contre elle l'ours en peluche élimé qui ne la quittait plus. La respiration rauque, elle gémissait entre deux quintes de toux.

— Pourquoi elle répond pas au téléphone, maman ?

Michael retint un soupir.

— Je te l'ai déjà dit, Anna : ils sont au cinéma.

— Dans les salles, y a des brouilleurs d'ondes, on peut pas recevoir de message ni appeler, précisa Eliot qui prenait la température de sa sœur avec un thermomètre frontal.

Michael l'interrogea du regard. Son frangin releva le chiffre qui s'affichait sur l'écran tout en reniflant dans la manche de son pyjama.

— Trente-huit et demi. Elle est stable.

— Mais tu lui as laissé un message, à maman ? relança la fillette.

— Oui. Je lui ai envoyé trois SMS.

— Et à papa aussi ?

— Eh ! Tu me soûles. Essaie de dormir.

— J'peux pas… Trop mal à la gorge.

Eliot se gratta la tête.

— Si ça se trouve, c'est les bougies parfumées qui la rendent malade.

— Oui, geignit sa sœur, ça pique trop les yeux.

Cette soirée sans les parents s'était fait attendre : Christian et Madeline ne se décidaient pas à les lâcher, depuis leur emménagement. Les enfants s'étaient jetés sur le premier prétexte venu – leur dixième anniversaire de mariage – pour les flanquer dehors avec un parapluie.

— Éclatez-vous bien, les amoureux !

— Vous êtes sûrs que ça ira ? Vous n'aurez pas peur ?

— Peur de quoi ?

Sans baby-sitter pour les fliquer (Michael était assez grand pour assumer cette fonction), ils avaient enfin pu se détendre sur la bouffe. Entre 19 h 30 et 21 heures, s'étaient empilés dans leurs estomacs des tortillas chips à la sauce épicée, des parts de pizza double fromage, des litres de glace Ben & Jerry's, de la chantilly en bombe (propulsée direct dans le gosier) et du pop-corn. Tout se déroulait à la perfection. Les réjouissances avaient commencé avec un bon vieux nanar des eighties et devaient s'achever par un tournoi de Mario Kart. Confirmant le manque de bol de Michael, l'ambiance avait vite tourné à la cata. Anna, qui se plaignait de maux de gorge depuis qu'elle était rentrée de l'école, s'était mise à tousser. Suivant les consignes de sa mère, Michael lui avait donné une bonne dose de sirop. Après trente minutes de *Flubber*, sa toux, loin de s'apaiser, la faisait vomir. Assis à côté d'elle, Eliot avait eu le réflexe de lui tendre le saladier de pop-corn pour limiter les dégâts. Mais le canapé et l'ours d'Anna avaient morflé.

Tandis que son frangin nettoyait les coussins et la peluche au liquide vaisselle, Michael était monté laver sa sœur dont le pyjama et les bouclettes avaient trempé dans le vomi. Comme elle grelottait sous son peignoir, il était allé chercher un chauffage d'appoint dans le local accolé au bureau de son beau-père, là où il rangeait sa trottinette et où les fossoyeurs prenaient aussi leur douche. Deux minutes plus tard, les plombs sautaient. Alors que la foudre cisaillait la nuit au-dessus des sépultures, une étincelle avait jailli de la prise de la salle de bains où Michael branchait le radiateur. En dépit de ses efforts, s'éclairant de son iPhone pour descendre à la cave, Michael n'avait pas réussi à réenclencher le disjoncteur.

— J'ai froid.

Martèlement de la pluie sur la toiture en zinc.

— Ils vont plus tarder à rentrer, Anna.

Qu'est-ce qu'il pouvait bien faire d'autre à part envoyer son pétochard de frangin prendre un duvet dans l'armoire à linge avec sa lampe de poche à friction et patienter jusqu'au retour de sa mère ? À coup sûr, Christian le traiterait de débile pour avoir fourré la fiche d'un antique appareil de chauffage dans une prise sans avoir vérifié l'état du fil électrique.

— J'ai soif.

— Michael ! Viens voir !

— Qu'est-ce qui t'arrive encore, le pétomane ?

— Y a de l'eau qui coule du plafond !

Le pompon. Donner à boire à Anna, la supplier de ne pas paniquer l'espace de deux minutes, manquer se prendre les pieds dans le tapis, grimper à l'étage et constater l'ampleur des dégâts – à l'angle de l'escalier, des gouttelettes suintaient d'une moulure en polystyrène.

— Putain ! C'est pas vrai.

Demander au frangin de le suivre jusqu'à la buanderie, dégainer la serpillière et entendre le cri qui tue. Michael se précipita dans le salon, Eliot sur les talons. Leur petite sœur se tenait debout devant le canapé, les mains sur les yeux.

— Anna ? Qu'est-ce qui se passe ?

Elle tremblait. Il ramassa le plaid sur le sol et lui couvrit les épaules.

— Anna ?

La réponse lui parvint entrecoupée de toussotements.

— J'ai vu… quelque chose… dehors.

— Quoi ? T'as vu quoi ?

Elle serrait fort les paumes contre ses paupières. Eliot lâcha un pet de trouille avant de mouliner nerveusement la molette de sa lampe de poche.

— Sais pas ! Sais pas !

La fillette éclata en sanglots. Michael alla à la fenêtre jeter un œil. Ne distinguant rien dans la nuit sinon l'habituel décor de film d'épouvante, il revint près d'elle, l'assit sur le canapé et décolla les petits doigts du visage mouillé de larmes.

— Anna, soupira-t-il, y a personne dehors à part des morts-vivants qui vomissent du sang et des boyaux.

— Et Sammy et Scooby qui courent devant, renchérit Eliot.

— Exact ! Bon. Vous restez ici pendant que je m'occupe de la fuite là-haut.

Il prit son iPhone, ouvrit une appli puis le tendit à sa sœur.

— T'as qu'à jouer à Subway Surfers en m'attendant. Eliot, file-moi ta lampe.

Remonter avec une bassine. La caler contre le mur, histoire que l'eau qui ruisselait du plafond tombe dedans, passer la serpillière pour éponger ce qui avait déjà coulé, et se focaliser sur la seule chose qui éclairait un brin sa soirée : Imani.

Une fille de sa classe s'intéressait à lui. Une jolie Black avec une bouche profilée, de longues tresses d'ébène et un regard à te liquéfier en plein cours de techno.

— T'habites dans un cimetière, alors ?

Il s'était retenu de lui exprimer d'emblée le fond de sa pensée, leur relation était vouée à l'échec ; *tu tiendras pas une semaine avec moi tellement je te prendrai la tête*. Il avait hérité du sex-appeal de son père et de son foutu caractère, mais il ne finirait pas comme lui sous neuroleptiques, à pleurnicher dans le pastis et contre l'épaule de son gosse. Plutôt se tirer une balle.

— Comment te dire… Ma baraque chlingue l'éponge mouillée, la connexion ADSL est franchement foireuse et je dors avec des écouteurs pour pas flipper à mort dans mon lit quand un zombie gratte les volets.

La fille avait souri.

— Waouh !… Ça doit être trop cool de fêter Halloween chez toi.

Paire de baskets à strass bien pourries.

Niveau en maths craignos.

Jambes interminables.

Sûr qu'elle kifferait la vidéo tournée dans sa chambre la nuit dernière.

Ce qu'ils voulaient à tout prix éviter l'un et l'autre venait de se produire : une soudaine pauvreté des sentiments. Une bassine vide faisait comme un rempart entre leurs corps.

— Admettons que je me sois trompée. Tu es content ?

Le cœur de Madeline battait encore de leur course sous la pluie en sortant du cinéma, une main levée dès qu'un taxi approchait – elle se désespérait alors de les voir passer les uns après les autres sans s'arrêter. À peine le générique de fin entamé, ils avaient quitté la salle, gagnés par un pressentiment. Leurs téléphones s'étaient rapidement mis à vibrer. Rafale de messages. La photo d'un plafond qui dégouline accompagnait l'un d'eux.

Y a un blem avec Anna, elle a vomi. Appelle-moi stp !

Elle respire comme Dark Vador. J'fais quoi ?
Christ les plombs ont sauté 💣 La manette du compteur s'enclenche pas ☹☹.

Bon... on a une fuite d'eau c chaud mais je gère !

Christian s'était chargé de rétablir le courant (un fusible grillé), Madeline avait soulagé Anna d'une dose de corticoïdes.

— De toute façon, il est trop tard pour changer les choses.

— Bon Dieu, Mad ! Ton fils était à deux doigts d'électrocuter Anna et de foutre le feu à la maison !

— Il a surtout gardé son sang-froid, non ? Passe-moi la bassine et la serpillière.

Christian lâcha un soupir et fit l'échange, évitant de croiser le regard de sa femme. L'eau de pluie suintait toujours du plafond. Sinistre ploc-ploc des gouttes tombant dans l'autre récipient apporté par Madeline.

— On ne pouvait pas savoir qu'Anna allait déclencher une bronchite fulgurante ni que la toiture prendrait l'eau, dit-elle à voix basse pour ne pas réveiller la petite fille endormie dans leur lit.

— C'était une mauvaise idée d'aller voir ce film après le resto même si on en avait tous les deux très envie.

— C'était surtout très con de venir s'installer dans une baraque aussi pourrie !

Madeline regrettait de s'être laissé convaincre par les enfants de tenter une sortie, séduite par la perspective d'un anniversaire de mariage romantique sans mouflets penchés sur le gâteau, guettant le partage du faux parchemin en pâte d'amande tels des vélociraptors ou se disputant le macaron framboise de déco. L'idée de ne pas finir une fois de plus la soirée du 8 octobre seule sur le canap' devant une série Netflix tandis que son époux créait l'événement artistique de l'année à la pointe sèche sur papier japonais encré (ou cherchait un sens caché à la charge symbolique d'un trou dans le mur) l'avait aussi ravie.

Depuis le déménagement, leur séance bimensuelle de cinéma sans les enfants n'avait pas trouvé sa place sur le planning magnétique collé au frigo. Et même si elle encourageait Christian dans son projet, admirative de cette créativité qui germait en lui à la faveur de leur nouvel environnement, sa présence à ses côtés lui manquait. Surtout le soir, une fois les trois loustics au lit, lorsqu'il désertait le salon pour filer dans son atelier. Dévoué à son job, accroché à ses pinceaux, Christian devenait casanier. Un bouquin pioché dans un vieux poêle à bois qu'il feuilletait jusque tard dans la nuit comme s'il s'agissait d'un grimoire suffisait à son bonheur. La faible fréquentation du public et la tranquillité des lieux lui convenaient. Aucun ami ne se risquait par surprise à pousser le portillon du cimetière à l'heure de l'apéro comme jadis la porte de l'appartement. Tout semblait contribuer à le satisfaire. Et cette soirée casse-gueule allait dans ce sens.

— Si le serveur n'avait pas mis des plombes à prendre notre commande, on n'aurait pas loupé la séance de 21 heures.

Madeline se retint d'ajouter un commentaire. Elle emporta la bassine pleine d'eau dans la salle de bains et la vida dans la baignoire. Leur arrivée en catastrophe sous le déluge, l'allée du cimetière gorgée d'eau, la demeure plongée dans l'obscurité, les enfants comme soudés au canapé, éclairés par trois pauvres bougies chauffe-plat, et cette effluence que dégageait le salon – ni plus ni moins celle d'une cave – agrémentée d'un relent de vomi, tout cela marquerait longtemps son esprit. Mais il n'y avait pas mort d'homme. Ce qu'elle n'encaissait pas, en revanche, c'était l'attitude agressive de Christian : une réponse émotionnelle disproportionnée. Dans le taxi, il vociférait au téléphone après Michael, le traitait de débile, et s'adressait au chauffeur d'un ton abrupt, la tête penchée entre les sièges avant, tout en scrutant le pare-brise bombardé d'eau. Il avait remis ça dès le seuil de la maison franchi. Elle avait imaginé entre ces murs cent choses possibles pour leur couple, un bonheur différent. Pas ce genre de glissade des sentiments. Pas cette acrimonie à l'encontre de son fils.

— Mad…

Christian apparut dans l'encadrement de la porte, caressant sa barbe du pouce et de l'index.

— Je ne veux pas que tu t'angoisses… On va s'adapter à la situation.

— *S'adapter à la situation* ? Il faudrait déjà que les plombs arrêtent de sauter dès qu'on branche le grille-pain et que les radiateurs se décident à chauffer !

Elle accrocha du regard le rideau de douche dont la partie supérieure se couvrait de minuscules points noirs.

— … Toute cette humidité, c'est infernal !

— Si les enfants ne foutaient pas de l'eau partout quand ils se lavent, aussi…

— La maison n'est pas saine.

Le grondement du tonnerre au loin fit vibrer les vitres de la fenêtre. Christian soupira.

— Je sais. L'installation électrique est HS et la chaudière en bout de course… Demain, j'appelle la DEVE[1].

Madeline s'assit sur le rebord de la baignoire et croisa les bras.

— Et pour la fuite, tu comptes faire quoi ?

— C'est sûrement rien. Une gouttière bouchée qui déborde.

Un éclair blanchit la pièce. Le néon au-dessus du lavabo s'éteignit une fraction de seconde.

1. Direction des espaces verts et de l'environnement.

— Bonfils m'a parlé d'un problème de toiture suite à la tempête de 2008. Une partie de la couverture en zinc a été arrachée par un gros coup de vent. Il y a peut-être un souci à ce niveau-là. Je m'occuperai de ça à la première heure. Promis.

Christian s'appuya au chambranle.

— Mad, cette baraque a deux siècles. Normal qu'elle ait ses petits caprices. L'important, c'est nous deux.

Il lui sourit, un peu gauche. Ce brusque changement d'humeur surprit Madeline. Ce soir, tout prenait l'eau. Même sa colère. Christian semblait tirer une forme de soulagement de leur mésaventure – laquelle les conduirait à bannir pour quelque temps ce type d'escapade en tête à tête. Ils n'avaient même pas discuté du film, échangé leurs impressions. *Alice et le maire* resterait associé à un ratage. Quant au dîner, son époux l'avait transformé en conférence sur le bio-art. Tout ce qui l'intéressait se résumait en un mot : moisissure. Exalté comme jamais. Celle qui se propageait au plafond de son atelier consistait en un étonnant moucheté ocre-noir dont il guettait chaque matin l'évolution. Récemment, il s'était connecté à un site d'art conceptuel traitant de moisi et d'autres pourritures ; l'artiste envisageait ces champignons microscopiques comme une « possibilité de synthèse entre l'œuvre et son environnement ». Idéal devant un plateau de fruits de mer.

— … Non ? T'es pas d'accord ?

— Tu as très mal parlé à Michael.

— Je sais.

— Tu m'as très mal parlé aussi.

— Je me suis un peu emporté, oui.

Christian se frotta les yeux, relâchant l'air de ses poumons.

— Faut qu'on le briefe sur des trucs de base en électricité, ton fils.

Elle s'attendait à ce qu'il s'approche d'elle, dépose sur ses lèvres ce baiser qui scelle un pacte de paix. Il n'en fit rien. Il ne prononça pas de mots d'excuse, ne murmura pas de douces paroles au creux de son cou, ne caressa pas ses fesses d'un geste appuyé, ne se jeta pas non plus sur son portable pour se connecter à l'appli Doctolib (en temps normal, il s'inquiétait au moindre éternuement de sa petite lionne). Christian tourna simplement les talons.

— Je vais voir si la flotte ne tombe pas dans l'atelier.

Aussitôt dit, il s'éclipsa.

Madeline en resta stupéfaite.

Leur anniversaire de mariage, ce rituel censé honorer un lien noué par l'amour, lui laissait comme un goût d'inachevé. Épaules basses, elle promena son regard dans la pièce et remarqua, en boule sur le sol, la serviette utilisée par Michael pour sécher sa sœur. Elle se pencha pour la ramasser. Au moment où elle la fourrait dans le panier à linge, la foudre fendit le ciel, inondant la salle de bains d'une clarté menaçante. Six secondes s'écoulèrent avant que son écho sourd et persistant ne lui parvienne. L'orage s'éloignait. Dans le couloir, l'eau martelait le silence de son goutte-à-goutte.

Le calme de la maison se referma sur elle.

Cette paix, n'était-ce pas ce qui l'avait séduite, la première nuit ?

Comme un pincement au cœur.

Et le sentiment étrange de s'être placée docilement à l'écart du monde.

Christian s'accroupit pour avoir une meilleure compréhension de ce qui se tramait sous les branches de l'imposant bosquet devant la maison. Quelque chose le dérangeait dans cette accumulation de verdure biscornue. La nature s'était offert son sanctuaire et croissait en dépit du bon sens sous son nez, défiant la rigueur des sépultures aux alentours. Le pêcher avait bataillé tout l'été pour contourner de ses rameaux les buis déstructurés, ne pas étouffer sous les lianes du chèvrefeuille, mais se déployer plutôt par-dessus les épiaires de Byzance aux feuilles duveteuses et les acanthes dont les hampes florales se desséchaient. Il accrocha de son gant un rosier chétif, et sentant un arôme camphré monter à ses narines, devina enfouis par là deux ou trois pieds de romarin. Il s'empara d'une binette et, s'attaquant aux mauvaises herbes, arracha une motte de terre truffée de racines racornies.

— Si j'étais vous, j'attendrais l'hiver.

Christian releva la tête. Ce qu'il devinait de l'automne en ces feuilles mouchetées et ces maigres boutons de rose qui crèveraient aux premières gelées s'incarnait devant lui en chair et en os : le retraité, qui jadis chaussait ses bottes d'agent de surveillance, l'observait dépouiller le bosquet de ses oripeaux fanés.

— Pardon ?

— Il vaut mieux parfois laisser la nature s'épuiser plutôt que de s'épuiser à sa place.

Christian se redressa et plissa les paupières.

— Munch, c'est ça ?

— Charles Munch. Et vous ?

— Mara. Christian Mara.

L'homme portait une veste trois-quarts en cuir tanné pareille à celles des pilotes allemands de la Seconde Guerre mondiale. Un foulard noué à son cou dépassait de l'encolure. Son style vestimentaire et sa peau d'un blanc farineux lui donnaient l'air bien plus vieux qu'il ne devait l'être. Christian retira ses gants avant de serrer la main qu'il lui tendait.

— Vous venez souvent, non ?

— Toutes les deux semaines.

Munch fixait des yeux le pavillon.

— Votre femme se plaît, ici ? demanda-t-il.

— Je le crois.

— La mienne aussi.

Ignorant s'il s'agissait d'un trait d'humour, Christian s'abstint de tout commentaire. L'idée que ce type ait fait le choix d'inhumer sa défunte épouse sur son lieu de travail le déconcertait toujours autant.

— C'est pour elle que j'ai aménagé ce coin de verdure il y a une quinzaine d'années. Pour qu'elle puisse contempler de la fenêtre de la chambre autre chose que des tombes. Un endroit où la nature reprendrait ses droits, vous voyez ?

Du menton, il désigna le bosquet.

— J'ai planté du chèvrefeuille, du romarin et du thym pour que leur parfum embaume la cuisine l'été. Et pour l'hiver, il y avait deux eucalyptus, mais…

Il plia les genoux, poings sur les cuisses, cherchant à travers les branches.

— J'ai l'impression qu'ils ont crevé.

Christian acquiesça. Dans sa manière un peu raide de se mouvoir et le ton détaché de sa voix, Munch lui rappelait son père lorsqu'il sortait de derrière son comptoir, allait ouvrir d'un tour de clé une vitrine et saisissait délicatement un bijou qu'il posait sur un plateau tapissé de velours rouge. C'est avec cette même indolence qu'il s'était adressé à lui un jour pour lui dire que rien ne le retenait à la maison, qu'il était libre de partir et d'aller où bon lui semblait, le plus loin possible de préférence. Christian avait fichu le camp dans l'heure qui avait suivi.

— Ce qui manque à cette baraque, c'est du lierre pour apporter un peu de fraîcheur l'été, soupira-t-il.

— Pas possible. Ils ont bétonné le sol.

Munch se redressa et scruta la façade crépie.

— J'espère que votre famille tiendra le coup.

— Pardon ?

— Dans cette maison, je veux dire… Elle vous observe, elle vous laisse faire, mais elle ne console personne. Pas même les défunts. On est les locataires de ses souvenirs, en quelque sorte.

Christian opina faiblement de la tête.

— … Si les femmes nous survivent, continua le vieil homme, c'est pour les enfants, pour les rassurer. Vous en avez trois, je crois. Avec mon épouse, on n'a pas eu cette chance.

Son regard courtois se posa sur Christian. Le vent plaquait ses cheveux en vaguelettes grisonnantes contre son front.

— Mara, c'est de quelle origine ?

— Irlandaise.

— Vraiment ?

— Mes ancêtres sont arrivés en Bretagne au XVIIe siècle pour fuir les Anglais. À l'origine, il y avait un « O' » devant.

— Et comment vous l'écrivez ?

— Comme ça se prononce : M, a, r, a.

Munch rajusta son foulard, fixant la vieille cloche chevillée au mur.

— Hum… C'est bien ce que je pensais. Vous êtes fait pour ce job.

— Parce que je m'appelle Mara ?

— Mara est la déesse hindoue de la mort.

— Ah.

— Vous ne le saviez pas ? C'est aussi un prénom féminin d'origine hébraïque. En hébreu, Mara signifie *amertume*… Le sens des noms et leur corrélation avec l'histoire des religions, c'est ma marotte, se justifia-t-il.

De l'index, il pointa le torse de Christian.

— Natif du 25 décembre ?

— Non, pourquoi ?

— La naissance du Christ, ça vous dit quelque chose ? Bien sûr, vous savez que *Christian* désigne le *disciple de Jésus* notre Sauveur… Quoique la couleur de vos cheveux évoquerait plutôt la figure de Judas.

Les propos de l'ancien conservateur mirent Christian mal à l'aise. Il accrocha le sécateur à sa ceinture et empoigna la sangle d'un sac à moitié rempli de déchets végétaux.

— Écoutez, la journée est bien entamée et j'ai encore du travail.

L'homme posa une main sur son épaule.

— Votre temps est précieux, désolé. J'étais venu vous mettre en garde contre ce traître de Bonfils.

— C'est-à-dire ?

— Ce type a une fâcheuse tendance à fourrer son nez dans les affaires des autres. C'est une personne malfaisante. Il faut vous méfier de lui… À présent, jetez donc un œil derrière vous.

Christian pivota : deux gaillards se tenaient à l'entrée du cimetière, mains dans les poches, curieux de savoir ce qui se cachait derrière les hauts murs.

— Vous devez savoir que certains individus viennent ici faire leur petit business. Ils ne sont jamais là par hasard. Alors prudence.

Bonfils avait raison. Le bonhomme n'était pas net. Vingt années passées enfermé là avaient fini par lui taper sur le système.

— Avez-vous déjà découvert une de ces poupées transpercées d'aiguilles sur une tombe à la pleine lune ?

— Je n'ai pas eu cette chance.

— Ça viendra. Il faut vous attendre à tout, monsieur Mara. Même au pire…

Il regardait maintenant en direction de l'atelier, au-dessus du bureau. Sa voix siffla aux oreilles de Christian.

— J'espère que vous avez trouvé le livre.

— Quel livre ?

Il appuya sa réponse d'un clin d'œil.

— *Souviens-toi que tu es né poussière et que tu redeviendras poussière*… Croyez-moi : un jour ou l'autre, vous en aurez besoin.

Sa silhouette se détachait dans un ciel d'un gris puissant.

— Votre petite fille est bien mignonne. Je ne voudrais pas qu'il lui arrive malheur… Salutations, monsieur Mara.

Sans plus d'explication, il tourna les talons.

Christian le vit s'éloigner avec soulagement. Il lui semblait qu'un flux mortifère traversait le cimetière et s'engouffrait dans le sillage de cet homme dont l'avertissement sonnait comme une menace.

Il comprenait désormais ce qui le dérangeait depuis toujours, dans ce bosquet. Son désordre fébrile. Il était né d'un esprit assez tordu pour cacher un bouquin sous les cendres d'un vieux poêle.

Et ce livre qui participait à son mystère revêtait soudain un indéniable intérêt.

De drôles d'idées passaient par la tête d'une maîtresse. Installer le nouveau à côté d'Eliot, par exemple.

— Salut, Scooby-Doo bidet !

Yacine l'avait aussitôt pris pour cible, lorgnant sur sa trousse Scooby-Doo. Depuis le jour de la rentrée, il s'appliquait à lui pourrir la vie. Lui piquait sa gomme ou son crayon s'il levait la main pour répondre. Le poussait du coude quand il écrivait. À force de moqueries, le nouveau avait rallié à sa cause les meilleurs potes d'Eliot, lesquels préféraient trahir une amitié sans faille plutôt que d'être dans le viseur. Sauf Yliès. Lui aussi en bavait avec Yacine, à cause de son appareil dentaire. À la cantine, Eliot et Yliès se tenaient sur leurs gardes, redoutant le moment où un garçon de la bande ficherait par terre leur assiette ou balancerait de la purée dans leur verre. En quelques semaines, ce gamin qui ne s'intéressait qu'au foot et s'adressait avec insolence à la maîtresse était devenu sa hantise. Lorsque sonnait la récréation, Eliot bondissait de sa chaise, se faufilait jusqu'à la porte de la classe et dévalait l'escalier. Une fois dans la cour, il partait pour le grand tour de piste. Il courait, en cercle, en zigzag. Il courait pour éviter l'affrontement, les croche-pieds, les coups de savate dans les tibias. Il courait lâchement, sans s'arrêter, avec la crainte de se faire coincer dans les toilettes par Yacine et sa bande, comme le pauvre Yliès, et s'imaginait déjà la tête dans la cuvette, sous les ricanements de ses tortionnaires :

— C'est bon, t'as plus soif, le croque-mort ?

Eliot voyait un seul avantage à la course à pied, ses bourrelets fondaient.

Courir, invisible aux yeux des surveillants et des maîtresses distraits par leurs conversations, leurs portables. Étrangement, qu'un élève de CM2 se tape un marathon à chaque récré ne mettait la puce à l'oreille de personne. Eliot cavalait dans l'indifférence – Anna mise à part. Ce matin, dans le hall, tandis que Yacine distribuait des coups de pied aux fesses de son frère, elle s'était interposée, poings sur les hanches, menaçant de le dénoncer à qui de droit. La petite lionne furieuse n'avait peur de rien. Ni des brimades, ni des insultes, ni des gestes grossiers. Eliot s'était senti plus minable encore.

— Te mêle pas de ça, Anna. C'est moi que ça regarde, compris ?

— Mais ça me regarde aussi, t'es mon frère !

La colère du déshonneur rougissait les joues d'Eliot.

— Laisse-moi tranquille, je te dis.

— J'veux pas qu'on te fasse de mal.

Il lui avait fait promettre de ne rien dire aux parents. Combien de temps tiendrait-elle sans vendre la mèche ? Mystère. Une question de jours, guère plus.

Le cimetière était un vrai filon, son pourvoyeur de belles choses (comme cette libellule morte découverte dans la remise à outils en parfait état de conservation) et de trophées répugnants qu'Eliot collectionnait en secret dans un carton, en plus des papillons. Après l'école, sans se faire voir de son père, il alla fouiner dans quelques chapelles dont les portillons n'étaient pas verrouillés.

Ce qu'il cherchait l'attendait sous un autel poussiéreux : un truc bien dégueu à glisser dans le cartable de Yacine – le cadavre d'une chauve-souris. Encore fallait-il avoir le courage de l'apporter en classe ; ses intestins se nouaient déjà de trouille. Ce qu'il s'apprêtait à faire lui vaudrait certainement de se retrouver dans le bureau de la dirlo avec convocation des parents. La satisfaction de flanquer une sacrée frousse au footeux en valait-elle la chandelle ?

S'il y avait bien quelque chose qu'Eliot redoutait, c'était de décevoir sa mère. Quand elle était soucieuse, elle multipliait les étourderies, laissait le robinet de l'évier ouvert, oubliait d'étendre le linge qui prenait une odeur de prout dans la machine, se présentait avec un jour d'avance avec Anna chez l'ORL. À chaque veille de garde, quand elle venait l'embrasser, Eliot la serrait fort, lui chuchotait à l'oreille d'être très prudente. Il craignait que sa maman marche là où il ne faut pas, tombe dans un gouffre de feu avec tout son équipement. Il savait qu'elle avait reçu une citation pour avoir été la dernière à quitter une cuisine en flammes. Rien que l'idée lui retournait l'estomac.

— Alors, Eliot, raconte-nous ta journée : ça s'est bien passé à l'école ?

— Oui.

— Il y a une bonne ambiance dans ta classe ?

— Ça va.

De ce mensonge, il se condamnait à courir.

Mentir à ses parents. Mentir parce que la vérité ne pouvait qu'empirer les choses.

Affronter encore Yacine et ses ongles rongés. Même les vacances de la Toussaint s'annonçaient graves : son tortionnaire fréquenterait aussi le centre aéré.

Des problèmes, il en avait des tas. Ça grouillait dans son ventre, dans sa tête. Une fois, il avait essayé le suicide par noyade dans l'eau du bain (une main pince le nez, l'autre la bloque). Mais en pensant à sa mère et au chagrin qu'il lui causerait, il avait remis ça à plus tard.

— Les garçons, vous débarrassez la table ou faut que je vous le répète trente-six fois ?

Ses parents avaient déjà assez de tracas avec la maison et son frère casse-couilles.

— Au fait, Michael, c'est quoi, cette heure de colle sur ton carnet ?

— C'est rien, laisse tomber.

L'une se transformait en passoire thermique, l'autre en sale con.

— Michael, tu parles autrement à ta mère, s'il te plaît.

— Quoi ? « Laisse tomber », j'ai dit.

— Tu nous parles correctement.

— C'est juste un exo que j'ai oublié de rendre à la prof de SVT. Vous allez pas me soûler avec ça !

— Si t'as envie de redoubler ta troisième, c'est toi que ça regarde.

Son père lui plaqua une main sur l'épaule alors qu'il rapportait la corbeille de pain et la moutarde dans la cuisine.

— Et toi, les poubelles. Allez hop !

Un père un peu moins coulant depuis quelques jours. Limite crispant.

— Et ne sors pas avec tes chaussons, sinon tu vas tout dégueulasser en rentrant.

Eliot acquiesça d'un signe de tête. Il ne savait pas trop quoi penser de ce changement d'humeur. Il n'avait jamais vu son père autrement que dans la peau d'un jardinier, à la cool. Les seules passions qu'il lui connaissait étaient le cinéma et sa maman.

… Ce défi qui lui collait à la peau comme un ectoplasme – sa corvée du soir.

Le grondement des roues sur le gravier lui vrillait toujours les tripes, mais il commençait à s'habituer au spectacle désastreux du cimetière hérissé de sépultures grisâtres. Jadis explorateur de ce néant, il ne considérait plus que ses pieds désormais, tirant les bacs sur le trottoir, ignorant l'obscurité repliée sur lui, les gens bizarres dans la rue, les frôlements contre son dos et les grognements, tout près, dont il savait pertinemment qu'ils étaient le fruit de son imagination.

Pourtant, il aurait juré que derrière le platane, à trois mètres de lui, cette fille cachée dans la pénombre était bien réelle.

Secousses des pétards dans le ciel. Klaxons. Sifflets. Sirènes. Marianne, mise au bûcher. Une fumée rougeoyante s'enroulait autour de la statue de bronze, des fumigènes crépitaient à ses pieds. Mille drapeaux piquaient le ciel, fendaient l'air, agaçaient l'horizon. Partout, des pancartes brandies, des fronts têtus comme des pierres, frappés d'un rayon de soleil, tournés dans la même direction. Le portrait de Che Guevara au béret étoilé effleurait des nuques gelées, caressait un vent conquérant. Aux cris des revendications se nouaient les rires. Un brassard jaune à son bras, Madeline baignait dans cette ambiance inouïe, saisissante, entourée de sapeurs regroupés par brigades. Sur son sac à dos, deux mots peints en lettres majuscules : EN COLÈRE. Sa première manifestation une veste de pompier sur les épaules. La place de la République grouillait d'uniformes et de casques aux reflets miroitants. La fatigue de longs trajets en autocar depuis Lyon, Grenoble, Bordeaux ou Mulhouse se lisait sur la plupart des visages.

— On se fait caillasser, on est reçus avec le fusil, ET ON EN A RAS LE BOL !

Au micro d'une journaliste, les tempes blanchies d'une vie qui s'étiole, un militant CGT dénonçait les conditions de travail dégradées, la déconstruction du système social, le manque d'effectifs.

— Voilà des années qu'on tire le signal d'alarme : on demande la reconnaissance des risques du métier et une revalorisation de la prime de feu bloquée depuis 91 !

Madeline buvait ses paroles. Faire admettre les risques liés aux attentats, aux agressions, aux fumées dégagées par des matériaux toxiques à l'origine de nombreux cancers... On en était encore là. À ce mépris des pouvoirs publics envers une profession révélatrice de périls nouveaux abreuvés de violence.

— Les pompiers en ont plein les bottes ! On décale la peur au ventre !

La suite du discours se perdit dans le vacarme d'une mitraillette de pétards. Madeline plaqua les mains sur ses oreilles. Elle encaissait mal un tel boucan. Elle semblait cependant la seule à en souffrir ; tout autour, on chantait plutôt à tue-tête pour se réchauffer.

— Tenez, cheffe !

Barbier lui tendit un churro, acheté au vendeur installé sur la place.

— Attention de pas vous brûler.

Sourire ponctué d'un clin d'œil. Depuis qu'il avait eu vent d'une vieille rumeur qui circulait dans la caserne (la caporale-cheffe Madeline Mara aurait été mannequin photo avant d'incorporer la BSPP), il la regardait autrement, le cerveau troublé par le potentiel érotique de son officier supérieur.

— Merci, Barbier.

Éprouver, reconsidérer, souffrir sa féminité, en mission ou en manœuvres.

Cet exercice quotidien.

Grimper à bord d'un véhicule de secours comme un homme, sans savoir vers quoi l'on va, avec cette respectable fatigue de quarante-huit heures d'astreinte enchaînées et le cœur qui s'emballe. Rouler au-devant de la peur comme un homme, électrisée par les avertisseurs lumineux éclairant de bleu ce ciel qui s'éteint ou s'embrase. Faire pleuvoir de très haut, la peau qui transpire sous l'uniforme, puer le caoutchouc roussi comme un homme. Défier la fournaise, porter une victime en descendant l'échelle et trembler d'épuisement sur ses jambes comme un homme… Cette démonstration puissante de l'égalité des sexes était parfaitement inutile dans un cadre militaire.

Madeline croqua le beignet chaud et sucré, observant la foule avec amertume.

Si peu de femmes autour d'elle.

Si peu de femmes pour prétendre à tenir la lance.

Le cortège se mit en branle, remontant le boulevard en direction de la place de la Nation. Sur le trottoir, un escadron de gendarmerie mobile courait à la tête de la manifestation, matraques et boucliers antiémeute au poing. Sur les toits des immeubles alentour, quelques pompiers agitaient des drapeaux. Madeline couvrit son nez de son écharpe pour ne pas respirer les émanations âcres du fumigène que Julie Pinsault venait d'allumer. Dans sa combinaison antifeu et ses rangers, sa jeune collègue avait accroché à sa ceinture une enceinte Bluetooth et mettait le pas du bataillon à la cadence de sa playlist – du rap américain West Coast. *Still fuck with the beats, still not loving police*[1]. Le crépitement du fumigène, la clameur générale et les sirènes des forces d'intervention en approche agaçaient les tympans de Madeline. Contrairement à Pinsault, cette

1. *« Still D.R.E. »*, de Dr. Dre.

foule conquérante et virile ne l'emportait pas. Elle n'avait aucune envie de communier avec le groupe. Personne ne la tenait par le coude, et cette fierté qui les galvanisait tous la laissait insensible. Si elle embrassait la même cause, elle marchait aussi pour sa singularité, en marge de cet élan fraternel. Du sucre en poudre au coin des lèvres, calfeutrant ses oreilles, la petite fille élevée sagement par sa grand-mère reprenait d'instinct ce chemin d'exil qu'elle s'évertuait à suivre depuis l'enfance, sourde aux railleries des camarades de sa classe, elle qui ne s'intéressait pas aux livres d'images montrant des chiens, des poules et des princesses, mais jetait plutôt son dévolu sur des carnets de coloriage pour garçon où se dévoilaient de splendides véhicules de secours à peindre en rouge.

— Plus tard, j'en conduirai un gros comme ça !

— Toi ? Conduire un camion de pompiers ?

— Oui ! Pour éteindre le feu.

Son obsession. Née de ce jour où de la nacelle d'une grande échelle caressée par les flammes, un pompier l'avait recueillie à bout de bras, minuscule bébé enfermé dans un sac de sport que son père balançait au-dessus du vide, suspendu à un drap.

Ce besoin viscéral de sauver ce qui ne devait jamais périr.

La mort de ses parents avait engendré tant de solitude et d'aversion pour le deuil, l'engloutissant de toutes les craintes que ses grands-parents éprouvaient à son égard. Éclatante de cette beauté métisse héritée de sa mère, elle était devenue leur seule raison de vivre, le précieux écho de leur fille adoptive bien-aimée.

— Ma petite Mado, sapeur-pompier, ce n'est pas un métier pour une femme.

— Tu sais, mamie, les filles ont le droit de choisir le métier qu'elles veulent, maintenant. Même un métier de garçon.

— Oh ! Vraiment ? Tu penses pouvoir tout faire comme un homme ?

Madeline avait vu pâlir sa grand-mère au récit de ses exploits censés prouver qu'elle était une femme *comme un homme*. Cependant, pour celle qui l'avait élevée, seule compterait sa capacité à mettre au monde des enfants en bonne santé. Et sa plus grande fierté s'afficherait dans son salon, encadrée au mur : pas une médaille, pas un diplôme, mais une page découpée dans le catalogue automne-hiver 2004 de *La Redoute* où Madeline poserait en robe du soir sexy. Le sous-verre devait se trouver dans un carton du garde-meuble, au milieu des modestes mais précieuses babioles héritées de ses grands-parents à leur décès.

— Qu'est-ce qui se passe ?

Le cortège n'avançait plus. À côté d'elle, Barbier se frottait les mains.

— Je crois que ça va chauffer !

Le sapeur rougissait d'exaltation, comme cette nuit sur les toits de Notre-Dame, lorsqu'un souffle torride s'était rabattu sur lui, prêt à le rôtir.

— Vous voyez quelque chose ?

Une buée tiède sortait de sa bouche. De ses yeux clairs, il scrutait un nuage de fumée devant lui à moins de cent mètres.

— Pas vraiment, mais…

Madeline frémit sous sa parka : la foule se resserra sur elle comme une veine gonflée de sang. Des sifflets. Des huées jaillirent de tous côtés. Ici, l'exaspération grondait. Là-bas, casque contre casque, soldats contre soldats, on applaudissait l'ironie d'un tel face-à-face, bras levés ou couchés sur le bitume. *Écartez-vous !* Un mauvais vent se répandait dans l'air, brûlait les paupières et la gorge des militants en première ligne – la gendarmerie mobile lançait des grenades lacrymogènes. *Doucement, les gars ! Repoussez doucement ! Tenez vos boucliers !* Et soudain, à l'horizontale du ciel, le déluge. Deux lances balayèrent les manifestants de leur flot, creusant dans la foule un sillon noir. La violence avec laquelle l'eau s'abattit sur Madeline manqua la renverser. Dans le mouvement de panique qui suivit, Pinsault fut projetée en arrière et tomba au sol.

— Par ici !

Avec l'aide de Barbier et d'un autre homme de la brigade, Madeline la conduisit à l'abri sous un porche. Son enceinte Bluetooth pendait à sa ceinture, le haut-parleur défoncé.

— Ça va, Pinsault ? Rien de cassé ?

— Ça va, cheffe… Juste un peu sonnée.

Partout, la débandade. *Allez ! Rentrez chez vous !* Trempée, glacée, respirant les effluves des cigarettes que fumait Barbier, Madeline attendit que l'assaut prenne fin et que cesse cette palpitation totalement irréelle du monde.

Bombardés à coups de canon à eau.

Hier décorés pour leur courage, après avoir mis leurs vies en péril et sauvé Notre-Dame, on les pulvérisait de la manière la plus déshonorante et la plus avilissante qui fût pour un soldat du feu.

Du carrelage vert émeraude jusqu'au miroir surplombant le lavabo, la pièce se couvrait de buée. Le bain d'Anna était soyeux comme un songe et la mousse légère à la surface de l'eau. De la vapeur au parfum d'abricot s'échappait de ses doigts écartés en éventail. Alignées en rang d'oignons sur le bord de la baignoire, des licornes en caoutchouc aux couleurs de l'arc-en-ciel attendaient ce plongeon délicieux par lequel débuterait un conte effroyable de cour d'école. *Dégage de là, sale métisse ! Retourne chez les Papous en Afrique ! – Y a pas de Papous en Afrique, espèce de gros nul !* Tour à tour, les licornes seraient secouées, propulsées, écrasées, noyées, sauvées, câlinées sous le regard impassible d'un vieil ours assis dans un angle contre le mur – l'histoire prendrait d'autant plus d'intérêt qu'elle serait entendue. *Ta mère, elle est pompier parce qu'elle a le feu aux fesses ! – Et toi, ta mère, quand elle te voit, elle vomit !* Éclairées de l'intérieur, les licornes clignotaient au contact de l'eau, ballottées par les vaguelettes. Leurs petites cornes dorées permettaient de gratter ou piquer différents endroits du corps. Le récit s'achevait en apothéose : une tempête de force douze agitait les flots ; Anna chavirait à maintes reprises, la tête sous l'eau et le derrière en l'air, éclaboussant partout, puis elle jaillissait telle une statue, dégoulinante. En général, son père arrivait quelques minutes après, au moment où la fillette façonnait des seins sur son torse avec de la mousse.

— Anna ! C'est quoi, toute cette flotte ?

Son papa soupira. Il lui tendit une serviette, la frictionna sans entrain, vida l'eau de la baignoire et repartit en oubliant de lui peigner les cheveux.

— Et ne traîne pas. On va passer à table.

Anna s'enveloppa du drap de bain devant le radiateur électrique qui soufflait un air tiède sur ses cuisses. Puis, debout sur le marchepied en plastique bleu, la fillette se peigna comme elle put en clignant des yeux face au miroir. Elle s'assit pour enfiler pyjama, chaussettes, chaussons et robe de chambre, expliquant à son ours que, bientôt, tout irait mieux. Après la Toussaint, un installateur viendrait changer la chaudière, il ferait bon partout dans la maison, elle arrêterait de faire des bronchites à répétition, maman serait moins soucieuse et papa redeviendrait tout doux. Avec prudence, enfin, elle attrapa la peluche, et inspecta sa fourrure élimée avant de la serrer contre son ventre.

Pour rien au monde, Anna n'aurait voulu que ça recommence.

La veille, il s'était passé quelque chose avec son ours quand elle l'avait pris dans ses bras. On aurait dit qu'il était vivant, soudain, et qu'il bougeait son museau. Intriguée, elle avait approché son nez tout près : une bestiole jaune grisâtre escaladait sa fourrure, ondulait, s'allongeait, se dévoilait. La fillette avait bondi en arrière et crié à tue-tête. Un mille-pattes de près de dix centimètres ! Même Eliot, accouru à ses hurlements, n'en avait jamais vu d'aussi gros, avec d'aussi longues pattes, effilées et zébrées, recourbées comme des cils.

— Papa, viens voir ! Des scutigères géantes !

Parce qu'il y en avait d'autres qui grimpaient sur le rideau de douche. Ça sortait d'une minuscule fissure à l'angle de la baignoire et du mur, là où, dorénavant, Anna évitait de poser son ours.

Les enfants avaient promis à leur papa de ne rien dire à maman.

Il ne fallait pas non plus lui parler de la matière noire un peu collante que leur père avait découverte derrière la cuvette des W.-C. en réparant la tirette.

Ça faisait beaucoup de secrets à garder avec celui d'Eliot et aussi celui du monsieur dans le cimetière. Quelqu'un de gentil. Ils se rencontraient près des chapelles, en cachette. Son visage était pâle comme un masque et, derrière ses paupières plissées, se devinait un regard complice. Anna aimait converser avec lui malgré l'odeur de tabac et de vieille sacoche en cuir que dégageaient ses vêtements.

— Moi, monsieur, une fois, j'ai entendu une voix. C'était une morte. Une fille.

— Les morts nous parlent, parfois. Surtout dans nos rêves.

— Vous croyez que ça la dérange, la dame, que j'aie pris son ours ?

— Au contraire. Il n'attendait que toi.

Sans lui, Anna n'aurait jamais su comment s'appelait la peluche.

Il savait même où était la tombe de celle qui lui avait arraché une oreille.

« Graysmith's Theme, Zodiac », David Shire.

Sur le papier recyclé préalablement enduit d'un lavis presque diaphane, Christian avait appliqué de l'encre verte au chiffon. À l'aide d'un pinceau au poil durci, il déposait maintenant la peinture acrylique noire par petites touches. S'ajouterait ensuite la mine de plomb qui renforcerait le contraste entre le fond et les points noirs. Pour finir, il prévoyait un rectangle à l'encre blanche diluée à l'eau, induisant l'idée d'effacement de ce qui était énoncé dessous – du moins est-ce ainsi qu'il concevait ce tableau. Confus, illisible et clair. De l'obscur émanerait cette fenêtre de lumière diffuse… Un temps de séchage était d'abord nécessaire. Il nettoya ses outils, coupa l'enceinte Bluetooth, retira sa blouse qu'il suspendit à un clou, éteignit la lampe articulée fixée au rebord de la table et ferma la porte d'un tour de clé. Il était exactement 14 heures lorsqu'il rejoignit son bureau. Une femme l'attendait déjà.

— Ce serait pour un renseignement…

Elle cherchait la tombe de sa sœur. La cinquantaine, très élégante, contrariée comme quelqu'un qui ne trouverait pas son chemin, elle précisa qu'elle n'habitait plus en France et que les occasions de venir se recueillir ici étaient rares.

— Ma dernière visite remonte à neuf ans.

Christian devinait l'embarras que suscitait l'aveu. Nombreuses étaient les personnes coupables de défection envers un défunt, même s'"il reposait dans l'écrin soyeux de leur mémoire. Les survivants aimaient s'étourdir de reproches. Christian pivota sur son fauteuil, face à l'ordinateur.

— Date de l'inhumation ?

— Janvier 97. Le 4.

Il invita la femme à s'asseoir et entra le nom de sa sœur dans la base de données funéraires de la mairie de Paris. Il prenait connaissance des informations qui s'affichaient quand son pouls s'accéléra. Des morceaux de cercueil remontés à la surface… Des gants en plastique rouges jetant des os dans une bâche… Le raclement de la pelle sur la pierre… Les images lui revenaient, sans filtre. Sa deuxième exhum', début août. Il s'éclaircit la gorge.

— La propriétaire de la concession est Henriette Dumas. C'est vous ?

— Non. C'est ma mère. Mon nom est Marie Dumas-Virly.

— L'adresse de votre mère est-elle toujours 13, rue de Bercy ?

La visiteuse acquiesça puis croisa les jambes, dévoilant des bottines pointues en daim assorties à son sac à main.

— Votre mère n'a pas répondu aux courriers que la conservation lui a adressés.

— Des courriers ? À quel propos ?

— Au sujet du renouvellement de la concession.

— … Ce n'est pas une concession à vie ?

— « Une concession perpétuelle. » Non.

Le caveau était particulier, aménagé sous une stèle en granit. Un trou béant. Penché dessus, Christian avait tenu la corde pour hisser les restes dans un seau. Grimpé sur l'échelle, un fossoyeur lui avait tendu une alliance, couverte de cette bouillie terreuse qui tapissait le tombeau…

Il posa les coudes sur le bureau, emboîta ses paumes l'une sur l'autre, dans cette posture redoutée du médecin s'apprêtant à donner un diagnostic.

— Une procédure d'exhumation est mise en place lorsque le délai de renouvellement d'une concession est échu. La loi ne contraint pas l'Administration à en informer le propriétaire, mais nous le faisons systématiquement… Malheureusement, votre mère ne s'est jamais manifestée.

— Et que se passe-t-il, dans ce cas ?

— La concession tombe dans le domaine public.

La visiteuse leva les sourcils.

— Ce qui veut dire ?

— Le terrain est réattribué et le monument détruit.

Elle le fixa intensément.

— Vous plaisantez ?

Le caveau abritait un cercueil vitré encastré dans le mur. Du jamais vu. Les fossoyeurs avaient explosé la vitre, démantelé la structure métallique à coups de masse. – *Racle le maximum, hein ! – Y a pas que de la merde, non, c'est du bois décomposé, des os et du tissu…* Leur conversation, ce badinage de basse-fosse, était montée jusqu'à lui avec l'odeur pestilentielle. – *Fais gaffe aux pointes rouillées, José… – Purée, ça commence à chlinguer. – C'est un métier insalubre, qu'on fait… – Ouais, heureusement qu'on est des as de l'apnée !* Il y avait eu quelques blagues à propos de Blanche-Neige, une perruque rapportée dans le seau, un morceau de boîte crânienne, des asticots, mais pas de mâchoire.

— Je suis désolé, articula-t-il, mais votre sœur ainsi que les autres membres de votre famille inhumés dans ce caveau ne sont plus ici.

Un échange s'ensuivit, désagréable. La femme se leva, brassant l'air, le regard tourné vers le cimetière auquel plus rien ne la rattachait désormais.

— Je ne savais pas que, dans ce pays, on déterrait les morts !

— Croyez bien que je comprends votre douleur, madame. C'est une situation que je ne souhaite à personne.

— Quand on ne paie pas sa place, on est bons pour la benne à ordures !

— Une exhumation se fait dans le plus grand respect des défunts. Tout ce qui peut être conservé est placé dans un ossuaire. En tant qu'agent assermenté, j'étais présent lorsque nous avons procédé à la destruction de ce caveau. Désirez-vous que je vous en parle ?

Elle pâlit, secoua la tête, et retomba sur sa chaise. Genoux serrés, Mme Dumas-Virly admit qu'elle aurait dû s'en douter et qu'elle ne devait s'en prendre qu'à elle-même.

— Au téléphone, elle semblait cohérente, je ne me rendais pas compte que ma mère était aussi gravement atteinte… Les lettres que vous avez envoyées sont sûrement quelque part chez elle, sur une des piles de courrier entassées dans un placard de la cuisine.

Alzheimer. Cette terrible façon de partir comme on prendrait le train en oubliant ses enfants sur le quai. Christian communiqua les coordonnées de l'ossuaire de Thiais où se trouvaient les restes collectés dans le caveau, raccompagna la visiteuse jusqu'à l'entrée du cimetière et lui tint compagnie encore un bon quart d'heure. La pauvre femme se raccrochait à lui, un mouchoir appuyé sous les narines. Lorsqu'il reprit place derrière son bureau, le froid lui rougissait les oreilles. Il inclina la Thermos au-dessus de son mug d'un geste abrupt. Du café éclaboussa ses doigts et le tapis de souris.

— *Hey, careful, man… There's a beverage here*[1]… murmura-t-il.

---

1. Réplique culte tirée du film *The Big Lebowski*.

Certaines communes exigeaient que l'on blanchisse les os avant qu'ils ne soient placés en ossuaire.

Nettoyés de toute trace de chair.

Ce métier était imprévisible. Les choses arrivaient comme elles arrivaient. Brutes. Avec la virulence d'un coup de cloche.

Un type à sa porte lui fit quitter des yeux le calepin sur lequel, machinalement, il s'était mis à crayonner un anneau nuptial. Christian se leva pour lui ouvrir.

— Je peux vous renseigner ?

— Je cherche les toilettes...

— Pas ici, monsieur, c'est indiqué dans la rue : vous avez des toilettes publiques en descendant à droite.

Se rasseoir et compter les minutes jusqu'à 18 heures. Répondre aux coups de fil, au graveur qui se pointe avec un jour de retard, au fossoyeur venu creuser une tombe pour l'inhumation prévue jeudi. Attendre ceux dont le deuil ne peut aboutir. Assumer d'être le guichet social, gérer cette détresse, s'occuper des vivants plutôt que des morts. Se faire un peu bouffer par ça. À force de repasser sur les traits de son dessin, l'anneau ressemblait maintenant à un morceau de charbon.

Le blanc des os. La moisissure noire.

Dans l'atelier, les champignons se développaient à la faveur de l'humidité. Un petit rien de ténébreux gagnait les esquisses et les monotypes que Christian saturait de lignes et de lettres tracées en écriture automatique à l'encre de Chine, au crayon ou à l'acrylique. Les nouveaux rideaux de la verrière, le tapis de laine sous la table à dessin, ses toiles contre le mur commençaient à changer d'aspect, ramollissaient, en proie à une imperceptible contagion, terrifiante et fabuleuse. Ce qui se produisait dans cette pièce lui échappait, le fascinait. Il en allait de même avec ce livre que Munch semblait investir d'un pouvoir particulier et que Christian avait bien failli balancer à la poubelle. Dans *L'Ange à fourrure*, Monique Watteau décrivait un phénomène de dégradation analogue à celui de l'atelier : l'héroïne voyait son appartement se désagréger progressivement, dévoré par la moisissure, à l'image du remords qui la rongeait… Plus il en tournait les pages, plus l'érotisme singulièrement déviant qui se dégageait de l'histoire le frappait. L'atmosphère du roman devenait étouffante, étourdissante et moite, comme l'opulente végétation de cette forêt colombienne tapissée d'humus si amplement dépeinte… Que pouvait-il avoir en commun avec cette histoire de singe roux vendu à un zoo dont s'éprenait cette folledingue de zoologiste ?

Sur le calepin, la pointe du crayon ripa.

Une tension dans le crâne. Comme un élastique qui claque.

Christian recula son siège, appuya du bout des doigts sur ses tempes. Il ouvrit le tiroir du bureau, saisit une boîte de zolmitriptan, glissa sous sa langue un cachet.

Paralyser la migraine.

Dehors, un ciel froid, transparent comme un glaçon.

Ne laisse pas ton travail prendre le pas sur toi, sur nous.

Madeline avait tort de s'inquiéter. Ce job était la meilleure chose qui puisse lui arriver. Il n'éveillait pas seulement sa créativité et son empathie pour ceux qui chaque jour lui abandonnaient leur chagrin dans cette pièce exiguë, racontaient le malheur d'une perte qui ravageait tout, jusqu'à l'inconcevable, il opérait sur lui en profondeur.

Dorénavant, Christian connaissait les tenants et les aboutissants de l'existence, son début et sa fin. Et cette prescience lui donnait les pleins pouvoirs.

IV

LA TIGE BRISÉE DU LYS

Elle symbolise la mort d'un nouveau-né ou d'un enfant, la vie interrompue brutalement. Dans certaines représentations, une colombe – messagère de Dieu – vient briser d'un coup de bec la tige. La fleur représente alors l'âme de l'enfant que l'oiseau emporte vers les cieux.

Sans cesse, se repasser le film.

Les touristes chinois encombrés de sacs de grandes marques qui montent dans la rame de métro à Opéra, déjà infiltrés par le groupe.

Le lot rapidement glissé par Nadia dans la besace d'Olia.

La bande qui s'extirpe de la voiture juste avant la fermeture des portes.

Olia filant à gauche, les autres à droite.

Quelques secondes d'exaltation trop vite arrêtées par les hurlements – là-bas, bloquées par un contrôle de police, les filles s'époumonent.

Impossible pour Olia de rejoindre la sortie rue Scribe et de remettre le lot.

Elle était allée dans le sillage des voyageurs, d'un couloir à l'autre, se cachant des caméras de vidéosurveillance pour mieux opérer sa métamorphose – casquette jetée dans une poubelle, pince retirée des cheveux, gilet noué sur les hanches, foulard attaché à la sangle de la sacoche pour la camoufler. La jeune fille avait ainsi dérivé de longues minutes jusqu'à un escalator en panne, ce piège vertigineux de la RATP au pied duquel une maman, avec poussette et valise, semblait désemparée. En haut, la police attendait la petite voleuse. Olia avait risqué le tout pour le tout.

— Je vous aide, madame ?

Elle avait aussitôt soulevé la poussette par devant et engagé la conversation le plus naturellement du monde, adressant des sourires au garçonnet sanglé dans le siège. Divin souvenir que celui de ces messieurs en uniforme qui s'écartaient pour laisser passer la petite famille. Collée aux basques de la voyageuse jusqu'à République, Olia l'avait lâchée pour prendre la ligne 8, direction Créteil. Les joues en feu, elle s'était affalée sur la première banquette de la rame.

Dans son portable, une rafale de SMS attendaient d'être lus. Son chef lui ordonnait de ne pas revenir à l'hôtel avant minuit et de ne répondre à aucun message émanant des autres filles. Olia devait aussi se débarrasser du téléphone et mettre le lot en lieu sûr, ne surtout pas le garder sur elle. La gorge serrée, elle avait appuyé une main contre son ventre en songeant à Nadia. Et si, cette fois, la police était moins clémente ? Si on l'expédiait dans un de ces foyers pour jeunes sans-papiers à l'autre bout de la France ? Quelles étranges minutes elle avait vécues, alors, loin du clan et de ses lois, entourée de voyageurs dont l'ordinaire affadissait l'œil et courbait les épaules.

Et puis ce drôle de truc était arrivé. Porte Dorée, quelqu'un assis en face d'elle lui avait tendu une feuille.

— Tenez, c'est pour vous.

Un portrait d'elle au crayon. Elle en frissonnait encore. Le type – costaud, barbu, le regard perçant – lui avait fichu une sacrée trouille. Olia s'était précipitée hors de la rame et avait balancé le portable dans la poubelle au bout du quai.

Depuis, le dessin ne la quittait plus, enfoui dans une enveloppe, au fond de son sac.

Jamais quelqu'un n'avait fait son portrait. L'homme sur la banquette – qu'elle ne pensait pas revoir un jour – avait représenté sa bouche pareille à un fruit brillant et rond, ses cheveux ondoyaient telles des vaguelettes, et ses sourcils étaient deux ailes d'oiseau dans le ciel de ses yeux. Une esquisse comme la promesse d'un ailleurs, catalyseur d'une joie confuse.

Olia avait marché boulevard des Maréchaux jusqu'à un square aux bosquets fleuris. Des cris d'enfants emplissaient l'aire de jeux. Sur un banc, près d'un toboggan, elle s'était posée. Une douce brise s'imprégnait de cette acidité particulière de l'automne lorsque, des feuilles mortes aux racines des arbres, monte un parfum de miel. Délicatement, Olia avait ouvert sa besace. Elle contenait un petit sac gris de la marque Chaumet. À l'intérieur, un écrin à bijou accompagné d'une facture de détaxe que la jeune fille avait alors dépliée.

Le souvenir de cet instant lui donnait chaud – ou bien était-ce cette fièvre qui la reprenait… ?

La vie ne serait pas généreuse deux fois. Le peu qu'elle offrait méritait d'être saisi avidement. Dans l'écrin scintillait un collier d'or et de diamants agrémenté d'une perle de nacre. Le prix affiché sur la facture, un nombre de six chiffres avant la virgule, avait resserré d'un coup toute son existence autour de ce trésor.

Vingt et un jours, depuis, s'étaient écoulés.

Olia se demandait confusément si le bonheur n'était pas resté là-bas, à la ferme de Bako, dans l'illusion de ses premières années, où son âme de petite fille se laissait guider par Nadia et ses rêveries, où rien ne venait déranger l'ordre paisible de leurs jeux. Parfois, elle se figurait le paradis comme une immense étendue de verdure pareille à celle que déployaient les plaines de Borovac, frangées de forêts de sapins. Ici, tout la remplissait de dégoût. Elle avait l'impression d'être arrivée à la limite de son malheur.

Des images incohérentes et terrifiantes traversaient son cerveau durant les rares instants où elle parvenait à dormir, la joue contre le sol. L'homme revenait l'y chercher, l'appelait de sa voix rauque. Elle revoyait cette grande main saisissant ses cheveux, ce poing qui lui tordait le bras. Il l'avait surprise un matin dans son repaire derrière les buissons, là où elle espérait encore que Nadia la rejoigne. L'homme sans âge s'était couché sur son ventre, l'imprégnant d'une odeur répugnante de bière frelatée, de crasse et de tabac, sa peau brûlante contre la sienne, une paume poisseuse appuyée sur ses lèvres. Le démon était venu par le talus. Peut-être ne la cherchait-il pas ? Peut-être avait-il trop bu pour savoir ce qu'il faisait ? Assoupie sur ses cartons, Olia était un si beau présent. Dans sa gorge, jusqu'à la garde, elle avait planté la lame de son canif. Le flot de sang avait coulé aussi vite que battait son cœur, puis un râle étouffé, ridicule comme un ballon qui se dégonfle, était sorti de la bouche infecte. Dans son regard vide, Olia avait vu s'épanouir un ciel couleur de pluie.

Tremblante, le cou et le visage éclaboussés de sang, le col de son blouson relevé jusqu'aux oreilles, elle était montée dans le premier tramway avec une seule idée en tête : retrouver Nadia à l'hôtel, porte de Clichy. Peu importait le reste.

— Ils l'ont emmenée, ça fait deux semaines.

— On ne sait pas où elle est.

Myriam et Azra parlaient à voix basse derrière la porte entrebâillée de la chambre.

— … Va-t'en, Olia. S'ils te prennent, ils te battront à mort !

— Ils ne m'auront pas. Je me tuerai avant.

— La police te cherche aussi. Des flics sont venus ici.

— Ils ont parlé du vol à la télé… Le collier, ils ont dit qu'il valait un million !

— C'est des conneries. Il vaut pas autant.

Aucune ne la croyait. Mais dans leurs yeux se lisait un curieux mélange d'envie, de crainte et de respect.

— Va-t'en, Olia ! Va-t'en vite !

Vingt et un jours.

Elle ne fuirait pas vers la mer avec Nadia.

Jamais elle ne reverrait celle dont, par ses actes, elle avait causé la perte.

Désormais, elle irait sans but, en déshérence.

Sans papiers, la jeune fille ne pouvait se risquer à faire un pas qui ne la mènerait de façon certaine en lieu sûr. Proposer le collier à un bijoutier la condamnait pareillement : entre ses mains de petite voleuse, son trésor perdait toute valeur. Autant frapper tout de suite à la porte d'un commissariat. Cependant, elle ne pouvait se résoudre à le rendre. Son trésor était comme une lampe merveilleuse dont un génie pourrait un jour se décider à sortir pour la couvrir d'or…

Olia limitait ses activités à l'essentiel : se doucher à la piscine municipale Jean-Boiteux, faire les poches et les sacs à main sous les Abribus du tramway aux heures d'affluence porte de Charenton, bousculer les gens distraits par leurs smartphones ou leurs chiens dans le bois de Vincennes et rabattre quelques portefeuilles au fond de sa besace, laver son linge dans un Lavomatique, se réchauffer à la médiathèque rue Picpus, manger chez McDo avenue Daumesnil, faire ses courses au Monoprix. Au jour déclinant, elle rejoignait son refuge. Dissimulée derrière un platane au croisement des rues de Charenton et

Théodore-Hamont, Olia attendait que le garçon aux cheveux roux sorte les poubelles par le portillon du cimetière. Elle se glissait alors à sa suite. Abrité sous un parapluie ou tête baissée sur ses chaussures, tout à sa besogne, il ne prêtait pas attention à son ombre, déjà cernée par l'obscurité. Ainsi la jeune fille s'était-elle retrouvée dans le silence d'une première nuit, au milieu d'un alignement de tombes ruisselantes, bientôt transfigurées par un violent éclair. Ce lieu désormais n'appartenait plus à ce monde, mais devenait les ruines d'une cité de désolation. Avec la lame de son couteau, Olia avait crocheté la serrure d'une chapelle étroite et sombre qu'elle connaissait déjà pour y avoir caché le collier. Elle la quittait le matin, emportant besace et sac à dos, ne laissait aucune trace de son passage. Olia guettait l'homme du métro, celui dont elle conservait précieusement le dessin, aussi roux et taciturne que son fils. Elle patientait jusqu'à ce qu'il ouvre le portillon du cimetière puis filait discrètement.

Vingt et un jours.

Olia se cramponnait à cette liberté sans but, par instinct de survie, buvait de cette eau qui ne désaltérait plus, mais l'essoufflait, lui donnait des suées nocturnes. Chaque soir, elle priait la Sainte Vierge et Jésus, contemplait de ses yeux lourds leurs statuettes sur l'autel, les embrassait ; de ce baiser naissait un petit réconfort. Et par le vitrail aux losanges ternis, un morceau de lune veillerait son sommeil pour quelques heures. Puis, la tête encore pleine de songes, elle entendrait les grognements, les cris rauques et perçants de la bête qui chaque nuit rôdait près de la chapelle.

L'écartement de l'huisserie opéré avec une pince fit céder la serrure de la porte. Un homme d'une quarantaine d'années gisait par terre, inconscient, caleçon sur les mollets. Sa femme avait appelé les pompiers vers midi, inquiète de ne pas obtenir de réponse aux coups frappés contre la porte des W.-C. où il s'était enfermé. Madeline se glissa dans l'espace étroit et procéda à un premier examen : pouls normal, respiration faible. Pas de blessures apparentes. Quelques marbrures au niveau des genoux. L'homme réagissait à la stimulation nociceptive, mais aucun réflexe moteur. Elle ressortit des toilettes pour questionner l'épouse qui attendait dans le couloir, très angoissée.

— Votre mari s'est-il plaint de douleurs à la poitrine, madame ?

— Non, mais hier soir, il ne se sentait pas bien.

— Des migraines ?

— Oui. Et il a vomi plusieurs fois.

Madeline hocha la tête.

— Le médecin du SMUR[1] est en route. Il sera là d'une minute à l'autre… Fauvel, vous m'apportez une couverture ?

1. Structure mobile d'urgence et de réanimation.

Elle enjamba l'homme toujours inconscient pour ouvrir la lucarne donnant sur la cour de l'immeuble – l'odeur des selles viciait l'air. Elle referma l'abattant de la cuvette, tira la chasse d'eau. L'individu avait à peu près la corpulence de Christian, environ quatre-vingts kilos pour un mètre soixante-quinze. Abandonné à sa nudité, échoué sur le flanc, ce corps massif renforçait en elle cette impression de vulnérabilité que dégageait fatalement une victime au sol. Par égard plus que par pudeur, elle remonta le caleçon sur ses hanches.

— Leterrier, vous m'aidez à le sortir de là ?

Ils achevaient de le mettre en position de sécurité et de le couvrir lorsqu'une voix familière résonna dans le couloir – celle du médecin urgentiste. Rasé de frais, l'œil vif et la surveste repassée, Jean-Yves Shraniti assurait pas loin d'une centaine de gardes de vingt-quatre heures par an sans jamais rater une réunion de parents d'élèves ni les kermesses des écoles. Un exploit. Une bonne paire de goûters d'anniversaire et de sacrées parties de balle au prisonnier dans le parc du bois de Vincennes liaient son fils Aaron et Michael depuis la maternelle.

— La petite famille va bien ?

Madeline n'avait pas eu l'occasion de le croiser depuis le déménagement. Tandis que Jean-Yves sortait de sa sacoche le matériel nécessaire à l'examen médical, ils échangèrent brièvement à voix basse.

— Christian a changé de boulot, alors ? Il fait dans les chrysanthèmes ?

— Disons plutôt dans les Kleenex.

Le médecin dissimula un sourire.

— Aaron m'a dit que vous habitiez le cimetière près de son ancienne école. Au moins, vous n'êtes pas dérangés par les voisins.

— Ils sont du genre casaniers, oui.

— Tu sais que je connais la maison ? J'y suis allé, une fois. Mais ça remonte à une bonne dizaine d'années.

Il se tut un instant, concentré sur l'auscultation thoracique, avant de retirer de ses oreilles les embouts du stéthoscope.

— … Jamais signé un acte de décès dans des circonstances aussi lugubres, acheva-t-il d'une voix grave.

Après examen de la nuque, qu'il trouva singulièrement raide, Jean-Yves demanda à Madeline si le patient avait vomi et s'était plaint de maux de tête. Elle confirma. Son visage ne marqua aucune émotion lorsqu'il plongea son regard dans le sien.

— Méningite.

Elle eut un mouvement d'épaule comme si un frisson la traversait, mais ne détourna pas les yeux.

— Qui d'autre que toi a des enfants, dans ton équipe ? questionna le médecin.

— Personne.

— Le risque de contagion est faible, mais pas exclu. Il faut vous changer avant d'enchaîner sur une autre intervention. Et tu dois éviter tout contact avec tes mômes tant que tu n'auras pas reçu une injection du vaccin aux urgences.

Madeline acquiesça. Puis, d'une voix calme, à l'opposé de son anxiété, elle ordonna à ses hommes d'apporter la civière.

De retour à la caserne, elle changea de tenue, fourra ses vêtements potentiellement contaminés dans le lave-linge de la buanderie et repartit en mission. De toutes ses forces, durant les dix-neuf heures qu'il lui restait à tenir, elle enfouit dans l'oubli la menace dont elle sentait les griffes. Le péril de contagion était ce triste sortilège qui déjà agissait sur elle, étranglait sa gorge dès qu'elle revenait d'une intervention. Elle se posait dans le réfectoire, à l'écart des autres, avalait une soupe réchauffée au micro-ondes, guettait l'heure à sa montre, se remémorait les gestes accomplis dans les toilettes minuscules, les surfaces touchées, y compris la peau du malade dont l'état de santé, à présent, l'obsédait.

Ce que devenaient les personnes secourues, Madeline l'ignorait. Son métier était de sauver des gens, de les déposer aux portes des hôpitaux. Là tombait le rideau. Leur sort était ce pénible mystère qui garantissait les pompiers contre toute vanité et rongeait leur âme.

La relève à 8 heures lui sortit la tête du feu. Elle fila aux urgences en taxi. Injection du vaccin. Prise de sang. Lorsqu'elle regagna son domicile un peu après 10 heures, son cœur se serrait d'appréhension et de fatigue. Retirer ses chaussures, suspendre son manteau dans l'entrée ne lui apportèrent aucun sentiment de bien-être.

Quelque chose d'invisible lui collait à la peau.

Des particules microscopiques et fourbes auxquelles Madeline prenait ce risque insensé d'exposer sa famille pour avoir sauvé un homme qui lui était parfaitement inconnu.

Christian l'attendait, debout dans la cuisine, son mug entre les mains, des cernes sous les yeux. De repos pour la journée, il s'était contenté d'enfiler un jean et un gros pull de laine.

— Ça va, chérie ?

— Ça va.

— On fait comment ? On reste à distance ?

— Pendant quelques jours, oui. C'est préférable.

Christian avala une gorgée de café. Un sourire forcé plissait ses paupières.

— Il commençait à me manquer, ce bon vieux canap' !… C'est vraiment flippant, ce qui t'arrive.

Madeline alla se servir un verre d'eau au robinet de l'évier.

— *A priori*, je ne risque rien. Jean-Yves m'a conseillé d'éviter tout contact avec les enfants. J'applique le protocole sanitaire par précaution. Heureusement que la méningite ne s'attrape pas aussi facilement qu'un rhume ou qu'une grippe… Et toi ? Comment ça s'est passé hier, avec les loustics ? ajouta-t-elle en soupirant.

— Bien. À part Eliot qui n'est pas en grande forme. Il avait mal au ventre ce matin, je ne l'ai pas mis au centre aéré. Et cette nuit, Anna a fait un cauchemar : elle a rêvé qu'Olaf était mort. Je me demande bien où il est, ce matou… Ça fait un bout de temps que je ne l'ai pas vu traîner dans le cimetière.

— Et Michael ?

— Comme d'hab'. Il a passé sa journée en pyjama, enfermé dans sa chambre.

Madeline s'assit lourdement sur un tabouret. De son séjour estival en Corse, son fils était revenu plus revêche que jamais ; sa personnalité s'organisait sur un mode défensif. Il usait de provocations, de stratégies visant à pousser l'autre sur un terrain glissant et multipliait les conflits avec Christian en l'absence de sa mère. À peine rentré du collège, il se cloîtrait dans sa chambre avec un bol de céréales ou un paquet d'Oreo, bâclait ses devoirs sans scrupule – quand il ne séchait pas carrément les cours. La crise d'ado puissance dix. À moins qu'autre chose ne pèse sur lui…

— J'espère qu'il n'y a pas un problème avec son père. C'est la première fois que Michael refuse d'aller chez lui en vacances.

— Il doit surtout se faire chier, oui… Mais au fait, comment ça va se passer avec les enfants ?

— Je dois éviter de les toucher jusqu'à la deuxième prise de sang, dans une semaine.

Christian renifla contre sa manche.

— C'est super-compliqué pour moi de les gérer tout seul, surtout en cette période.

Madeline constata que son époux avait mauvaise mine ; sa barbe dont la taille laissait à désirer lui creusait les joues, et un début de conjonctivite rougissait le blanc de ses yeux.

— Je vais demander à Michael de sortir de sa grotte pour te donner un coup de main.

— Là, tu rêves.

Elle remarqua également qu'il flottait légèrement dans son pantalon. Depuis trois semaines, à la pause déjeuner, Christian s'enfermait dans son atelier avec un morceau de gouda et un bout de pain. Le soir, il touchait à peine à son assiette ; sans attendre que les enfants aient terminé leur repas, il prenait deux bières dans le frigo et retournait à ses pinceaux. Nuit et jour, ses toiles qu'il qualifiait d'« œuvres organiques éphémères » lui hameçonnaient le cerveau. Même sa façon de se déplacer se modifiait : de cette démarche un peu molle de l'artiste asservi à son art, il se dirigea vers l'évier, y déposa sa tasse, fit couler un filet d'eau pour la nettoyer puis releva le menton vers la fenêtre : derrière la vitre, un matin capricieux épaississait le ciel de nuages, éclairait la cuisine d'une pâle lumière. Lorsque Madeline quitta son siège, la tête lui tourna ; le manque de sommeil et le contrecoup du vaccin accentuaient cet état de langueur dans lequel elle s'enfonçait peu à peu comme dans une brume cotonneuse.

— Je monte voir Eliot. Je me charge de tout expliquer aux enfants.

Alors qu'elle s'apprêtait à sortir, son échange avec le médecin urgentiste lui revint à l'esprit.

— Tu ne m'avais pas dit qu'une femme était morte dans cette maison. C'est Jean-Yves qui a signé l'acte de décès.

Absorbé dans ses pensées, son mari ne fit aucun commentaire.

— Il n'avait pas l'air d'en garder un très bon souvenir. Tu es au courant de quelque chose ? Un drame qui aurait eu lieu ici, avec l'ancien gardien ? Du genre un type qui pète un câble et massacre sa famille, à la hache, en plein hiver ?

Pas de réaction à son trait d'humour.

— Chris ?

Elle retourna sur ses pas, s'approcha de lui tout en tenant ses distances. Dans l'évier, l'eau débordait de la tasse. Madeline hésita puis tendit le bras pour fermer le robinet. Christian eut un léger sursaut lorsqu'elle reposa la tasse sur l'égouttoir à vaisselle.

— … Qu'est-ce que tu as ?

Il pivota vers elle, les paumes appuyées sur son visage, et remplit d'air ses poumons. Abîmée par les solvants et les diluants utilisés pour nettoyer ses pinceaux, la peau de ses mains était sèche, les articulations sillonnées de microfissures.

— Rien. J'ai un peu décroché. Tu parlais de quoi ?

— De ton film d'horreur préféré.

— *Dirty Dancing* ?

— Idiot ! pouffa Madeline. Ça t'arrive souvent ?

— Quoi ?

— De décrocher.

— C'est juste un coup de fatigue. J'ai bossé tard, hier soir.

Elle sentit son pouls s'accélérer.

— Dans l'atelier ?

— Deux petites heures, oui. J'en profite quand les enfants dorment.

— Depuis quand tu les laisses seuls la nuit en mon absence ?

— Bah ! C'est plus des bébés.

Sa réponse la souffla.

— L'intrusion le premier soir, le foulard avec le pentacle, t'as oublié ?

— Mad, c'était juste des gamins qui jouaient à se faire peur ! Faut que tu arrêtes, avec ta parano.

Elle n'en croyait pas ses oreilles.

— Attends, c'est pas de la parano mais du bon sens !

— Les enfants ne risquent absolument rien, je te dis.

— Au cas où tu ne l'aurais pas remarqué, la maison est plutôt isolée.

— Y a des barreaux à toutes les fenêtres du rez-de-chaussée, et les murs d'enceinte du cimetière font plus de trois mètres de haut !

Il se grattait nerveusement le dos de la main.

— ... Tu as une vision déformée des choses à cause de ton boulot, c'est normal. Mais je t'assure : on est bien protégés, ici. Un cimetière, c'est comme un sanctuaire.

— Un sanctuaire ? T'es en plein délire, là ! C'est tes tableaux moisis qui te font dire n'importe quoi ?

Il se raidit comme si un insecte lui grimpait désagréablement dans le dos.

— Ne sois pas méprisante. Tu ne sais pas de quoi tu parles. Tu n'as aucune idée de l'importance que ce travail a pour moi.

— Et toi, ne te comporte pas comme un irresponsable ! Ne mets pas nos enfants en danger !

Christian la fusilla du regard.

— Ça fait des années que je me plie en quatre pour élever nos mômes, que je m'emmerde la vie avec tes astreintes ! J'ai toujours tout fait pour te faciliter les choses, j'ai tout sacrifié à ta carrière ! Et tout ça pour quoi ? Pour qu'un connard te contamine avec un putain de virus que tu t'empresses de ramener chez nous ? Et c'est moi que tu traites d'irresponsable ? C'est moi qui mets nos enfants en danger ?

— Qu'est-ce que tu as sacrifié à ma carrière, sinon ton manque d'ambition ? rétorqua-t-elle.

Les yeux de Christian brillaient d'émotion. Sans rien ajouter, il quitta la cuisine. Machinalement, Madeline lui emboîta le pas.

— Où tu vas ?

— Protocole sanitaire : je prends mes distances.

Il alla décrocher sa veste au portemanteau. Sa maîtresse l'attendait dans l'atelier – une toile blanche qu'il comblerait bientôt d'un bon coup de pinceau. Son vêtement sous le bras, il ouvrit la porte et s'immobilisa sur le palier.

— J'ai eu tort de croire que tu allais me soutenir dans mon projet artistique… Que tu avais un minimum d'estime pour moi et de respect pour ce que j'entreprenais.

— Mais c'est le cas.

— Franchement ? J'en doute !

— Qui t'encourage à finir tes tableaux, ce dont jusqu'à présent tu sembles incapable ?

— C'est bien ce que je disais.

Madeline se mordit la lèvre. Un courant d'air froid pénétra la maison. De ces œuvres abstraites, de ces mots tus, cachés, empêchés, écrasés, tracés à l'encre ou au crayon, de ces lignes dégradées, souillées, gagnées par la flétrissure, elle percevait la puissance et la grâce, mais aussi cette part dérangeante, inquiétante et sombre comme un ciel d'orage.

— Chris : je ne suis pas la mieux placée pour juger ton travail, on est d'accord. Chacun son truc. L'essentiel, c'est que tu croies en ce que tu fais. Tu n'as pas besoin de devenir l'artiste contemporain du siècle pour me prouver que…

— MAIS JE N'AI RIEN À PROUVER À QUI QUE CE SOIT, BORDEL ! ET SURTOUT PAS À TOI !

Le claquement de la porte avala ses dernières paroles.

Madeline éprouva soudain presque un vertige.

Elle avait la nette impression d'être suspendue au-dessus du vide, accrochée à quelque chose d'illusoire et vain.

Cet uniforme bleu marine militaire que petite fille elle s'était promis d'endosser guidait ses choix, sa vie, son cœur. Ce qui l'avait séduite chez Christian, c'était sa façon de ne rien attendre d'elle sinon l'amour, son métier sans prise de risques au contact de la nature, son adaptabilité à toutes sortes de contraintes et d'asservissements qu'engendrent les enfants, sa fantaisie débridée et la foi qu'il avait en elle.

Madeline tenait parce qu'il tenait.

Au centre de tout était Christian.

— Maman ?

Une petite voix dégringola du haut de l'escalier.

— Maman, t'es rentrée ?

— Oui, Eliot, je suis là !

— Qu'est-ce qui se passe avec papa ?

— Rien ! J'arrive.

Les marches grincèrent désagréablement sous ses pas.

Le père d'Aaron avait bien résumé ce qu'en cet instant la maison inspirait à Madeline : le comble du lugubre.

Comment est-ce qu'un père pouvait tomber si bas sur le plan vestimentaire ?

Le dernier week-end avant les vacances de la Toussaint, le sien avait remporté la palme. Pieds nus dans des pantoufles de laine bouillie jaune canari, habillé d'une tunique blanche sur un pantalon de velours crème assorti à la décoration aseptisée de son duplex à Saint-Cloud, il l'avait reçu en mode extase, hurlant de joie dès son apparition sur le palier. La cause de cette euphorie campait sur le canapé du séjour en robe d'intérieur beigeasse avec un sourire triomphal : coiffée d'un bol de cheveux sombres, les yeux en amande, la reine des pouffes faisait son come-back.

— Qu'est-ce qu'elle fout là ?

Michael n'avait pas fait dans la délicatesse. Il croyait encore naïvement que les choses étaient pliées entre sa belle-mère et son paternel.

— Elle est revenue chercher ses extensions, c'est ça ?

Le père de Michael avait tapé du pied, presque plié de rire.

— Non, mais quel humour ! C'est bien le fils de son père ! Allez, va embrasser Élodie.

À trente-trois piges, Cruella s'était découvert une âme de pondeuse. Le pire du pire. Un nouveau bouffon rejoindrait bientôt le sinistre tableau de famille. Et le futur papa de quinze ans son aîné en était tout chose. Ses yeux pétillaient d'un désespérant bonheur.

Michael avait eu pitié. Il était resté. Pour le chauffage, les sushis et la fibre. Ça lui avait permis de terminer le montage de sa deuxième vidéo et de la mettre en ligne sur sa chaîne YouTube sans avoir à redémarrer son PC en plein lag. Et puis son père avait frappé à la porte de sa chambre en fin de journée, dégoulinant de tendresse, les joues rose guimauve. Gagné par l'allégresse paternelle, pris au piège de ses sentiments, Michael avait cliqué sur *play* et scotché son quarantième spectateur. L'image verdâtre de la vision nocturne, les effets rajoutés pour rendre la vidéo encore plus flippante, la musique et le commentaire en voix off de Michael faisaient sensation. Onze minutes à se mordre l'intérieur de la bouche, à faire craquer ses doigts en attendant le verdict.

— Putain, Micky, mais t'es super-doué ! On dirait que t'as fait ça toute ta vie ! On y croit, merde ! C'est totalement bidon, mais ça marche !

— C'est pas bidon.

— Y en a une autre ? Fais voir ?... La vache ! La voix étrange qu'on entend, là, c'est la tienne ? Tu l'as trafiquée ? Non ? Allez, tu déconnes !... Oh ! my god ! Ce bruit, ça fout les jetons... Comment t'as fait pour le rideau qui bouge tout seul ?... Elle va marcher ta chaîne, c'est sûr ! Je la partage tout de suite sur Facebook. Faut montrer ça à Élodie... Bébé ! Viens vite voir, chérie !

La banane, jusqu'au dîner. Entre deux coups de baguettes, une lampée de bière japonaise et une caresse affectueuse à sa geisha, son père voulait tout savoir sur la manière dont il envisageait de poursuivre son projet, élaborait déjà un business plan. À chaque seconde jaillissait une idée de son cerveau comme autant de fusées fissurant la nuit pour le bouquet final d'un feu d'artifice. Tout dans la surenchère, l'abondance, la magnificence, l'ivresse. À cet instant, Michael pouvait presque ressentir cette chaleur intense qui émanait de lui. Grisante, terriblement incitative et perfide.

La descente avait été à la hauteur de la montée.

Encouragé par un tel souffle, Michael s'était confié : tourner des vidéos, oui, c'était bien ça qui lui plaisait. Parce que, pour être sincère, il n'avait plus trop la motivation du côté des études. Le collège, en gros, ça ne lui apportait pas grand-chose : une fois sur deux les profs s'absentaient sans prévenir, il s'ennuyait en cours et trouvait les méthodes d'enseignement trop archaïques. Bref, Michael n'était plus très sûr de vouloir aller en seconde générale et techno. Manquant s'étouffer avec un grain de riz, son père avait pris la couleur d'une tranche de thon cru. C'était comme si son fils venait de lui annoncer qu'il allait cramer la baraque. La discussion était partie en vrille.

— Tu veux décrocher, c'est ça ? Alors vas-y, décroche ! Foire tes études !

Et la future maman de jeter de l'huile sur le feu :

— J'ai l'impression que c'est déjà le cas, mon chéri.

— Et après ? Comment tu vas la gagner, ta vie ? Des gamins qui se disent qu'ils vont se faire du pognon avec des vidéos sur le Net, combien tu crois qu'il y en a ?

— Mais elles sont pas bidons, mes vidéos ! Il se passe vraiment des trucs zarbi dans ma chambre.

— Arrête de te fiche de ton père.

— T'es totalement à côté de la plaque, mon pauvre ! Tu as une idée de ce qui t'attend ? T'as vu le bordel que c'est, les Gilets jaunes ? Le monde dans lequel on vit ? Sans diplôme, t'es qu'une merde, Micky ! Le moindre job de serveur, c'est bac + 2 ! Ne me dis pas que j'ai filé du pognon à ta mère tous les mois pour qu'elle fasse de toi un petit con !

— C'est bon ! Fous-moi la paix ! J'en ai marre ! Entre maman qui checke mon cahier de texte tous les jours, Christian qui me prend grave la tête et elle qui me fait la leçon alors qu'elle a même pas son CAP coiffure, vous me mettez trop la pression.

— Ne parle pas comme ça d'Élodie.

Michael s'était levé de table.

— Où tu vas ?

— Dans ma chambre.

— On n'a pas fini de dîner.

D'un pas vif, le cœur plein de rage, il avait traversé le living. La voix de son père tonna le suprême commandement :

— … T'as pas le droit de foutre ta vie en l'air. Je te l'interdis !

— C'est ma vie, j'en fais ce que je veux !

Son dimanche, il l'avait passé enfermé dans sa chambre à broyer du noir et à lire les commentaires sur ses premières vidéos.

Gros stress !

À ta place, je serais déjà en arrêt cardiaque !

J'adooooore ce que tu fais ☺

C'est de la bombe…

T'as peur de rien !

Il avait aussi échangé avec Aaron et Imani sur Discord – sa friendzone.

Rendez-vous le 31 chez moi à 15 h.

OK, j'apporte le matos.

Je kiffe trop l'idée de voir ta chambre ! 🕸🕷🕷☾📖🕯★🤩

Le sourire de cette fille, l'odeur de ses cheveux, son pull sexy…

Focaliser sur Halloween.

Oublier son père, ce train fantôme, sa putain de croix.

Déjà soixante-seize vues.

Équipé de ses chaussures de sécurité aux bouts renforcés, des lunettes de protection sur le nez, Christian enfila ses gants en cuir épais, empoigna un merlin de deux kilos et demi et fendit une bûche. Le choc du fer contre celle-ci fit un bruit sec, amplifié par le froid. Des collègues des services techniques de la ville lui avaient livré un stère de bois de chauffage qu'il débitait au jour le jour pour alimenter le poêle de l'atelier et la cheminée du salon. Une solution temporaire. Si la réparation de la plaque en zinc sur le toit avait été promptement effectuée, il fallait attendre le prochain conseil municipal pour que l'achat d'une nouvelle chaudière et le budget nécessaire aux travaux d'isolation et de mise aux normes électriques du logement soient votés.

— Je ne pensais pas que le pavillon était aussi insalubre.

Tirant sur sa cigarette, Bonfils tenait compagnie au bûcheron. Il semblait navré que la famille affronte pareilles difficultés. La dernière canicule avait apparemment favorisé la prolifération des champignons dans les gaines et les plinthes. Le surveillant suppléant endossait sa part de responsabilité : en refusant d'être logé sur place voilà dix ans, il avait condamné la maison à une lente dégradation.

— La cave, elle est comment ?

— Pleine de salpêtre. On a dû enlever tous les cartons pour les remettre au garde-meuble.

— Faudrait passer les murs à la chaux.

Craquement des fibres sous l'acier. Les bossages latéraux du merlin facilitaient le dégagement de la lame quand le rondin ne se fendait pas directement. De puissantes expirations ponctuaient les phrases de Christian dont la voix se faisait plus rauque. Des migraines à répétition le mettaient à plat.

— Cette baraque est trop mal ventilée. Presque toutes les fenêtres ouvrent sur la façade. Hyper mal conçue.

Il posa une nouvelle bûche sur le billot, rajusta ses lunettes.

— … Les gaines électriques se décollent des murs et les plombs n'arrêtent pas de sauter. Impossible de brancher deux radiateurs d'appoint en même temps.

Fracas du bois qui éclate.

— Anna a fait une crise d'asthme, hier soir. Heureusement qu'elle est sous traitement.

— T'as pas peur que ça s'aggrave si tu fais des feux de cheminée ?

— On a un insert dans le salon. La fumée s'évacue par le conduit. L'important, c'est que le bois reste sec. Je le stocke dans la remise avec les outils.

Le gardien suppléant se grattait sous le menton, l'air soucieux.

— Et Madeline, le moral, ça va ?

Saisissant une bûche, Christian leva les yeux sur son collègue, surpris de l'entendre désigner sa femme par son prénom.

— Pourquoi ça n'irait pas ?

Bonfils s'empourpra. Encore un auquel Madeline avait tapé dans l'œil.

— … Le jonglage entre les astreintes de l'un et les gardes de l'autre, vous vous en sortez ?

Le merlin tomba comme un couperet, droit, précis.

— Tout irait au poil si on avait une chaudière fonctionnelle.

Christian ramassa le petit-bois et le jeta dans une des cagettes au sol.

— Enfin, d'ici deux semaines, ce sera réglé.

Bonfils hocha la tête puis ouvrit la bouche comme s'il allait dire quelque chose avant de se raviser. Entre deux coups de hache, les deux hommes échangèrent brièvement à propos du projet de réaménagement pour la création de toilettes accessibles au public et aux handicapés.

— Pour ça, faudrait bouger le columbarium.

— Si on a l'accord des familles.

— Jouable.

Il fut aussi question du barjot de service qui d'autorité pénétrait avec sa bouteille dans le cimetière, invectivait tout le monde – les morts et les vivants – et dont Christian avait réussi à se débarrasser sans faire appel à la police en lui ouvrant la grande porte, comme on chasserait d'une pièce un oiseau de mauvais augure. Le type venait d'être retrouvé à cent mètres de là dans les buissons, près du pont, poignardé à mort. L'événement faisait la une du *Parisien*, ce matin. Madeline n'avait pas manqué de lui mettre le journal sous le nez.

— Eliot et Anna rentrent tout seuls de l'école. Forcément, ma femme s'inquiète.

— Ces gars-là sont trop repérables pour que tes gamins risquent quoi que ce soit. Ils se trucident entre eux. Les SDF pratiquent une sorte d'autorégulation.

Le cynisme légendaire de Bonfils. En questionnant les fossoyeurs et le personnel des pompes funèbres, Christian en avait appris un peu plus sur lui : pas de copine, aucun passe-temps, le taiseux fumeur de brunes vivait chez sa mère. D'après José Dos Santos, c'est elle qui aurait refusé de venir habiter le pavillon du cimetière en 2009. Raison pour laquelle Bonfils s'était vu dans l'obligation de lâcher sa place de conservateur lorsque la direction avait imposé un gardien logé sur site au printemps dernier. Ses nouvelles fonctions lui ouvraient néanmoins les portes de tous les cimetières de Paris et le poussaient régulièrement ici.

Les mains dans les poches d'un duffle-coat dont la couleur mastic accentuait sa pâleur, une sacoche sous le bras, il faisait le tour du propriétaire, relevait les compteurs, tenait des statistiques. Bonfils croyait à certains signes. Subodorait que quelqu'un ou une organisation quelconque, selon un tempo maîtrisé, attribuait à ce cimetière son quota de morts ; la même cadence depuis des années. « Tu as en moyenne tes deux personnes qui rentrent dans le mois. » Cette phrase insolite, Christian l'avait notée sur son calepin le jour de leur rencontre. Elle lui faisait toujours froid dans le dos. Bonfils ne montrait pas d'intérêt particulier pour le cinéma et pouvait bouffer n'importe quel plat pourvu qu'il soit en sauce et accompagné d'un Coca Zero. La hausse du prix des carburants, le réchauffement climatique, la faim dans le monde, la violence de la poussée islamique, la crise sociale, rien n'avait prise sur lui. Sa raison d'être s'incarnait dans la gestion des morts. Christian se demanda quel conflit pouvait bien opposer l'ancien gardien à ce type sans affect, né d'un ventre mou au fond d'un puits d'ennui… Il fit un pas en arrière pour prendre de l'élan et abaissa le bras. Coup de merlin fendant le bois sec.

— Munch a l'air très remonté contre toi. Il s'est passé un truc entre vous ?

Tout en écrasant sa cigarette dans un cendrier de poche, Bonfils baragouina quelques mots au sujet d'un malencontreux quiproquo, une situation fâcheuse qu'il n'avait pas anticipée.

— J'ai un peu merdé sur ce coup-là.

— En rapport avec le boulot ?

— Non. Sa femme… Une histoire assez gênante.

Il releva la tête et sourit comme un enfant cherchant à minimiser sa faute. Deux incisives pointaient sous le renflement de sa lèvre supérieure.

— Munch a toujours été parano. Je crois que la maladie de son épouse le rendait dingue. Il s'imaginait des choses… Enfin, c'était vraiment n'importe quoi.

Il jeta un œil à sa montre.

— Je t'en parlerai à l'occasion, mais, franchement, c'est pathétique… faut que je file au Père-Lachaise.

Bonfils lui tendit la main. Christian retira son gant et la serra dans la sienne tandis qu'il lui posait une dernière question.

— De quoi elle souffrait, au juste, Mme Munch ?

— Cancer des poumons. Elle a refusé l'hospitalisation… Ça a été une lente agonie, ajouta-t-il, laconique.

Christian avait emménagé avec sa famille dans la maison d'une martyre et d'un fou.

Détails non mentionnés dans la proposition de poste.

Il ne voyait là rien d'extraordinaire, cependant : l'épuisante fragilité de la vie avait aussi sa place dans un cimetière.

Il regarda son collègue remonter l'allée d'un pas mécanique. Çà et là fleurissaient sur les tombes les premiers hommages de la Toussaint. D'ici peu, ce lieu ne serait plus qu'un vaste jardin d'hiver aux couleurs pourpres et cuivrées des chrysanthèmes, parsemé de cyclamens aux feuilles marbrées, étourdi du parfum sucré des bruyères, ces combattantes du froid, du vent et du gel, censées raviver le souvenir de ceux dont Christian veillait la lente et inéluctable décomposition. Il lui fallait redoubler de vigilance pour prémunir les usagers contre les vols, les déplacements de pots d'une sépulture à l'autre. En cette période, certaines personnes confondaient les cimetières avec des pépinières en libre-service. Bonfils l'avait mis en garde contre un autre phénomène : autour du 31 octobre, les intrusions sur le site étaient fréquentes. Les réseaux sociaux regorgeaient de défis invitant les plus audacieux à se prendre en photo déguisés devant une pierre tombale. Costumés en druides celtiques, des fanatiques allaient jusqu'à allumer des feux au pied des stèles pour purifier les âmes damnées. Un joyeux bordel de coutumes, croyances et folklores menaçait son domaine. Il s'apprêtait donc à passer une partie de la nuit à veiller dans son atelier, d'où la vue était idéale sur le cimetière. Christian préférait encore somnoler sur un lit de camp au milieu de ses toiles et de ses précieuses cultures de moisissures plutôt que dans le salon : entendre craquer le plancher au-dessus de sa tête lorsque Madeline se déplaçait dans la chambre lui portait sur les nerfs.

Sept jours sans se toucher, sans s'embrasser, s'adressant à peine la parole.

Son désir pour elle, blessé, dérouté, en panique.

Comme un accroc à son amour-propre.

Et cette envie de la gifler…

Christian remit son gant, s'empara d'une autre bûche et la posa sur le billot, mâchoires serrées. À la maison, l'air devenait irrespirable. Sa famille s'était donné le mot pour lui rendre la vie infernale. Chaque coupure de courant déclenchait les hurlements hystériques de Michael.

Supporter les regards noirs que lui jetaient sa fille et son fils depuis qu'il avait mis les points sur les *i* au sujet d'Halloween lui était tout aussi pénible.

— Pourquoi on peut pas mettre de citrouilles aux fenêtres ? On le faisait toujours avant !

— J'ai dit non, Anna. On habite un logement de fonction sur un terrain public et sacré.

— On n'est pas chez nous, alors ?

— Il y a des règles à suivre, c'est tout.

— Tu vas pas nous interdire de nous déguiser, quand même ?

— Fais ce que tu veux, Eliot, du moment que tu ne sors pas.

— Mais c'est trop nul, de se déguiser pour rester chez soi !

— On ne fête pas Halloween dans un cimetière, point barre. Et arrêtez de m'emmerder avec ça !

— T'es méchant, papa.

Choc de la lame. Projections d'écorce. Christian émit un grognement. Plus que la moue renfrognée d'Anna, passer du statut de « papa lion » à « papa méchant » le hérissait. Les enfants étaient injustes à son égard. En choisissant ce métier, en libérant sa créativité, que faisait-il sinon donner un sens à sa vie ? Était-ce trop leur demander de respecter ça ? Courbé sur le tas de bûches, il empoigna l'extrémité d'un dernier rondin. Sous sa parka, sa chemise humide lui collait à la peau. La lame fendit l'air.

Craquement du bois. Une petite étincelle dans la tête. Un éclair blanc.

Ses doigts relâchèrent le manche et l'outil cogna lourdement le sol. Christian retira ses lunettes, essuya son front, contrôla son pouls.

De quoi avait-il peur ?

La mort ne causait ni fièvre ni désordre cérébral.

Elle n'était que putréfaction, poussière et oubli.

Il empila les deux cagettes pleines et les porta jusqu'à la remise. Il y rangea son matériel avant de remplir un panier de bûchettes, lesquelles flamberaient bientôt dans le poêle de l'atelier. En refermant la porte, il remarqua qu'elle branlait légèrement. Mais il ne prêta pas attention aux restes sanglants d'un animal, éparpillés sous le dévidoir du tuyau d'arrosage.

Depuis plusieurs jours pesait sur lui une lourde responsabilité.

Comme un oiseau tombé du nid, la fille s'était échouée devant sa porte. Ce soir-là, ainsi qu'elle en avait pris l'habitude, la petite intruse s'était glissée en douce dans le cimetière alors qu'il sortait la troisième poubelle – celle au couvercle vert. Eliot avait senti sa présence, tout près, et une légère odeur de chlore soulignée d'un trait de parfum à la violette. Juste une ombre égarée dans son dos. Il l'attendait. Il s'y était préparé. Le cœur au bord de l'implosion, Eliot avait fait volte-face. Le couteau qu'elle brandissait en reculant vers les pieds de vigne menaçait encore la nuit de son éclat désespéré.

— Hé ! N'aie pas peur !

D'une couverture et d'une Thermos de lait chaud – le tout fourré dans un sac en plastique –, il l'avait apprivoisée.

— Prends. C'est pour toi.

Une main s'était vite refermée sur le sac. La fille semblait tellement effrayée qu'Eliot en avait oublié sa trouille légendaire. Aucune flatulence n'était venue troubler leur face-à-face.

— … Je m'appelle Eliot.

Il avait donné un tour de clé dans la serrure, bouclé le périmètre, gardé à l'abri l'oiseau farouche.

Son prénom, il l'apprendrait la nuit suivante. Doux comme l'eau d'un ruisseau.

Olia.

Elle avait un an de plus que lui, un cou gracieux, une peau duveteuse, crayeuse comme les plumes d'une tourterelle, et le dépassait un peu en taille. Ses habits étaient toujours propres et elle se parfumait avec une eau de toilette chapardée dans le sac d'une dame.

— Si tu sens mauvais, les gens se méfient de toi et ils s'écartent. Tu ne peux plus vider leurs poches.

Il prenait le risque fou de la rejoindre au milieu de la nuit, en pyjama, bottes et doudoune, guettant la lumière à la fenêtre de l'atelier de son père dont il redoutait les rondes imprévisibles. Il apportait une bougie, des bonbons, une écharpe, un bonnet qu'Olia fichait sur sa tête avec un petit rire, et ils jouaient sur sa Switch.

De son passé, il aimait écouter le récit, accroupi dans la chapelle qui tenait lieu de refuge à la jeune fille. Eliot était captivé par les mots qui sortaient de sa bouche, enveloppés de vapeur. Les intonations de sa voix s'accordaient de façon harmonieuse. Entre ses dents, les consonnes sifflaient, roulaient au creux de sa langue. Il y entendait aussi les cris brutaux de son histoire où saignaient des blessures, admirait son courage, devinait les visages de ces hommes venus la prendre pour en faire une voleuse, et n'en croyait pas ses oreilles. Comme on livre un secret précieux, elle lui avait donné le nom de son village. De la ferme de sa grand-mère en Bosnie, Eliot percevait les odeurs de soupe aux haricots, de pomme bouillie ou de crottes de lapin. De son petit frère, il ressentait le profond chagrin qui brisait la voix d'Olia. De cette autre fille dont elle parlait souvent, il imaginait la beauté, les longs cheveux, l'absence. Et dans ses yeux, il voyait briller la mer dont elle rêvait de connaître le baiser salé.

— Qu'est-ce que tu feras une fois que tu seras arrivée sur la plage ?

— J'en sais rien. Peut-être que je monterai sur un bateau ?

— Mais pour aller où ?

— Loin.

Pour elle, demain s'arrêtait là, sur un banc de sable, une vague embarcation à l'horizon. Jalonné d'éboulis, son parcours fascinant et consternant ne menait nulle part. Chaque fois qu'il la quittait, Eliot craignait de ne plus la revoir ; fatalement, un matin, deux individus surgiraient à l'entrée du cimetière et la pousseraient dans une voiture. Il sentait bien qu'elle ne lui disait pas tout, qu'elle attendait quelque chose, un événement nouveau qui changerait la donne.

— Bientôt, j'aurai beaucoup d'argent. Je pourrai partir.

Mais le mauvais temps jouait contre elle, transformait la chapelle en chambre froide ; lui donnait un vilain teint jaunâtre et des frissons. Olia parlait aussi d'une bête qui rôdait certaines nuits devant le portillon et distribuait de puissants coups de griffes contre le fer, grognant et grattant le sol.

— C'est sûrement Olaf, le chat du cimetière, qui chasse des souris.

— Parce que je ressemble à Minnie ?

Quand elle souriait, tout frémissait en lui, comme si de minuscules papillons battaient des ailes sous sa peau.

Dès qu'il se blottissait dans son lit scandaleusement douillet, Eliot élaborait des plans pour la tirer de ce pétrin. Il s'était renseigné auprès de sa mère sur ce que devenaient les personnes mineures et sans papiers qu'il lui arrivait de secourir. De nombreux lieux d'accueil existaient dans Paris, dont un, juste à côté de chez eux. Mais Olia répétait que le clan la retrouverait où qu'elle aille, qu'ils avaient des yeux partout.

Il ne pouvait pas la cacher sous son lit dans une grosse boîte – même s'il l'avait sérieusement envisagé. De tout ce qu'il avait pu observer dans ce cimetière, recueilli au creux d'une paume, épinglé sur un tableau, mis à sécher entre les pages d'un cahier ou bien emprisonné dans son piège à insectes, Olia était la plus gigantesque, la plus miraculeuse trouvaille ; un oiseau de lumière dans la nuit. Elle venait définitivement d'ailleurs, d'une terre lointaine, faite d'ombres, de bois et de mystères. Sa petite voleuse détenait un savoir canaille, lui dévoilait ses mauvais tours, ses ruses et ses malices, abordait sans gêne les techniques de combat, plaçait sa main en coupe sur le menton d'Eliot afin qu'il prenne un repère sur son propre corps.

— Tu mets ton poing comme ça, en crochet, tu recules bien ton bras pour prendre de l'élan… et tu cognes.

Les doigts tièdes et habiles d'Olia manipulaient son poignet, fléchissaient son coude. Maintenant, il savait où et comment frapper Yacine le moment venu pour qu'il lui foute la paix.

Bientôt, il serait prêt.

Bientôt, il reprendrait goût à tout.

Bientôt, peut-être même aurait-il le courage d'accompagner Olia dans son voyage.

Mais d'abord, il devait lui rapporter ce qu'elle lui avait demandé. Un livre pas évident à trouver, mais pas impossible non plus – l'armoire en fer du bureau de son père regorgeait de vieux bouquins sur la religion. Ce serait bien le diable s'il n'y dénichait pas une bible.

— Tu l'auras. Promis.

— Merci.

Il était reparti, éclairant ses pas de sa lampe à friction.

Eliot ne s'était jamais apitoyé sur le sort de sa petite réfugiée. Il lui avait simplement tendu la main, une main pleine d'une amitié qui réchauffe. Et l'oiseau s'abreuvait chaque nuit de ce doux poison qu'est l'espoir.

Les grands pans de pénombre derrière le canapé donnaient au salon les apparences d'un tombeau. Disposées sur les meubles, les lanternes fabriquées par Eliot avec des bocaux, de la peinture acrylique orange, verte et violette, un marqueur noir et des bougies chauffe-plat diffusaient d'étranges lumières aux couleurs acidulées. Autour de la table basse, revigorés par un feu de cheminée, les enfants s'activaient, collés à leur maman dont les baisers, désormais, ne contaminaient que le cœur. De ses doigts délicats, entre deux toux, Anna déposait une goutte de colle sur une boule de polystyrène, la plaçait au centre d'un mouchoir en papier (quand Eliot ne le fauchait pas pour se moucher dedans), nouait une ficelle autour, et piquait deux punaises à la place des yeux. Une horde de petits fantômes attendait que Madeline les relie entre eux par un mince fil de cuivre. Elle ferait de même avec les assiettes cartonnées couleur mandarine, taillées en forme de citrouille, qu'elle suspendrait au plafond. De fausses toiles d'araignées habillaient l'escalier et le manteau de la cheminée. Miraculeusement, Michael s'était joint à l'atelier bricolage avec son enceinte Bluetooth. Secouant la tête au rythme de « Oogie Boogie's Song », il s'appliquait à découper des ailes de chauves-souris dans du papier noir qu'Eliot collait un peu partout avec de la pâte à fixe. Restait à peindre des cailloux aux couleurs d'Halloween sur lesquels les enfants dessineraient corbeaux, bouches édentées, épouvantails et autres affreusetés. Le plan était ensuite de préparer des sablés qui ressemblent à des doigts de sorcière pour changer de la traditionnelle tarte à la citrouille, et Anna se chargerait de fabriquer une tripotée d'yeux globuleux injectés de sang avec des grains de raisin noir et du sirop de cerise dans un bac à glaçons.

La fête aurait lieu, fût-elle courte, modeste et discrète. Ainsi en avait décidé Madeline.

La maison, cette vieille dame capricieuse, semblait même se prêter au jeu : depuis le retour de la pluie, elle faisait chanter ses murs et diffusait son capiteux fumet de terre mouillée.

— On devrait aller piquer les tableaux de papa, pour la déco.

— Carrément !

La moindre bêtise était la proie des rires. Pourtant, insensiblement, comme le léger tremblement des ciseaux contre la feuille, le sourire de Madeline trébuchait. Un regard bien placé suffisait à soulever le voile des apparences. En observant avec attention ses enfants, elle venait de remarquer ces petits détails qui sèment le doute : Michael faisait craquer nerveusement ses doigts dont les ongles rongés trahissaient un gros stress ; Eliot essuyait son nez dans sa manche, grattouillant un tibia couvert d'hématomes ; Anna fractionnait ses toux, en faisait des miettes pour ménager ses bronches.

— Ça va, m'an ? T'as l'air toute triste, demanda Michael.

— Je m'inquiète pour vous.

— Bah ! pourquoi ?

— Je ne vous trouve pas très en forme.

— Y en a plein qui sont malades au centre aéré, crut bon d'expliquer Anna.

— Dis-moi, Eliot, c'est quoi, ces bleus ?

Le garçon tira sur le bas de son jogging.

— Oh ! rien. C'est quand je joue au foot.

— Il faut vite que je t'achète des protège-tibias, alors.

Anna baissa la tête.

— C'est une armure et un fléau d'armes qu'il lui faudrait, grommela-t-elle.

— Un quoi ?

— Un bâton avec une grosse boule et des pics en fer au bout.

— Miss Je-sais-tout a encore frappé, ricana Michael.

Son frère renifla, en proie à une soudaine inspiration.

— Remarque, ce serait stylé, comme déguisement.

— Oui, et si tu pètes, c'est toi qui meurs asphyxié !

Le petit rire d'Anna se fondit dans les premières notes de musique de « This Is Halloween ». Madeline songea à ce que serait demain l'organisation de cette journée, en son absence. Impossible de changer ses gardes. Elle passerait la nuit d'Halloween à la caserne. Les consignes données par le conservateur rabat-joie étaient strictes : chacun recevrait dans sa chambre un copain ou deux, et les costumes ne devaient pas être portés dehors, sauf cachés sous les manteaux. Aucune décoration visible de l'extérieur. Ce qui navrait sa fille, c'était qu'aucune sorcière, pas un seul vampire ne viendrait frapper chez eux pour jeter un sort ou réclamer des bonbons. La déception d'Anna s'ajoutait à sa propre mélancolie, mais aussi à l'humeur massacrante de Christian dont tout le monde pâtissait.

D'esprit comme de corps, son homme était méconnaissable. Des cernes bleuâtres soulignaient ses yeux plus brillants que jamais. Quand il n'était pas d'astreinte ou dans son fichu atelier, il déambulait pieds nus d'une démarche bancale, une bière à la main, perdait toute prestance. Et depuis plusieurs jours, il y avait ces « absences » : des ruptures de la conscience de quelques secondes, dont les enfants s'amusaient au départ, mais qui leur flanquaient maintenant la frousse quand ils étaient seuls avec lui.

— T'inquiète, m'an. Je gère.

Michael était chargé de veiller au bon déroulement de la fête.

— Je compte sur toi. Pas d'embrouille avec Christian.

— Papa, hier, il a dit « ferme ta gueule » à Michael.

Madeline se voulut rassurante ; cette façon d'agir ne pouvait être que passagère.

— Papa est perturbé parce qu'il dort mal. Il se fait beaucoup de souci à cause de la maison.

Mais elle en doutait.

— Est-ce qu'à Noël on aura le droit de faire un sapin ?

— Et est-ce qu'on pourra inviter papi ?

— Maman, y a ton portable qui sonne dans la cuisine…

Elle se leva pour aller répondre. Tourna machinalement la tête vers les enfants en quittant la pièce : agenouillés autour de la table basse, concentrés, dociles, encerclés de bougies et de solitude, ils lui parurent aussi fragiles qu'un château de sable.

Jean-Yves téléphonait pour prendre des nouvelles. Il confirma également à Madeline qu'Aaron resterait dormir chez eux demain soir. Saisissant l'occasion, elle le questionna au sujet du décès survenu dans la maison dix ans plus tôt. Le médecin urgentiste en gardait un souvenir précis ; les circonstances dans lesquelles on l'avait reçu à l'époque étaient peu ordinaires.

— On avait été appelés en urgence pour une détresse respiratoire ; une patiente atteinte d'un cancer des poumons. Quand je suis arrivé, le gardien m'attendait devant le portillon du cimetière. Tout de suite, il m'a dit qu'il n'y avait plus rien à faire, que sa femme était morte. Il avait l'air sonné et résigné. Enfin, tu vois le topo. On est entrés et on s'est dirigés vers une pièce en bordel, encombrée de matériel médical qui empestait le tabac, l'humidité et l'urine... Sordide. J'ai examiné la patiente et constaté le décès.

Madeline sortit du frigo les œufs et le beurre pour la préparation des sablés.

— En lien avec sa maladie, je suppose ? demanda-t-elle.

— Oui. Une embolie pulmonaire. C'est fréquent chez les personnes atteintes de CBP[1]. C'est même une des principales causes de mortalité. Il n'y avait donc rien d'anormal, mais ce qui m'a tout de suite intrigué, c'est la température du corps. Il était froid. La patiente était morte depuis au moins six heures.

Le portable collé à l'oreille, Madeline referma la porte du réfrigérateur.

— Pourquoi son mari n'a pas appelé les secours tout de suite ?

— Il m'a dit que sa ligne fixe et celle de son bureau étaient en dérangement.

— Comment il vous a prévenus, alors ?

— Le téléphone se serait remis à fonctionner le lendemain matin.

Madeline manqua lâcher le paquet de farine qu'elle prenait dans le placard. Jean-Yves poursuivit sur un ton égal :

— Évidemment, c'était du pipeau. Mais si tu veux, quand tu as devant toi le cadavre squelettique d'une femme

1. Sigle pour cancer broncho-pulmonaire.

rongée par la maladie, tu ne vas pas chercher midi à quatorze heures. J'ai eu le dossier médical sous les yeux. C'était même un miracle qu'elle soit encore en vie.

— Son mari ne voulait pas qu'elle meure à l'hôpital.

— Oui… Elle est partie dans ses bras. Et je peux te dire que l'agonie a été longue et douloureuse.

Il s'éclaircit la gorge.

— Maintenant, accroche-toi, parce que c'est pas ça le plus flippant dans l'affaire…

Tout ouïe, Madeline remplissait de farine un verre doseur.

— Quand j'ai voulu en savoir plus sur la façon dont les choses s'étaient passées, le gardien, qui était plutôt calme jusque-là, a commencé à s'agiter. Les mots sortaient de sa bouche comme des boulets…

À l'autre bout du fil, le médecin urgentiste retenait un fou rire.

— Il m'a raconté qu'il avait surpris un homme en train d'étrangler sa femme dans son lit. Et d'après lui, le gars serait venu du cimetière pour la tuer, parce que, tiens-toi bien, il ne supportait plus de l'entendre gémir et que ça dérangeait les visiteurs !

— Un homme venu du cimetière ?

— Oui, c'est ce qu'il a dit. Un mort-vivant, quoi.

Madeline renversa le contenu du verre dans un grand récipient.

— C'était pas plutôt un zombie ?

— … Tu crois que je blague ? Je te jure que c'est vrai ! Il voulait même appeler les flics. Bon, évidemment, il était en pleine bouffée délirante, le pauvre. Voir la personne que tu aimes dégringoler doucement tous les jours pendant des années sans que tu puisses rien y faire et assister à son agonie, ça rendrait dingue n'importe qui. Sans parler de l'environnement du cimetière… Enfin, voilà comment j'ai entamé ma garde, il y a dix ans… Et sinon, à part ça, Christian va bien ?

La question à brûle-pourpoint surprit Madeline qui cherchait du regard la boîte de sucre roux sur l'étagère. Celle-ci était juste devant elle. Sa réponse trahit une légère tension.

— Écoute, bizarrement, il s'est remis à la peinture.

— Ah ! Et qu'est-ce qu'il peint ? Des ex-voto ?

Le sucre tomba en pluie fine sur le dôme de farine.

— Non. De la moisissure.

Jean-Yves éclata de rire.

— Préviens-moi s'il voit du sang suinter à travers les murs !

Trente minutes plus tard, des doigts coupés tout chauds et croustillants s'empilaient dans un plat, barbouillés de confiture de cerise à une extrémité, une amande en guise d'ongle crochu à l'autre. Madeline en apporta quelques-uns aux enfants sur une assiette. L'odeur vanillée était des plus appétissante et ils se jetèrent dessus. Mais son attention en cet instant se focalisait tout entière sur le mur du fond. Là se trouvait une nature morte qu'elle avait descendue de sa chambre six mois plus tôt – elle détonnait dans la pièce.

Madeline ne pouvait ôter de son esprit l'image de *cet homme venu du cimetière*, braquant sur elle sa lampe torche au milieu de la nuit : Bonfils, dans l'encadrement de la porte-fenêtre, le visage brillant de sueur, les yeux fixés sur le tableau derrière elle.

Ses camarades se demandaient à quoi ressemblait sa vie, entourée de tous ces morts, avec des cercueils qui entraient dans le cimetière et des gens tristes qui allaient et venaient sous sa fenêtre. Certains reniflaient ses vêtements comme s'ils redoutaient d'y glaner un relent de cadavre putréfié. Ses copines ne lui proposaient pas de venir jouer chez elles de crainte d'être invitées en retour. Les plus idiots voulaient savoir si elle n'avait pas peur que des morts-vivants pénètrent dans sa maison, ce à quoi elle répondait qu'un mort, par définition, ne pouvait être vivant. Un jour, une fille prénommée Lucie avait hésité à lui prendre la main alors que la maîtresse ordonnait aux élèves de se ranger deux par deux dans la cour. Anna lui avait glissé à l'oreille qu'on n'attrapait pas la mort par les mains, mais par les fesses. Lucie avait pouffé de rire et Anna frissonné au contact de sa paume – elle était glacée.

Plus jeune d'une année que les autres enfants de sa classe, la fillette les dépassait en savoir et en taille grâce à quinze bons centimètres de cheveux que sa mère dressait sur sa tête en une touffe ravageuse – et c'était tout un art. Il fallait séparer la chevelure en deux parties (devant et derrière), diviser la portion arrière en deux sections égales, tresser chacune d'elles en partant de la nuque jusqu'en haut du crâne et les maintenir à l'aide de petits élastiques. On devait ensuite plaquer puis attacher la portion avant des cheveux en queue-de-cheval. Pour finir, on réunissait le tout à l'aide d'un chouchou. Aussi Anna préférait-elle que ce soit sa maman qui la coiffe le matin plutôt que son père, lequel se contentait de clipper deux barrettes en forme de nœud papillon au-dessus d'une oreille. Mais sa maman n'était pas toujours là – occupée à sauver la vie d'une autre petite fille « comme elle », se plaisait-elle à dire – et son papa n'avait plus de patience. Ses doigts rêches accrochaient à ses bouclettes crépues, ses yeux rougis lui donnaient un air chagrin. Sa crinière fauve, il l'avait coupée si court qu'il ressemblait à un bagnard. Quant à sa barbe jusqu'alors si douce, elle piquait la peau lorsqu'il venait l'embrasser le soir dans son lit.

— Papa, tu piques.

— Maman est venue te faire un bisou ?

— Oui… Pourquoi vous vous parlez plus ?

— Parce qu'on n'a rien de spécial à se dire.

— C'est à cause de ton travail ?

Son visage était d'un gris farineux. Jadis si gourmand, son papa perdait l'appétit. Dépérissait à vue d'œil.

— Pose-lui la question, soupira-t-il. Tu verras bien ce qu'elle te répond.

— Alors c'est sûrement à cause de la maison.

Une toux rauque ponctua la phrase d'Anna.

— … T'as pris ta Bécotide ?

— Oui.

— Et tu t'es rincé la bouche après ton inhalation ?

Elle acquiesça d'un signe de tête.

— Bon, allez, dépêche-toi de dormir.

— Je veux une histoire.

— Pas ce soir, Anna. Je suis fatigué.

Plus un sourire pour souligner ses pommettes. Cette fois encore, il avait hâte de retourner dans son atelier dont l'odeur de papier moisi imprégnait ses vêtements. Anna, qui sans broncher passait les vacances de la Toussaint au centre aéré où on l'obligeait à faire la sieste, estimait qu'elle avait droit, en retour, à certains égards.

— Je peux pas dormir si j'ai pas une histoire.

— Tu n'as qu'à lire un livre à ton ours, suggéra-t-il en fourrant la peluche sous son nez.

— C'est pas pareil. Et puis c'est pas un ours, c'est une oursonne. Tu vois bien qu'elle a une robe.

— Avant que tu lui mettes une robe, c'était un ours.

— Mais non ! Je te dis que c'est une oursonne. Elle s'appelle Angèle. Et je sais comment elle a perdu une oreille.

— Ah oui ?

— C'est la petite fille à qui elle appartenait qui lui a arrachée : sans faire exprès, elle a coincé Angèle dans la porte de votre chambre.

Son père se grattouilla la barbe.

— D'où est-ce que tu sors ça ?

— Je le sais, c'est tout.

La barre de ses sourcils se creusa.

— Qui t'a dit ça ?

Anna avala sa salive. Mentir était parfois nécessaire pour protéger ses amis et gagner quelques minutes d'attention.

— Bah, c'est elle.

— Qui ça, « elle » ?

— La petite fille qui habitait ici et qui est morte.

— Anna, mais qu'est-ce que tu racontes ? Il n'y a jamais eu de petite fille dans cette maison.

— Si, avant, y a très longtemps.

— Il ne faut pas plaisanter avec ce genre de choses.

— Mais c'est vrai. Même qu'elle est enterrée dans le cimetière…

— Ça suffit !

Elle baissa les yeux sur sa peluche.

— Je ne veux pas que tu répètes ces bêtises à ta mère ou à tes copines, c'est compris ? On a suffisamment de problèmes comme ça !

— Oui. Pardon, papa… Tu me lis une histoire ?

Son père scrutait son visage tout en retenant son souffle.

— … Tu t'en racontes déjà assez toute seule, soupira-t-il.

Sa barbe chatouilla désagréablement la joue d'Anna lorsqu'il se pencha sur son front pour y déposer un semblant de baiser.

— Bonne nuit.

D'autorité, il éteignit la lampe de chevet, plongeant la chambre dans une ambiance bleutée que dispensait la veilleuse.

Anna eut soudain envie de bondir hors du lit et de lancer à la tête de son papa tous ses livres. C'est d'ailleurs ce qu'elle fit. Elle détestait les tableaux qu'il peignait parce qu'ils ressemblaient de plus en plus à des tombes couvertes de mousse verdâtre et blanchâtre dégoûtante. Elle détestait aussi la tache noire à l'angle du plafond dans le couloir, car elle faisait penser à la figure horrible d'une vieille dame qui ouvrirait grand la bouche pour crier. Elle détestait cette maison froide et humide comme une glacière et qui la rendait malade. Elle détestait l'idée de fêter Halloween chez elle avec juste une copine alors que, cette fois, elles étaient toutes super-partantes pour venir. Elle détestait la sale gamine à laquelle sa mère portait tout le temps secours au lieu de s'occuper d'elle et se fichait bien qu'elle soit sauvée. Elle détestait Michael qui se moquait d'elle dès qu'elle prononçait un mot ou la traitait de chouineuse.

Et, par-dessus tout, elle détestait Eliot parce qu'il était lâche et l'obligeait à garder un affreux secret.

— Anna ! Mais ça va pas de jeter tes livres ?

Elle commençait à en avoir ras le bol, de compter pour du beurre dans le cœur de ses parents et de ses frangins. Droite dans sa chemise de nuit Reine des neiges, elle cria très fort à son père qui se tenait devant la porte :

— Sur sa tombe, y a une colombe et une fleur de lys, c'est marqué « cendres et larmes », et elle te déteste !

Comme une impression de déjà-vu.

Christian reconnaissait en elle sa propre colère. Son regard enchaîné au sien, Anna attendait qu'il la prenne dans ses bras, la rassure et l'embrasse. Ce qu'il ne manquait jamais de faire. Mais pas ce soir. Terminé, le papa qu'on embrasse. Il était celui qui ne parle plus à maman et qui pique, le « méchant papa ».

Sa métamorphose, il l'assumait.

Ses enfants ne causeraient pas sa chute.

Personne ne l'empêcherait d'aller au bout.

Ni cette nuit, ni demain.

Madeline s'était postée en bas de l'escalier, alertée par le choc des livres sur le sol et les cris d'Anna. Christian passa près d'elle, poings serrés dans les poches. À son air interrogateur, il répondit d'un laconique « Ta fille fait sa crise » et alla décrocher sa parka dans l'entrée. Quand il reviendrait se coucher vers minuit, Madeline dormirait, lèvres closes, couronnée de son indomptable chevelure. Hors de la couette, petit récif abandonné au bord du lit, son épaule fraîche, douce, tentatrice.

Il ferait en sorte de se glisser près de sa femme sans la toucher.

Rester concentré.

Ne pas céder, ne plus fuir.

Christian avait un dernier projet à mener à bien. Quelque chose de spécial pour la fête des morts. Une expiation artistique qui clôturerait son travail sur les ravages de l'oubli, la dégradation des émotions et la contamination du malheur, ni plus ni moins.

Cette nuit, il préparerait sa toile comme on fabrique un linceul. Une toile brute en coton de grande dimension, au grain affirmé, légèrement rugueux.

Demain, ignorant et maladroit, il peindrait à l'aveugle, avec ses tripes.

Et de cette folie, peut-être gagnerait-il enfin le droit de se regarder en face.

V

LA FLAMME

Qu'elle ait la forme d'un trépied ou celle du flambeau inversé, la flamme est un élément essentiel du monde funéraire. Ce symbole profane est resté dans les croyances populaires. Il fait écho au feu perpétuel qui représente la transmission d'une mémoire ou d'un savoir et caractérise la partie immatérielle de nous-mêmes qui survit à la mort. La flamme peut aussi incarner la pensée qui permet d'orienter la marche dans les ténèbres. Le flambeau inversé symbolise également la mort : la flamme s'éteint par manque d'oxygène. Le flambeau est alors la métaphore du corps humain et la flamme celle de l'âme qui s'en échappe.

Quelles heures étranges elle avait vécues. De ce cadeau irréel, Olia sentait encore palpiter son cœur. Tous, alors, lui paraissaient tellement extraordinaires et si gais. Cet après-midi passé dans la maison du cimetière résumait assez bien sa vie depuis son arrivée en France : être la fille immobile sur un quai, un trottoir, ou bien assise sur un banc, une chaise, pendant que des êtres pleins d'insouciance déambulaient devant elle, paradaient dans leurs costumes de tous les jours ou grimés en abominable clown, vampire ou chevalier. Même si on lui avait pris la main pour la convier à des jeux, croquer des gâteaux délicieux, se gaver de bonbons et boire dans des gobelets où flottaient des glaçons amusants, par cet ordre mystérieux des choses, elle ne pouvait éprouver le bonheur d'Eliot, captive de sa propre mémoire. Son grand frère et ses amis étaient si joyeux, sa petite sœur et sa copine tellement drôles et mignonnes avec leurs ailes de chauve-souris accrochées dans le dos… Ce spectacle l'avait secouée. Comme si on venait de la tirer d'un long sommeil.

Pour le déguisement, chez Monoprix, elle avait choisi celui d'une sorcière et caché son visage sous un grand chapeau.

— Prends aussi un nez crochu.

Il avait tout prévu, son chevalier roux. Même ce courage qui lui manquait sans doute à présent pour la rejoindre, être à ses côtés.

Un petit vent soufflait, mais les nuages perduraient dans le ciel, lui refusant un dernier rayon de soleil. La rue s'emplissait de rumeurs. Le bruit de la circulation, le pas d'un promeneur sur le trottoir, tout l'effrayait. Ses vêtements étaient encore imprégnés du parfum de cette bougie à l'essence de cannelle qui embaumait la maison d'Eliot, mêlé à celui du feu de cheminée. Elle le respira avec un plaisir mélancolique. Ce parfum donnait le regret des choses qu'elle n'aurait jamais.

La veille, son visiteur du soir était apparu avec un sachet en plastique et de si brillants éclats dans les yeux qu'elle avait presque pris peur. Il avait d'abord tiré du sachet une feuille pliée en quatre sur laquelle étaient inscrites les coordonnées d'un foyer d'accueil pour mineurs à quatre cents kilomètres de Paris.

— C'est à Saint-Malo… Tous les étés, je fais du char à voile sur la plage et aussi de l'aviron.

Saint-Malo. Un nom qui sonnait joliment à son oreille, comme un saint matelot. Eliot était fier d'avoir dégotté si vite un endroit où la mettre en sécurité, au bord de la mer, qui plus est.

— Juste en tapant des mots clés sur mon PC ! Après, je suis allé voir à quoi ça ressemblait sur Google Earth… Regarde.

Sans imprimante, il s'était débrouillé pour reproduire à la main une carte où l'on voyait l'océan, un bout de la France et deux croix reliées par une ligne en pointillés. Sous l'une d'elles était indiquée une adresse qu'elle devait mémoriser avant de brûler la feuille comme une espionne venue des Balkans.

— Là, c'est chez mon papi. À une trentaine de kilomètres. C'est pas loin. On pourra se voir pendant les vacances.

Il avait réfléchi à beaucoup de choses, Eliot. Avec cette rectitude honnête et naïve du garçon qui pense qu'une fille va forcément suivre ses instructions. Et sa tête semblait déborder de tout ce qu'il s'apprêtait à lui dire. Son plan était simple : Olia devait disparaître. Oubliée, la petite Bosniaque sans papiers.

— Muette comme une tombe. Faudra que tu joues la fille perdue qui a vécu un traumatisme. J'ai vu ça dans des films… On ne peut pas savoir que t'es étrangère si tu dis rien. Même pas la police. Ils vont vérifier si t'es dans leur fichier des personnes disparues, mais c'est tout. Après, tu vas voir des psychologues… Bon, faudra les écouter sans rien dire. Et après, on te mettra sûrement dans un collège. Mais un collège spécial, où tu vas faire semblant d'apprendre et de te souvenir de certains trucs. Peut-être même qu'on t'enverra dans une famille d'accueil, j'sais pas. En tout cas, le plus important, c'est que tu auras une carte d'identité, et même une carte de Sécu pour te soigner. Voilà. Tu seras française. Et tes gusses du clan, là, ils pourront jamais te retrouver.

Les pensées d'Olia roulaient sur ces jolis rêves. Y croire freinait la douleur dans son ventre et la petite fièvre qui ne la quittait plus.

— C'est quoi, un traumatisme ?

— Un truc grave qui te serait arrivé.

Elle avait hoché la tête, se demandant pourquoi elle n'était pas déjà devenue muette. Du sac, Eliot avait tiré autre chose. Un bouquin, pris dans sa bibliothèque, avec une couverture effrayante qui montrait la figure noire d'un démon aux yeux de feu, tapi derrière une fenêtre.

— *Le Fantôme d'à côté*[1]… C'est pas le meilleur de la série, mais je suis sûr qu'il te plaira, avait-il ajouté en reniflant dans sa manche.

---

1. Roman de R. L. Stine, tiré de la collection d'ouvrages jeunesse « Chair de poule ».

Penchée sur son livre, elle n'éveillerait pas les soupçons dans le train, l'assurait-il. Un code secret – des chiffres soulignés au crayon de papier qu'il fallait recopier en partant de la dernière page – lui donnait le numéro de téléphone de son grand-père à contacter en cas d'urgence. Il avait aussi sorti d'une poche de sa doudoune deux tickets de métro froissés.

— Au cas où tu louperais ton train, que tu puisses revenir ici. Elle est pas tout près, la gare Montparnasse... Mais bon, vaudrait mieux pas sinon tu devras attendre la prochaine fête déguisée pour pouvoir te promener discrétos dans le métro, et c'est pas tout de suite.

Sous ses paupières lisses et rosées comme un abricot, Eliot dissimulait sa crainte. Au-delà de la gare de Saint-Malo, Olia serait abandonnée à son sort. Elle avait redressé le buste, appuyé une main sur sa poitrine et chuchoté dans la pénombre de la chapelle qu'une bougie chauffe-plat éclairait à peine :

— J'ai le cœur rempli de ta confiance. Ça va marcher.

Penaud, il avait souri.

— Ouais... C'est un super-plan.

Elle ne lui avait rien confié des plus terribles de ses secrets. Gardé pour elle le viol, le sang. Le collier précieux – son fardeau et sa ruine.

— T'as de l'argent pour le billet de train ? s'était inquiété Eliot.

— Oui.

Il avait fouillé dans son sac, baragouinant qu'il allait faire son possible pour l'accompagner au moins jusqu'à la gare, mais que ce serait chaud. Sur son front brillaient de petites perles de sueur.

— J'suis désolé, j'ai pas réussi à trouver une bible comme tu me l'avais demandé, mais j'ai pris ça à la place, au magasin de déguisements où on a été avec ma mère...

De son sac, il avait extrait un dernier objet dont l'émerveillement scellerait entre eux ce lien impérissable.

— Une Sainte Vierge lumineuse. J'ai dit que c'était pour la déco Halloween de ma chambre.

Plus qu'un baiser, Olia avait déposé un tourbillon d'émotions aux lèvres d'Eliot.

Une longue nuit sans sommeil s'en était suivie, troublée de suées, d'incertitudes et des bruits abominables de la bête du cimetière. À 14 heures, incognito, elle avait sonné chez son ange gardien en tenue d'ensorceleuse. Sa peau et ses yeux cernés prenaient déjà une teinte jaunâtre dans la lumière grise du jour – belle à faire peur.

— Regarde ! Une sorcière…

Devant l'espace Charenton, une fillette costumée en diablesse qui passait avec sa maman tendit vers elle sa fourche en plastique rouge. Olia serra plus fort le cadeau d'Eliot dans la poche de son blouson, murmurant à la Sainte Vierge un paquet de promesses. Ses genoux sautillaient, nerveux. À côté d'elle, la place sur le banc demeurait inoccupée. La nuit commençait à tomber. Attendre plus longtemps son chevalier était risqué. Olia devait se décider. Prendre le train et fuir, ou bien rester et redevenir la proie des loups, dehors. Le cœur lourd, elle se leva. L'ourlet en dents de scie de sa robe noire frôlait ses baskets. Elle mit son sac à dos sur ses épaules, noua les lanières du chapeau pointu sous son menton, ajusta l'affreux nez crochu et regarda une dernière fois en direction du cimetière.

Être seule au monde était peut-être la pire injustice.

Dans sa poche, le cadeau d'Eliot éclairait sa nuit.

— Bonjour ou bonsoir tout le monde, c'est Michael. J'espère que vous allez bien. Et bienvenue sur ma chaîne « *Timore Magnus* ». Aujourd'hui, on se retrouve pour une nouvelle vidéo hyper flippante ! La dernière fois, je vous ai montré ce qui pouvait se passer dans ma chambre, le genre de truc bien glauque qui arrive quand on habite une maison dans un cimetière… Des grattements et des grincements en plein milieu de la nuit, un rideau qui bouge tout seul, hmm… D'ailleurs, j'en profite tout de suite pour remercier Gabriel qui a laissé un commentaire sur ma chaîne la semaine dernière : alors Gabriel, tu me conseilles d'utiliser un détecteur K2 pour mesurer le champ électromagnétique dans la pièce au moment où des trucs se passent parce que toi aussi tu trouves ça ultra chelou. Eh bien j'ai suivi ton conseil et, ce soir, pour la première fois, on va se servir de ce détecteur pour une petite balade dehors, à la recherche d'une entité qui se manifesterait aussi dans le cimetière. Donc, ce soir, vidéo spécial Halloween : on explore un cimetière la nuit !… N'hésitez pas à lâcher déjà un pouce bleu, ça fait toujours plaisir. Et n'oubliez pas le partage sur Instagram qui s'affiche ici… Bon ! Comme vous pouvez le voir, je ne suis pas serein-serein. Logique, ça fait super-peur. Le paranormal n'est pas un jeu… Allez ! C'est parti, on y va !… Je suis donc dans un cimetière de Paris, il est minuit pile, et techniquement, on est le 1er novembre. Ici, certaines tombes sont très vieilles, avec des inscriptions en latin, et parfois aucune date, ce qui est franchement suspect. Ce que je sais à propos de cet endroit, c'est qu'il a deux siècles et que des événements terribles s'y sont produits. Des rituels sataniques, notamment, dans plusieurs de ces chapelles. J'ai aussi recueilli des témoignages de gens qui habitent dans les immeubles autour du cimetière et qui ont une vue directe sur les tombes. Certains parlent de phénomènes étranges récents, par exemple des lumières qui se déplaceraient toutes seules la nuit… Brrr ! Et la dernière info à vous donner, le truc pas banal : un arbre, un pêcher pour être précis, a poussé sur une tombe. Ce qui s'est passé dans la vie de la personne enterrée en dessous, j'imagine que vous aussi vous voudriez bien le savoir… Bref, à mon avis, il y a de fortes chances pour que ces lieux soient hantés. Je vais donc ce soir, accompagné d'Imani et d'Aaron, tenter d'établir une communication avec une entité. Tout ce que vous allez voir dans cette vidéo est vrai. Il n'y a aucun trucage, aucune mise en scène, aucun complice. Vous allez regarder le troisième épisode de « *Timore Magnus* » !… Bon, là, on vient d'arriver dans le cimetière. Il s'est mis à pleuvoir, malheureusement… Je pense que malgré la pluie on va continuer à tourner. Faut juste éviter de mouiller les appareils… Voilà, on entre dans la première allée. Toujours s'identifier quand on débarque : « Bonsoir ! On vient ici pour vous parler ! »… Donc, là, on se dirige vers les chapelles et on va voir celles qu'on pourrait visiter parce que, tous les matins, il paraît qu'on en trouve au moins une dont la porte s'est ouverte toute seule dans la nuit… Bon, celle-là, elle est fermée.

— La cam' va prendre l'eau.
— Michael, j'ai entendu quelque chose !
— Quoi ?
— Un grognement, je crois...
— Sérieux ? Où ça ?
— Ça venait de là-bas, près du tombeau.
— OK. Imani a entendu quelque chose. Donc on y va. Aaron a sa GoPro à infrarouge et... pour être honnête, on n'y voit pas bézef...
— Je sais absolument pas où je marche.
— Il pleut toujours, même pire qu'avant.
— Putain, mes cheveux, c'est trop relou !
— Bon... On va pas pouvoir filmer parce que là, il pleut vraiment fort. La météo n'est pas avec nous, ce soir... On va s'abriter cinq minutes dans une chapelle si on peut...
— Regarde la croix, c'est trop stylé !
— C'est une croix de Malte.
— Ah ! ici, c'est pas verrouillé. Je pousse la porte...
— Wow, le grincement de la mort !
— On va pas tenir à trois...
— Mais si !
— Chut !
— Euh, j'ai encore rien pu filmer.
— ... Maintenant, on est à l'intérieur d'une chapelle et on patiente... Aaron, t'étais avec Imani quand elle a entendu quelque chose ?
— Ouais... près du tombeau. J'ai cru que c'était quelqu'un qui hurlait.
— Qui ?
— Toi.
— Aaron, sérieux, là ! C'est pas le moment de...
— Hé ! putain, les mecs, je vois de la lumière !
— Imani a vu un truc par la lucarne... Où ça ?

— Au fond, là-bas… Là ! T'as vu ?
— Y a eu comme un flash.
— On dirait un reflet.
— C'est trop bizarre !
— … T'as entendu, là ? T'as entendu ?
— Ouais.
— Y a eu un craquement.
— Comme si quelqu'un marchait dans le gravier.
— Plutôt un animal, parce que c'est pas régulier.
— Ouais, c'est…
— Chut ! Moins fort !
— … C'était soit une branche qui craque, soit un caillou qui tombe quelque part.
— « Y a quelqu'un ? Est-ce que vous pouvez refaire le bruit, s'il vous plaît ? Vous pouvez refaire le bruit ? »…
— Michael, c'est quoi, là-bas ?
— De la fumée !
— Non, c'est du brouillard.
— Vas-y, éclaire.
— C'est le brouillard, je te dis.
— J'entends comme un chuchotement !
— Plutôt un grognement.
— Ouais, un grognement de macaque.
— … C'était quoi, ce cri zarbi ?
— On dirait un bébé cougar… Putain, c'est trop flippant !
— Un bébé cougar, un macaque… Mais t'as fumé, toi, ou quoi ?
— Taisez-vous ! On écoute !
— La pluie s'est arrêtée net. Vous avez remarqué ?
— Aaron, ta caméra… Tourne ta caméra par là…
— J'y suis.
— Je tends le bras dehors avec le détecteur…

— « Y a-t-il quelqu'un qui voudrait se manifester, ici ?… Approchez, s'il vous plaît ! Approchez de l'appareil ! »… Ça bouge ! Regardez le détecteur !

— Ouais, par contre, y a de plus en plus de brouillard qui arrive et j'aime pas ça…

— Waouh ! Vous sentez comme il fait super-froid, d'un coup ?

— « Approchez-vous du détecteur K2, s'il vous plaît ! »

— … Vous sentez le courant d'air dans la chapelle ?

— WOW ! PUTAIN ! C'EST QUOI, ÇA ?!

— Venez, on se barre !

— On se casse !

— Les mecs, j'ai vu des yeux !

— … Bon, alors je parle doucement parce que là, on est euh… on est rentrés se mettre à l'abri dans ma chambre… Ce qui vient de se passer est tout simplement ouf ! C'est incroyable, je n'ai jamais vu une chose pareille de toute ma vie. Je pense que nous sommes face à une ou plusieurs entités… Je n'ai trouvé aucune explication rationnelle. D'abord des bruits comme si quelqu'un nous épiait, et puis des cris qui font penser à ceux d'une bête féroce… Et alors vient cette apparition phénoménale, ces yeux qui brillent dans la nuit… On les voit bien sur l'image… Ça fout trop les jetons !… On va remettre la séquence encore une fois sur l'écran de l'ordi… Vas-y, Aaron, lance la vidéo… LÀ ! On voit une forme se déplacer super-vite au milieu des tombes.

— Devant la croix, c'est pas une queue ?

— Oh, putain ! Mais ouais !… Tout ce que je peux vous dire, c'est que la chose qu'on a vue ce soir nous a vraiment, mais vraiment troué le cul.

« Thème de Mina », Dracula, Wojciech Kilar.

La table à dessin avait été poussée dans un coin et la lampe articulée éclairait le plancher. De haut en bas, dévorés par un mal inconnu, les murs se couvraient de moisissures chamarrées d'ocre et de nacre. En certains endroits, l'aspect granuleux rappelait la texture du givre, ou présentait une surface lustrée un brin crémeuse similaire à une formation calcaire au fond d'une grotte. Une toile occupait les deux tiers du sol : la teinte en avait été travaillée pour la salir un peu, l'assombrir. En son centre, Christian avait tracé un rectangle de 185 X 60 cm. Il se tenait allongé là, bras repliés sur la poitrine. Les dimensions étaient parfaites : son corps y tenait tout entier.

Il se releva pour aller prendre un rouleau à peindre et le bac chargé de peinture acrylique diluée. Agenouillé sur la toile, il commença par badigeonner l'intérieur du rectangle d'une première couche d'un noir profond, sans trop insister pour que la couleur ne soit pas uniforme. Une ombre l'empêchait de bien voir ce qu'il faisait ; Christian s'était mal positionné par rapport à l'éclairage. Il se redressa en gémissant. Les muscles de ses cuisses et de ses épaules frémissaient de fatigue. La faim l'étourdissait sans doute aussi, mais il ne ressentait pas le besoin de se nourrir. Il passa de l'autre côté de la toile et se remit à l'œuvre. Pour la deuxième couche, il utilisa l'acrylique directement sortie du tube. Sous le rouleau, la matière lisse et onctueuse s'étirait, réfléchissait la lumière.

Lorsqu'il eut achevé cette étape, Christian demeura quelques minutes sans bouger à contempler le rectangle noir, pareil à un tombeau. Un refuge au bord de l'abîmc. Sa blouse de peintre d'avant-guerre dégottée dans une brocante, grise, tachée et froissée, sa barbe mal taillée et la peinture dans ses cheveux ratiboisés donnaient de lui l'impression d'un désordre sévère. Il retira sa blouse qu'il envoya promener sur le lit de camp tout en observant la toile. Concentré, il cligna des paupières. Le rectangle noir se troublait comme l'eau d'un bassin chahutée par le vent. Christian s'agenouilla. Penché en avant, les bras le long du corps, il semblait fasciné par ce qui se déroulait sous ses yeux : la peinture en séchant devenait opaque, ténébreuse, absorbait toute clarté, creusait un puits profond vers lequel il se sentait soudain attiré, emporté, dans l'incapacité d'en détacher le regard.

Christian.

De ces abysses, une voix s'éleva. Quelqu'un venait à lui, le cherchait, un être parlant et vivant, dont les lèvres frémissaient.

Pourquoi, Christian ?

Ce visage aimé au fond du trou… Un léger tremblement agita les mains du peintre.

Tu as tiré ? Pourquoi ?

La peur le saisit. Ses cuisses se tendirent brusquement. Il se releva trop vite et perdit l'équilibre, manquant faire basculer la table à dessin derrière lui. Les murs tanguaient tout autour ; le silence grondait tel un volcan.

Pourquoi tu as fait ça ?

Les poings aux tempes, Christian recula jusqu'à la porte qu'il essaya d'ouvrir, tournant le bouton dans un sens puis dans l'autre, et n'y parvenant pas, il hurla de rage. Son regard tomba alors sur le verrou dont il tira violemment le loquet. Il claqua la porte derrière lui et dévala l'escalier. Dehors, le cimetière baignait dans la brume. Il fit quelques pas pour reprendre ses esprits, une main sur la nuque. Un air humide et froid pénétra ses poumons. Après avoir erré dans une sorte de cauchemar, son esprit revenait peu à peu à la réalité.

Ce qui venait de se produire là-haut lui échappait. Ce visage au fond du trou… Il aurait juré l'avoir vu sortir, flotter devant lui… La chose était impossible. Pourtant, il s'était carapaté comme un lapin, victime de ce qui relevait de toute évidence d'une hallucination. Durant de longues minutes, il demeura là, adossé à la façade, assailli par des images remontées de sa mémoire. Le bruit de pas précipités sur le gravier interrompit le cours de ses pensées aussi brutalement qu'une gifle. Le brouillard restreignait sa vision à quelques mètres. Christian alla prendre sa parka ainsi qu'une lampe torche, réunit ce qui lui restait d'énergie et s'enfonça dans le cimetière. Le crissement des cailloux sous ses chaussures donnait la cadence. Un tourbillon de sang gonflait ses veines, battait le retour d'une migraine. Le faisceau de lumière créait des ombres fragiles entre les sépultures. Ici, priant à genoux sur le marbre gris, un angelot vibrait dans l'oubli. Là, des brindilles pourrissaient sur une stèle rongée par la pollution, la pluie et le vent. Parvenu à la hauteur de l'imposant tombeau du fondateur des entrepôts du vin de Bercy, à l'angle du chemin latéral et de l'allée principale, Christian eut le sentiment que quelqu'un l'épiait et s'amusait de sa présence. Il décida de contrôler une à une les chapelles.

Derrière les portillons disjoints, une nuit bleue polaire figeait les statuettes et les vases poussiéreux des autels. L'un des édifices avait été visité : des empreintes boueuses de semelles maculaient le sol. Les traces se perdaient ensuite sur le gravier. Impossible de savoir quel chemin les intrus avaient pris. Il vérifia que le monument n'avait pas été endommagé et poursuivit sa ronde, descendant l'allée principale en direction des parcelles numéro 4, 6, 7 et 8. Ses jambes tremblaient de fatigue et de froid. Il atteignait la numéro 8 lorsque sa torche accrocha un monument dont l'ornement lui sauta aux yeux : une colombe en bronze tenait dans son bec une fleur de lys brisée. Les paroles d'Anna franchirent ses lèvres dans un murmure :

— Cendres et larmes…

Il se rapprocha de la sépulture pour chercher l'inscription sur la dalle de marbre rose. Gravés en lettres d'or gorgées de pluie, les mots figuraient bien sur une plaque au-dessus de l'oiseau. Mais en latin.

Et cinis lacrimis.

À moins qu'il n'ait loupé quelque chose, Anna ne parlait pas encore de langues mortes. Quelqu'un avait traduit ces mots pour elle. Manipulait très certainement son imaginaire. Si l'on rentrait dans son jeu, sa fille devenait ce petit chaton docile prêt à donner un coup de patte dans la balle, à courir là où on la lançait, même au fond d'une cage.

Il examina de plus près la pierre tombale surplombée d'une croix tréflée. Sur la stèle, deux petites couronnes sculptées enveloppaient les portraits en médaillon d'une femme et d'une fillette. Probablement une mère et sa fille. De ce noir et blanc implacable sous l'ovale du verre dépoli, les photographies défiaient le temps. Il pencha son visage vers le médaillon de l'enfant mais n'eut pas le loisir de l'étudier plus longtemps. Un grognement étouffé suivi de cris indéfinissables lui glaça le sang. Cela provenait de la remise, à quelques mètres derrière lui. Christian abaissa sa lampe pour éclairer ses pas et s'avança avec prudence. La vieille porte en bois branlait sur ses gongs, comme si quelqu'un la heurtait de l'intérieur. Il remarqua que le verrou était mis. Qu'une personne puisse se trouver enfermée là-dedans était pure fantaisie. Mais il préféra s'en assurer.

— Il y a quelqu'un ?

Au son de sa voix, les secousses cessèrent. Le grognement se transforma en un grondement sourd. Christian avança encore de quelques pas. Les pulsations dans sa tête s'amplifiaient. Cognaient trop fort son crâne. Des gouttes de sueur et de pluie dégringolaient sur son front. Il fit doucement coulisser le verrou, attendit un instant, la poitrine écrasée par l'appréhension, et ouvrit la porte.

Le faisceau de sa torche balaya le local plongé dans l'obscurité.

Sur le sol en terre battue, un rat éventré rampait, traînant derrière lui ses intestins sanglants.

Tout se passa très vite.

À peine le temps d'apercevoir deux yeux briller devant le stère de bois.

La bête bondit sur lui.

— À mon commandement : repos !

Claquement des mains sur les tenues.

Rassemblement et changement de la garde incendie.

Appel des morts au feu dans la cour de la caserne.

À 7 h 45, Madeline fit un point rapide sur les opérations de la veille, transmit les consignes au chef qui prenait le relais, puis regagna son vestiaire, les nerfs à vif. La nuit d'Halloween avait été bien éprouvante pour elle et son équipe. Précédé d'une série de flambées de poubelles aux Arcades, porte de Vincennes et quartier Montgallet, un feu d'artifice de violences urbaines s'était tiré entre 20 h 45 et 0 h 30. Un chariot brûlé à Pyramides, des palettes incendiées à la ZAC Chalon, un scooter calciné Cité Grise, un Abribus aux vitres éclatées square Contenot, une voiture cramée à Bercy… Et des mortiers lancés sur ses hommes pris pour cible à la Passerelle – la vidéo circulait déjà sur les réseaux sociaux.

Elle claqua le battant métallique de son casier, rendit son salut à Pinsault qui sortait du vestiaire, enfila son manteau et empocha le livre qu'elle avait emprunté à la bibliothèque avant les vacances d'été – Madeline avait totalement oublié de le rapporter.

— Mad, ce bouquin post-apocalyptique était prémonitoire : une civilisation dominée par la robotique qui s'effondre et sombre dans le chaos, des autoroutes saturées de voitures, un monde qui part à la dérive parce que l'homme n'a fait qu'outrager la nature qui l'entoure… On est en plein dedans !

Christian lui avait parlé de *Ravage* juste après l'incendie de Notre-Dame. Devant tant d'enthousiasme, Madeline s'était laissé convaincre d'en tourner les pages.

— Tu te rends compte ? Barjavel a pondu ce roman sous l'Occupation et je crois me souvenir qu'il décrit l'incendie de Paris et de Notre-Dame, jusqu'au basculement de la flèche.

L'ouvrage avait longtemps traîné au fond de son casier. Il battait maintenant sa hanche tandis qu'elle pédalait sur son vélo, rue de Charenton. Elle n'avait pas accroché à l'histoire. La place que l'auteur donnait aux femmes dans cette dystopie – réduites à leur beauté ou leur matrice, destinées à être partagées par plusieurs hommes ou cantonnées à des tâches subalternes – allait à l'encontre de toutes ses convictions. Elle s'était même demandé comment Christian avait pu lui conseiller pareille lecture. Mais en replongeant dans le bouquin à la pause de 19 heures, juste avant le lâcher de pétards dans les poubelles, elle avait perçu différemment les choses : le destin que Barjavel imaginait pour les femmes en 2052 n'était pas très éloigné du sort qui leur était réservé aujourd'hui.

En se brisant, la flèche de Notre-Dame avait quitté le ciel pour l'enfer, et de sa pointe dentelée désignait ce brasier, ce chaos social où Madeline tenait sa lance.

Vainement, elle avait essayé de tricher avec cette réalité.

En bon petit soldat, avant d'affronter des situations de détresse extrêmes touchant les femmes, seules ou avec enfants, victimes de violences conjugales ou de graves dépressions, avant chaque appel d'urgence pour une intoxication médicamenteuse, elle nouait les lacets de ses rangers bien serré. Cette nuit de garde s'était terminée vers 5 heures avec une nouvelle candidate au suicide : une enseignante d'une trentaine d'années. Elle avait ouvert la porte aux pompiers et s'excusait presque de les avoir dérangés, considérant cette volonté de mourir comme une péripétie dans sa misérable existence. À bord du véhicule de secours, la caporale-cheffe avait consolé, réconforté, pris ses mains dans les siennes, écouté, entendu la solitude, le désastre affectif, social et financier de la jeune femme jusqu'à ce qu'elle ne soit plus capable d'articuler un mot, assommée par une surdose de tranquillisants.

Perdre trace, peu à peu, de sa propre existence…

L'uniforme qu'elle portait n'était qu'un subterfuge, un leurre, un mythe pitoyable sur l'égalité des sexes. Au fond, qu'avait-elle fait sinon ajouter à son utérus une option tout-terrain lui permettant d'être à la fois mère et sapeur-pompier ? Et pour quelle finalité ? Servir d'exutoire à des jeunes détachés de toutes notions de respect, livrés sans retenue ni recul à leur pauvre abandon, comme des enfants qui s'enivrent ?

Sur le guidon, ses gants en daim se paraient de petites gouttes de rosée. Tout en pédalant, Madeline écarta les doigts pour admirer leur scintillement sous les réverbères. Le ciel s'éclaircissait doucement. Une lueur d'un bleu saphir tirait de la nuit les derniers platanes qui bordaient la rue, abrités sous une nappe de brouillard. Elle rentrait chez elle continuer sa vie dans le sens qu'elle s'était appliquée à lui donner depuis toujours…

Entre deux incendies, sur son smartphone, elle avait visionné les photos prises par Michael pendant la fête d'Halloween organisée à la maison en son absence. Des bouilles rivalisaient de grimaces sous les guirlandes de citrouilles : Anna et sa copine, avec des ailes de chauve-souris accrochées dans le dos, figures charbonneuses et lèvres cerise ; Eliot si fier sous sa cape de chevalier médiéval à côté d'une bien jolie sorcière ; et Michael, effrayant dans son habit de Joker, le visage blanc balafré d'un sourire, les cheveux enduits de gel bleu-vert. Son fils aîné entourait les épaules d'Aaron et d'une ravissante jeune fille métisse dont elle était impatiente de faire la connaissance. Pas un seul message de Christian. Aucune nouvelle depuis vingt-quatre heures. Portable sur messagerie. Tout prétexte était bon pour prolonger ces petits moments douloureux. Son mari était ce taureau qu'il lui faudrait bientôt aller chercher dans son enclos après avoir agité devant ses yeux un chiffon rouge.

Madeline descendit de son vélo et le poussa jusqu'au portillon du cimetière. Vêtues de pantalons en Tergal et coiffées de bérets tricotés, deux dames âgées aux yeux clairs patientaient devant, serrant contre leurs vestes matelassées des bruyères aux fleurs blanches.

— C'est fermé !

— Il est encore en retard, le gardien, ce matin.

— Attendez, je vais vous ouvrir.

Elle prit un trousseau de clés dans son sac.

— Vous habitez ici ?

— Vous êtes la femme du gardien ?

Les visiteuses enchaînaient leurs répliques comme dans un numéro de duettistes. L'air était frais, de la vapeur sortait de leurs bouches. Madeline leur sourit.

— Oui, en effet.

— Ah bon ! On a de la chance, alors.

— Merci, madame !

L'une d'elles regarda sa montre en dodelinant de la tête.

— Vous direz à votre mari de programmer son réveil, la prochaine fois.

— Cinq minutes de retard, c'est beaucoup.

Une voix grave s'éleva derrière Madeline.

— À votre place, mesdames, je ne serais pas si pressé de mettre les pieds dans un cimetière.

Elle se retourna. Munch se tenait là, nimbé d'un épais brouillard, un bouquet de roses rouges près du cœur. Il portait une veste de chasse kaki au col fourré, et une casquette écossaise couvrait son front. L'homme la salua poliment. Les visiteuses se hâtèrent d'entrer tels les premiers clients d'une supérette. Leurs bottines sur le gravier faisaient un bruit phénoménal. Munch les suivit d'un pas modéré et prit sa direction habituelle, section 7. L'occasion de le questionner au sujet des circonstances singulières du décès de sa femme se présentait à un bien mauvais moment. Madeline se retint d'engager avec lui une conversation qu'elle savait inappropriée le jour de la Toussaint. Elle appuya son vélo contre la façade de la maison dont les volets étaient clos.

À l'intérieur flottait une odeur de porridge à la banane, de feuilles mortes imprégnées d'eau et de cendres froides. Quelqu'un se trouvait dans la cuisine. Assis sur un tabouret, une écharpe autour du cou, plongeant une cuillère dans son bol, un petit bonhomme en pull-over penchait la tête sur un livre posé devant lui sur la table.

— Eliot ?

Il eut un léger sursaut et leva les yeux de son ouvrage qu'il referma aussitôt.

— Ah, bonjour maman.

Madeline vint l'embrasser.

— Bonjour, mon grand. Qu'est-ce que tu fais déjà tout habillé ?

— J'avais froid… Et faim.

Comme pour justifier sa réponse, Eliot enfourna une pleine cuillérée de porridge dans sa bouche.

— Ton père a oublié de faire un feu avant d'aller travailler… Tu ne l'as pas vu ?

— Il est sûrement dans son bureau.

Des cernes sous les yeux et le teint pâle, Eliot avait de toute évidence mal dormi.

— Alors, hier, cette petite fête ?

— C'était cool.

— Elle s'est bien amusée, ta copine ?

— Oui. Je crois.

Son émotion trahissait l'importance que cette fille devait avoir pour lui. Madeline lui frictionna affectueusement les cheveux et son regard tomba sur le livre. Ce n'était ni un manga ni une BD, mais un ouvrage ancien dont la couverture était doublée d'un coffrage en ivoire muni d'un fermoir. Les ornements liturgiques, le calice et le monogramme IHS sculptés dessus ne laissaient aucun doute quant à son contenu.

— Tu lis la Bible, maintenant ?

Les joues du fiston rosirent. Il baissa la tête.

— C'était pour la déco d'Halloween… T'as vu ? Papa nous a obligés à tout enlever hier soir. Trop nul !

— Mais où tu l'as trouvée, cette bible ?

— Dans l'armoire de son bureau. C'est plein de vieux bouquins sur les religions.

— Tu lui as demandé la permission, au moins ?

— Mais je vais lui rapporter, t'inquiète.

Il s'empressa de faire glisser le livre sur ses genoux comme on cacherait un trésor et engloutit une nouvelle cuillérée de porridge.

— Tu vas pas te coucher, m'an ?

— Dans cinq minutes, quand j'aurai mis la main sur ton père.

Madeline se dirigea vers le bureau de la conservation, qui n'était pas fermé à clé. Personne à l'intérieur. Et l'ordinateur était encore éteint. Christian ne devait pas être loin. Elle monta l'escalier qui menait à l'atelier. Constatant que la porte était entrebâillée, Madeline la poussa.

— Christian ? Tu es là ?

Une émanation de moisi suffocante et poisseuse s'engouffra aussitôt dans ses narines.

Sa mère n'avait pas fait attention au sac à dos sous la table. Tout était prêt. Le sac rempli de ce qui lui paraissait indispensable. Il avait pris tout l'argent de sa tirelire, les billets offerts par son papi, jamais dépensés. La première chose à faire une fois dehors était de filer au plus vite prendre le métro. Ensuite, il achèterait son titre de transport à un distributeur automatique et sauterait dans un train pour Saint-Malo. Il y avait réfléchi toute la nuit, assis sur son lit, toisant les tulipes chauves-souris du papier peint. Sa lâcheté et son tempérament de trouillard l'emportaient depuis toujours sur ses décisions. Mais cette fois, ses entrailles se nouaient plutôt de honte. Dans sa tête, Eliot s'était fait trop de films où surgissaient des flics, arme au poing, et les figures patibulaires des hommes du clan d'Olia s'apprêtant à les égorger tous les deux. Alors hier, il avait eu la frousse de l'accompagner jusqu'à son train. Il l'avait envoyée seule à l'autre bout de la France, sans repères, avec une pauvre adresse et un plan foireux. Olia était peut-être plus forte que lui, elle savait se défendre, elle avait un couteau, mais à onze ans, sa petite sorcière n'était pas à l'abri d'un mauvais sort.

Il enfouit la bible au fond de son sac, sous le pyjama, ajouta sa gourde, trois barres Ovomaltine, et tira sur le zip de fermeture.

Eliot ne pouvait plus reculer.

Sa famille se passerait bien de lui quelques jours, le temps qu'il s'assure qu'Olia était en sécurité. La veille, lorsqu'elle avait franchi la porte de la maison, dans ce costume ténébreux qui la grandissait, il s'était soudain senti fier et fort, capable d'escalader n'importe quel mur, de tenir le tisonnier pour raviver le feu sans risque de se brûler. Mais cet élan n'avait pas duré plus de cinq minutes.

Depuis qu'elle l'avait embrassé, chaque pensée pour elle lui serrait la gorge. Ce matin, à l'aube, il était retourné dans la chapelle avec l'espoir un peu fou qu'Olia s'y trouve encore. Comme elle, il avait mis un genou à terre devant l'autel. Comme elle, il avait caressé les statuettes et fait un signe de croix. Ses yeux s'étaient alors posés sur une feuille de papier, glissée derrière la Sainte Vierge.

Un cadeau d'adieu.

Cette feuille, il la gardait précieusement dans la poche de sa chemise, sous le pull-over. Il savait déjà que jamais aucune fille ne lui ferait plus beau présent. C'était un portrait d'elle, dans le style de ceux que son père faisait parfois sur la nappe au restaurant, entre les plats. Sous le dessin, deux mots avaient été écrits. Deux mots qui le bouleversaient, répandaient en lui une émotion proche de la peur et du désespoir, mais qui lui donnaient aussi envie de crier de joie.

Il fallait qu'il la revoie, coûte que coûte.

Ensuite, même si retourner à l'école pour se faire harceler par Yacine n'était pas sa priorité, il rentrerait à Paris. Il l'avait juré à sa sœur. C'était le deal. Le silence d'Anna contre une promesse de retour – et sa Nintendo Switch.

Ce qu'on dirait de lui et de tout ça, il s'en fichait.

À commencer par son père. Quelque chose lui cisaillait le cerveau. Il disjonctait carrément. Ça lui arrivait quand leur mère était à la caserne, vers la fin du repas. Pendant au moins une minute (Eliot avait chronométré), il restait figé, sans réaction, le regard vide. Pour s'amuser, Anna ajoutait « poil au cul » à toutes ses phrases. « Tu me passes le ketchup, poil au cul ? » Drôle, mais un peu flippant. Quoique, à tout prendre, Eliot préférait la version papa-zombie plutôt que celle du gardien de cimetière psychopathe. Hier, alors qu'il recevait une famille en deuil, son père était sorti du bureau furax pour leur crier dessus au prétexte qu'ils faisaient trop de chahut. Et à peine la fête d'Halloween terminée, tandis que Michael était au McDo avec ses amis, il l'avait obligé à retirer la déco du salon avec Anna.

— Et vous me virez toutes ces bougies !

Comme Eliot ne montrait pas assez d'empressement, il avait lui-même arraché les guirlandes fabriquées la veille avant de les jeter à la poubelle. Un enragé. Michael le comparait à un Gremlin qu'on aurait eu la bêtise de nourrir après minuit. Et sa mère le laissait leur pourrir l'existence sans broncher, trop occupée à sauver des gens pas prudents. Cette maman jadis victorieuse et brillante comme une médaille d'honneur et de courage, il ne la trouvait plus si forte que ça. Elle était même un peu lâche.

Eliot descendit du tabouret, déposa le bol et la cuillère dans l'évier. Il s'empara de son sac et marcha jusqu'au vestibule. Une main appuyée contre le mur, il chaussa ses baskets. Sentir la peau froide de cette maison lui donna le frisson. Il enfila sa polaire et son bonnet.

La porte s'ouvrit et se referma sans bruit. Après avoir vérifié que ni son père ni sa mère n'étaient en vue, il se hâta de quitter le cimetière. Ses premiers pas dehors ne ressemblaient à aucun autre. Un mélange de frénétique liberté et de fatalisme, en plein brouillard. Il renifla dans sa manche, dans cet état d'excitation extraordinaire qu'il vivait depuis quelques heures.

Eliot avait *le* livre, la puissance, et l'amour.

Faire demi-tour serait mourir.

Sa seule pensée était de faire cesser ces cris abominables. Dans le faisceau de la torche qui roulait sur le sol, tout ballottait autour de lui. Une sangle de fourrure encerclait son cou. Des griffes couraient sur sa tête, lacéraient sa figure. Un rugissement saccadé, aiguisé comme une lame, lui transperçait le cerveau. Ses poings se levaient et retombaient sans aucune maîtrise. Des crocs se plantèrent dans la paume de sa main droite, il hurla de douleur. De son autre main, Christian parvint à saisir la bête par l'échine et la projeta violemment contre les bûches entassées devant lui. Son adversaire s'affala sur le sol avec un couinement. Il s'empara alors de la pelle posée contre le mur, et avec un excès de rage leva l'outil pour frapper l'animal. Il cogna sur le crâne, sur le dos, éclata les os. Il leva encore la pelle et frappa plus vite, déchira la chair sous la fourrure souillée jusqu'à ce que l'étourdissement dérobe à ses yeux sa proie et cette abondance de sang, puis l'assomme.

La première chose qu'il vit à son réveil fut un visage sec et ridé penché sur lui. Charles Munch lui secouait légèrement l'épaule.

— Monsieur Mara ?

Christian battit des paupières. Il s'était effondré contre des sacs de terreau.

— Qu'est-ce qui vous est arrivé ?

Il bredouilla quelques mots. Une bête féroce l'avait attaqué en pleine nuit. Telle était sa seule certitude.

— Vous parlez de la fouine dont vous avez fait de la chair à pâté ?

Devant lui, une masse informe gisait au pied du stère de bois. Christian appuya les paumes sur le sol pour se redresser. Son corps engourdi révéla de multiples douleurs. Sa main droite le lançait méchamment.

— Une fouine, vous êtes sûr ?

Munch s'approcha de la dépouille pour l'examiner.

— Ça m'en a tout l'air… Elle a dû creuser un trou pour se faufiler sous la cloison. Une calamité, ces bestioles ! La nuit, ça fait un de ces baroufs, quand ça chasse… Elles rongent les câbles électriques dans les moteurs de voiture et les greniers, et elles s'attaquent même aux chats. On trouve de tout, dans un cimetière. Une fois, en faisant ma ronde la nuit, je suis tombé nez à nez avec un renard. Une bête magnifique !… Attendez, je vais vous aider.

Le vieil homme tendit la main. Christian la saisit et se releva tant bien que mal. Perclus de courbatures, il se massa la nuque. Le sol en terre battue avait bu le sang versé, mais le stère de bois était couvert d'éclaboussures, de même que le bas du pantalon et les chaussures de Christian. Le cadavre du petit carnivore devait mesurer dans les cinquante centimètres et montrait un pauvre poitrail dont la blancheur s'était éteinte dans la fureur du combat. Un massacre plutôt minable à la hauteur de sa terreur. Du plat de sa main valide, il chassa la terre de sa parka et de son pantalon. Dès qu'il bougeait, ses oreilles bourdonnaient comme s'il venait de descendre d'un avion.

— Ça va ? On tient debout ?

— … Ouais.

Munch scruta son visage : pommettes et front présentaient de nombreuses griffures, un reliquat de peinture noircissait le creux de ses joues, et le blanc de ses yeux était injecté de sang.

— Vous avez une sale tête.

— Je sais. Une tête de Judas, vous me l'avez déjà dit.

À peine eut-il achevé sa phrase qu'une crise de toux secoua ses poumons encrassés. D'autorité, Munch lui prit le bras.

— Mieux vaut que je vous accompagne. Je ne voudrais pas que votre femme vous ramasse en vrac entre deux tombes le jour de la fête des morts.

Christian se laissa faire. Après quelques pas, il lança un regard oblique à son prédécesseur.

— Une tasse de café, ça vous dit ?

— Je ne peux pas trop m'attarder à cause de mon chien qui m'attend à la maison, mais volontiers. Et vous semblez effectivement en avoir bien besoin, ajouta-t-il en haussant un sourcil.

Un instant plus tard, le retraité s'adossait à la chaise réservée aux visiteurs et portait à ses lèvres une tasse fumante, contemplant son ancien poste de travail avec nostalgie. L'armoire pleine d'archives, d'annuaires et de vieux ouvrages, le bureau que Christian avait déplacé, le calendrier et les dessins d'Anna punaisés au mur, rien ne lui échappa.

— Vous savez que la mort n'est qu'un passage, bien sûr. Un peu comme quand le soleil se couche. Cet endroit, en quelque sorte, est un sas de décompression.

Christian remplit son mug d'une bonne dose de café noir. Singulièrement, les propos du vieux allaient dans le sens de ses pensées.

— Les gens viennent vous expliquer leurs problèmes : le compte bancaire du défunt bloqué, les pompes funèbres qui facturent d'office huit poignées à un cercueil porté par quatre bonshommes, le graveur qui se trompe de date et fait mourir le défunt soixante-dix ans avant le jour de sa naissance, les caisses de retraite injoignables, les assurances décès qui réclament des tonnes de papiers… Ils sont là, presque tous les jours, à vous donner leur opinion sur la façon dont les décès sont gérés dans ce pays… Dès qu'on est touché par la mort, de près ou de loin, on est concerné. On se raccroche à ce qui existe. Et qu'est-ce qui existe dans un cimetière ? C'est nous. C'est vous, monsieur Mara. On n'est pas juste cantonnés à prendre un corps qui arrive et à le mettre à la bonne place. Ce boulot, dans la notion de service public au sens large, est un sacerdoce !

Tandis que Munch résumait un quotidien qui ne lui était pas étranger, Christian fit coulisser le tiroir de son bureau pour y prendre la trousse de secours et soigner la blessure à sa main. Régulièrement, il jetait un œil par la vitre, guettant les allées et venues des visiteurs déjà nombreux en ce jour de la Toussaint. Le retraité désigna brusquement du doigt une photo de Madeline posée à côté de l'ordinateur et dit d'un ton empreint d'importance :

— La beauté d'une femme peut rendre fou, vous savez…

Et, sans plus d'explication, il entreprit de raconter à Christian ce qu'avait été son parcours depuis la mort de son épouse.

— Au début, c'était bon de savoir Marguerite tout près de moi. Mais après… j'avais hâte de partir à la retraite. Pour ne plus penser à elle chaque fois que je faisais un pas dehors ou que je me mettais à la fenêtre. La maison était vide, mais je la sentais toujours là. C'était comme si elle me regardait, vous comprenez ?

Tandis qu'il entourait sa paume d'une bande de gaze extensible, Christian acquiesça. Munch avala une gorgée de café, déglutit, puis ajouta, un brin de regrets dans la voix :

— … C'était une mauvaise idée de prendre une concession ici. Une vraie connerie. Mais ma femme tenait à ce que je puisse veiller sur elle quoi qu'il advienne… Ne faites surtout pas la même chose.

— Je n'en ai pas l'intention.

— Quand on connaît la dure réalité de ce métier et de tous les métiers qui touchent à la mort, on est pour la crémation.

— C'est sûr.

Munch considéra le plafond en se mordillant la lèvre inférieure.

— Puisqu'il nous faut choisir, évidemment… L'idéal serait de pouvoir s'allonger quelque part dans une forêt et de laisser son corps pourrir, nourrir la terre, puis refleurir.

Christian avala son café, reposa son mug puis s'enfonça dans son fauteuil. Les mots prononcés par le vieil homme semblaient tout droit tirés de *L'Ange à fourrure.*

— Au fait, le livre que vous m'avez conseillé… je l'ai lu.

— Quel livre ?

— Celui que vous aviez fourré là-haut, dans le poêle à bois.

Christian appuya sa réponse d'un clin d'œil.

— *Souviens-toi que tu es né poussière et que tu redeviendras poussière.*

Munch fronça les sourcils.

— Vous l'avez trouvé dans le vieux poêle à bois ?

Après quelques secondes de réflexion, il haussa les épaules.

— Je ne vois que cet enfoiré de Bonfils pour avoir eu l'idée d'un tel sacrilège.

Christian retint un sourire.

— Je vous avouerais que je n'ai pas tout de suite accroché à l'histoire. Je me suis longtemps demandé pourquoi ce bouquin était si important pour vous.

Munch eut un rictus amusé.

— Vraiment, monsieur Mara ?

— On est quand même à la lisière entre littérature fantastique et érotique. J'ai même pensé que vous vous étiez fichu de moi, rapport à ce grand singe à poils roux.

— Pardon ?

— Oui, le Dieu rouge, celui qui ressuscite des petits singes dans une forêt colombienne et dont la zoologiste va tomber raide dingue.

Une ombre passa sur le visage de Munch.

— Soit je n'ai pas bien saisi le sens de votre métaphore, monsieur Mara, soit votre plaisanterie est franchement douteuse.

Christian se mit à tirailler nerveusement sa barbe.

— J'ai peut-être réduit grossièrement le propos de Monique Watteau.

Munch avança le bras et déposa sa tasse sur le bureau.

— Désolé, mais là, je suis perdu.

— … Monique Watteau, l'auteure de *L'Ange à fourrure*. Le bouquin que vous m'avez recommandé.

Le retraité prit appui sur ses cuisses et se leva.

— Je ne vois pas comment j'aurais pu vous orienter vers cette auteure que je ne connais pas, lâcha-t-il. Mais ma femme avait mis la main sur un tas de romans à l'eau de rose laissés par les précédents occupants, là-haut, dans l'ancienne réserve. C'est sûrement l'un de ceux-là.

Déstabilisé, Christian tourna légèrement de droite à gauche sur son siège.

— Mais alors, de quel livre est-ce que…

— Je ne parlais pas d'un livre, mais *du* livre.

Le fauteuil de Christian s'immobilisa.

— Vous voulez dire la Bible ?

Munch eut un sourire narquois.

— Vous êtes long à la détente, si vous me permettez ce jeu de mots.

Sa réponse, dénuée de sens, ajouta au trouble de Christian. Le vieil homme tira de sa poche sa casquette qu'il ajusta sur sa tête.

— Excusez-moi, mais il faut que je parte. J'ai un chien à faire pisser… On est tellement pris par ce foutu boulot qu'on oublie combien ces petites choses simples comme promener son chien sont merveilleuses.

Il toucha le rebord de sa casquette en signe de salut.

— Monsieur Mara, merci pour le café.

— Attendez…

Christian quitta son fauteuil et fit le tour du bureau. Le plancher grinça soudain au-dessus de lui. Quelqu'un se trouvait dans son atelier.

— Juste une question…

Parmi toutes celles qui se bousculaient alors dans son esprit où régnait un épouvantable chaos, une seule lui importait vraiment :

— *Et cinis lacrimis*, ça vous dit quelque chose ?

La folie était là, autour d'elle, immobile, grouillante de moisissures.

Le plafond semblait en proie à une malédiction étouffante, dévoré par un mal irrévocable qui gagnait progressivement les murs contre lesquels étaient posés des tableaux et des cartons à dessins. Madeline tira sur le col de son pull pour recouvrir son nez. Elle n'était pas retournée dans l'atelier depuis des semaines. L'atmosphère lui rappelait celle de la grande serre au Jardin des Plantes. Les rideaux tombaient en charpie. À côté du poêle où se mourait un feu, un seau rempli à ras bord de cendres dégageait un relent âcre. Des bouteilles de bière vides débordaient d'un sac-poubelle, près du lit de camp. Sur une étagère, des morceaux de pain rassis empilés dans une assiette se couvraient de marques verdâtres. La gorge sèche, Madeline marcha jusqu'à la verrière pour actionner le vasistas, aérer la pièce. Une large toile étendue sur le sol offrait un contraste stupéfiant entre le funèbre rectangle noir peint en son milieu et la clarté de la verrière. S'il s'agissait d'une démarche artistique, elle révélait à ses yeux une chose insupportable et terrifiante, semblable à un autodafé, une forme de suicide moral ; une part de Christian qu'elle se refusait encore à voir.

Lentement, Madeline recula vers la porte lorsqu'un bruit se fit entendre tout près de son oreille droite. Un faible claquement suivi d'un bourdonnement presque imperceptible, pareil à un bruissement d'étoffe. Ce phénomène sonore se produisait parfois lorsqu'elle était seule dans une pièce de la maison, occupée à une activité silencieuse comme lire un livre, faire la comptabilité ou plier le linge. Elle n'y avait jamais attaché d'importance, associant ces perceptions auditives aux dilatations des boiseries d'une vieille bâtisse. Bien qu'ils fussent d'une discrétion infinie, ces bruits parasites l'intriguaient assez depuis qu'une sensation désagréable s'y associait : celle d'un frôlement contre l'oreille. Elle promena son regard sur le mur devant elle, en quête d'un insecte dissimulé quelque part, dans cette multitude de petits points noirs et ocre. Elle scruta la surface, puis s'arrêta net. Un papillon sphinx était posé là, presque invisible sur la crête d'un champignon filandreux. Venait-il de battre des ailes contre son oreille ? Elle le toucha du bout de l'ongle. Au lieu de s'envoler, il s'échoua sur le rebord de la plinthe. Madeline s'accroupit et délicatement ramassa l'insecte. Elle souffla sur ses ailes. Pas de réaction. Le papillon était certainement mort depuis plusieurs jours, piégé par la substance collante du champignon. Elle le poussa au creux de sa paume et l'approcha de son visage pour observer le dessin fascinant qui se déployait sur la partie dorsale du thorax. Sa grand-mère avait l'habitude de donner la chasse à ce lépidoptère dès qu'il pénétrait dans la véranda de son pavillon, craignant qu'il n'apporte le malheur à cause de cette tête de mort poilue lovée entre ses ailes…

Madeline replia les doigts en coque avec un soupir. Et si Christian œuvrait lentement à sa destruction, succombait en silence, englué dans sa peinture, à l'image de ce beau papillon ? Elle marcha jusqu'à la table à dessin pour y déposer l'insecte. Parmi les tubes d'acrylique, les plumes, les pinceaux, les chiffons et les brosses, quelque chose attira son attention : un livre qu'elle avait vu si souvent entre les mains de son homme. La couverture parcheminée et lisse cachait un papier terriblement jauni, lui aussi gagné par de minuscules moisissures. Une vieille photographie découpée en forme de médaillon servait de marque-page. On y voyait une petite fille, habillée d'une robe au tissu chamarré, peut-être un costume de carnaval. La faible exposition du cliché ne permettait pas de distinguer les détails en arrière-plan, mais elle remarqua un broc en fer-blanc dans lequel était arrangé un bouquet de fleurs, identique à celui de la nature morte accrochée dans le salon. La photo avait été prise dans la maison du cimetière. À en croire la finesse du papier, elle devait dater d'une bonne cinquantaine d'années. Qui pouvait bien être cette fillette ? Et pourquoi Christian gardait-il avec lui cette vieille photo ? Cédant à la curiosité, Madeline feuilleta le roman. Un parfum de tabac et de sciure de bois se dégageait encore des pages. Elle fut surprise de constater que son mari avait annoté au crayon de très nombreux passages et griffonné en face les mots « peur », « menace », « pluie », « couple », « suicide », « amour » et « mort ».

Là n'était pas le plus angoissant.

Trois lettres apparaissaient fréquemment dans la marge.

Trois lettres qui formaient un prénom en abrégé.

— Mad ?

Elle tressaillit. Christian se tenait dans l'encadrement de la porte, épaules voûtées, avec une mine effroyable comme s'il avait passé la nuit dans la forêt à vomir des baies toxiques ramassées au milieu des ronces.

— Qu'est-ce que tu fais ici ?

Elle reposa le livre sur la table, le cœur battant.

— Je te cherchais.

— C'est toi qui as ouvert au public ?

— Oui.

L'air contrarié, il fit quelques pas dans la pièce, tout à l'observation de la toile étendue par terre.

— C'est quoi, ces griffures sur ton visage et le bandage à ta main ?

— … Je suis tombé sur une fouine cette nuit dans la remise à outils.

— Et elle t'a mordu ?

Il passa une main dans sa tignasse ratiboisée.

— C'est rien.

— Tu as beaucoup saigné ?

— La blessure n'est pas profonde.

— Tu as lavé la plaie et tu l'as désinfectée, j'espère ?

— C'est rien, je te dis !

Madeline secoua la tête.

— La fouine fait partie des animaux porteurs de la rage. On ne plaisante pas avec ça. Tu dois te faire vacciner le plus vite possible.

Un portable vibra dans la poche du pantalon de Christian. Elle reconnut celui de la conservation à son clapet. Son mari jeta un œil au numéro qui s'affichait sur l'écran puis le remit dans sa poche.

— J'irai quand je pourrai. Là, c'est la folie. Le téléphone n'arrête pas de sonner. Ils veulent tous savoir si le cimetière est ouvert. Franchement, un 1er novembre, faut être crétin pour se poser la question !

Il alla fermer le vasistas puis toussa dans son poing.

— Tu veux bien sortir, maintenant ?

Madeline fit trois pas en direction de la porte avant de faire volte-face.

— Tu as vu dans quel état est ton atelier ? L'art conceptuel, je veux bien, mais là, ça tourne au délire.

À quelques mètres d'elle, Christian croisa les bras sans mot dire.

— … Tu sais ce que ça entraîne sur l'organisme, de respirer à haute dose les spores de moisissures ? Des allergies, des migraines, des inflammations cutanées, des problèmes respiratoires et des troubles neurologiques.

Il la regarda fixement, mordillant ses ongles cassés.

— … Christian, tu ne peux pas continuer à travailler dans un endroit pareil.

— Ne me dis pas ce que je dois faire.

— Tout est devenu malsain, ici… À commencer par toi.

Elle ponctua sa phrase d'un geste de dépit. Christian ne broncha pas. Il se contenta de lui indiquer la sortie d'un mouvement de tête. Madeline soupira et traversa la pièce à contrecœur. Son mari lui emboîta le pas. Une fois sur le palier, par-dessus son épaule, elle lâcha d'une voix morne :

— La grande toile sur le sol, tu sais à quoi elle me fait penser ?

Le bruit d'une porte qui claque suivi du cliquetis d'une serrure précéda la réponse qu'elle se fit à elle-même.

— … À ce qu'on verrait depuis un cercueil si on était enterré vivant.

Un peu avant 9 heures, Anna fut tirée du sommeil par le bruit de l'eau dans la tuyauterie de la salle de bains. Elle se leva, agrippa une pile de magazines *J'aime lire* sur son étagère et, Angèle calée sous le coude, trottina jusqu'à la chambre de ses parents. Le plancher était froid sous ses pieds nus. La figure noire de la vieille dame à l'angle du plafond dans le couloir, toujours aussi horrible à regarder, semblait s'être étirée pendant la nuit.

La fillette trouva sa maman couchée, un masque sur les yeux. Elle se glissa tout contre elle sous la couette puis l'embrassa en lui chuchotant des mots doux ponctués de toussotements. Madeline lâcha un soupir, caressa la joue d'Anna, et un faible sourire passa sur son visage. La Belle au bois dormant subirait le sortilège du sommeil jusqu'à l'heure du goûter. Comme on borde une poupée, Anna remonta la couverture sur l'épaule de sa mère et lui coiffa un peu les cheveux du plat de la main.

— Dors bien, maman.

Elle s'installa ensuite confortablement à la place de son papa pour faire la lecture à l'oursonne. Vers 10 heures, les crises de toux s'intensifiant, elle abandonna Angèle et sa maman pour aller chercher l'inhalateur dans sa chambre. Après quelques bouffées aspirées en gonflant bien les poumons, elle s'habilla de vêtements chauds, emporta la console de jeux que son frère avait déposée pour elle sur sa table de nuit et descendit prendre son petit déjeuner. Derrière les rideaux des fenêtres du salon, des silhouettes passaient et repassaient, donnaient représentation d'un étonnant ballet. Le cimetière s'emplissait de visiteurs apportant des fleurs couleur citrouille, meringue ou framboise. Quelques enfants, chaussés de bottes en caoutchouc, tenaient sagement leurs parapluies décorés de nuages, d'oiseaux ou de personnages de Walt Disney. Tout cela était bien agréable à regarder. Anna en fut très satisfaite pour tous ceux qui dormaient sous terre. Et bien que son cœur se serrât en pensant à lui, elle éprouva un brin de fierté pour son papa.

La fillette se servit un bol de chocolat au lait, le chauffa au micro-ondes, se trancha une grosse part de brioche, et renversa un peu de jus d'orange sur la table en inclinant trop vite la bouteille sur son verre qu'un coup d'éponge mal calculé précipita sur le carrelage. Elle ramassa les morceaux avec une pelle et une balayette, faisant bien attention de ne pas se couper, et vida dans la poubelle le contenu de la pelle. Recouvrir de verre brisé les guirlandes que son père avait hier soir arrachées dans un accès de fureur fit remonter un sanglot dans sa gorge. Elle attrapa dans le placard un autre verre, puis avala son petit déjeuner devant les dessins animés, un plaid couvrant ses épaules.

Vers 11 heures, la maison s'était gorgée d'humidité. La fillette alla frapper à la porte du bureau pour demander à son père de bien vouloir faire un feu dans la cheminée. S'il n'avait plus rien d'un lion avec son maigre tapis de bouclettes sur la tête, il semblait s'être frotté à un tigre : des griffures marquaient sa peau laiteuse que parsemaient des taches de rousseur identiques aux siennes. Sa voix, courtoise et posée lorsqu'il parlait avec les gens qu'il recevait, changea lorsqu'il s'adressa à elle :

— J'ai pas le temps, Anna. Tu vois bien que je travaille. Michael peut très bien s'en charger, c'est pas bien compliqué d'allumer un feu.

Avant qu'elle ne referme la porte derrière elle, il ajouta un ton plus bas :

— Hé ! Aujourd'hui, tu ne vas pas te promener dehors avec tes poupées, OK ? Y a trop de monde. Je veux pouvoir garder un œil sur toi.

— Non.

— Quoi, non ?

— Non, j'irai pas dehors.

Son grand frère mit un certain temps à lui ouvrir. Elle perçut comme des gloussements dans son dos lorsqu'il parut sur le seuil.

— Y a qui avec toi ?

— La Reine des neiges.

— … Ta copine est restée dormir ?

— Mais non. C'est Aaron.

Cette fois, elle entendit clairement Imani pouffer de rire.

— Il est au courant, papa, qu'il y a une fille dans ta chambre ?

Michael n'était pas d'humeur belliqueuse.

— C'est bon, souffla-t-il. Tu dis rien à ton père, d'accord ?

— D'accord. Mais tu fais un feu tout de suite parce que j'ai froid et si j'ai froid je vais tomber encore plus malade.

Pour appuyer son raisonnement, elle toussa dans son poing.

— Pourquoi tu demandes pas à Eliot ?

— Il est pas là.

Un peu avant midi, Michael faisait sortir discrètement ses camarades par la porte-fenêtre de sa chambre, après quoi il s'installa dans la cuisine devant un bol de céréales, les yeux rivés sur son iPhone. Il avait l'air tout excité, rapport à une vidéo mise en ligne cette nuit dont le nombre de vues dépassait ses attentes. Occupée à dessiner à côté de lui, Anna se pencha sur l'écran.

— Je peux la voir, ta vidéo ?

Son grand frère recula le téléphone.

— Quand t'auras l'âge.

— Bah, j'm'en fiche, de toute façon !

Anna retourna à ses feutres.

Vers 13 heures, elle jouait à Animal Crossing sur la Switch d'Eliot, assise en tailleur devant la cheminée du salon, lorsque son père daigna enfin mettre un pied dans la cuisine.

— Tu as faim ? lança-t-il d'une voix rauque depuis le comptoir qui séparait les deux pièces.

— Un peu.

— Ils font quoi, tes frangins ?

— Eliot est chez un copain, et Michael, j'sais pas.

Il décapsula une bière, prépara quantité d'œufs brouillés et jeta dans la poêle un reste de pommes de terre coupées en rondelles qu'il fit griller avec du lard. Mais il toucha à peine à son assiette. Ce papa semblait tellement maussade qu'Anna eut envie de lui prendre la main.

— Maman aussi elle est triste, en ce moment. Ça se voit quand elle dort.

Son père demeura silencieux. Il avala une gorgée de bière ambrée, puis une autre, encore une autre, et après un temps qui parut bien long à Anna, il marmonna d'une voix sans relief :

— Il y a longtemps, une petite fille comme toi habitait dans cette maison.

— Je sais. Je t'ai même dit qu'elle était enterrée dans le cimetière.

Il hocha la tête.

— Elle est morte d'une grave maladie comme la dame qui vivait ici avant nous et qui avait un cancer, précisa-t-elle entre deux coups de fourchette, avec l'air de trouver la chose naturelle.

— Tu sais ça aussi ?

— Oui.

Sentant qu'il était disposé à entendre ses confidences, Anna révéla ses sources.

— C'est le monsieur qui parle avec les morts qui me l'a dit.

Son père porta le goulot de sa bière à ses lèvres en levant les sourcils.

— Et ils lui répondent, j'imagine ?

— Oui. Ils répondent si on est gentil avec eux.

Il acquiesça, pensif.

— Toi aussi, tu leur parles ?

— Ça m'arrive.

— Et alors ? Qu'est-ce qu'ils te disent ?

Anna retira la mie de son morceau de pain pour former une boulette, puis haussa les épaules.

— Plein de choses… Une fois, dans une chapelle, j'ai entendu la voix d'une morte.

Son père s'éclaircit la gorge.

— Et qu'est-ce qu'elle t'a dit ?

— Rien. Je crois qu'elle priait.

— Anna, j'aimerais que tu ne répètes ça à personne. Et à l'avenir, contente-toi de parler avec tes copines.

La fillette perçut clairement la mise en garde. Elle donna une pichenette à la boulette qui roula au milieu de la table.

— … Le monsieur m'a dit de faire attention à ne laisser personne entrer chez nous, ajouta-t-elle.

Son père la fixa une poignée de secondes sans cligner des yeux, puis il leva le coude pour faire glisser le reste de bière dans son gosier et reposa la bouteille d'un geste un peu trop vif.

— Il t'a raconté que quelqu'un venait faire du mal à sa femme quand il s'absentait ?

— Oui. Quand il partait faire des courses. Et même une fois pendant la nuit quand il dormait… Tu crois que c'est vrai ?

Ses lèvres serrées pâlirent comme s'il retenait un juron. Son regard se tourna vers la fenêtre. Une lumière froide éclairait son visage égratigné.

— Papa, tu crois que moi aussi je vais avoir un cancer si on reste dans cette maison ?

Sous les fragiles averses d'une journée qui ne voulait pas finir, chrétiens, israélites, musulmans ou non-croyants, chacun cherchait sa tombe, un moment de recueillement, rien qu'à soi. Tant de monde en ce petit espace autour de sa maison, ce paysage de pierres couchées et de stèles disparates, cette belle cacophonie d'ornements funéraires qui contrastait avec la rigueur des immeubles dressés alentour, impérieux et austères.

Jamais on ne lui avait autant de fois demandé les toilettes. Las, craignant que les murs d'enceinte ne se transforment en pissotière, Christian avait fini par abandonner le combat et rendu accessibles les W.-C. attenants à la conservation. Dix fois on cogna les baleines d'un parapluie contre la porte de son bureau pour savoir si « un terrain » se libérait. Dix fois il fit la même réponse : à l'image de tous les cimetières *intra-muros*, le sien était à saturation et il ne tenait pas de liste d'attente. Un fou furieux était même venu se plaindre qu'il ne trouvait plus trace des plantes déposées l'année précédente sur le monument de famille.

À 14 heures, Christian passa un coup de fil à ses collègues du Père-Lachaise, Belleville et Charonne pour connaître leur sentiment. Eux aussi se coltinaient les mêmes zigotos ; ceux qui mettaient les pieds dans un cimetière une fois l'an étaient les plus râleurs et les moins respectueux de leurs morts. Christian appela également sa hiérarchie pour signaler que tout allait bien de son côté, le site était sous contrôle, il maîtrisait, pas de problème particulier. Au chef de service qui faisait le tour des popotes en grande pompe et en ciré, il ne confia rien de l'état d'angoisse et d'épuisement dans lequel il sombrait. La faute à ces congés glissants qui tombaient n'importe quel jour de la semaine et faisaient des étincelles avec les astreintes de Madeline, laquelle, assurément, considérait qu'il avait un boulot bien peinard comparé au sien ; une vraie place de glandeur.

— Elle est quand, ta prochaine inhum' ?

— Le 12 novembre, pourquoi ?

— Dix jours pour te préparer, ça va, tu vas tenir le choc ?

Tout à l'heure, alors qu'il indiquait à un visiteur comment télécharger le guide des obsèques sur la page QualiPARIS du site de la ville, elle avait débarqué dans le bureau et s'était emparée de sa cafetière, déjà prête à rempiler.

— On a un souci à la caserne. On est en sous-effectif suite à un gros feu. Quatre gars intoxiqués par les fumées, deux gradés à l'hosto, j'ai pas le choix, je dois y aller. Je récupérerai ma journée lundi.

Il n'avait pas eu son mot à dire. Le grade de caporal-chef aplatissait tout sur son passage. L'uniforme de la BSPP rendait hommage à la beauté de sa femme, mettait en valeur ses épaules, sa taille, ses longues jambes. Excitait à coup sûr tous ces jeunes mecs serrés en rang derrière elle. Qui sait si Madeline ne s'en tapait pas un de temps à autre… L'uniforme de Christian ne ressemblait à rien. Lui dont les regards étonnés se suspendaient à ceux de sa femme depuis leur première nuit d'amour, tendre comme un chaton, n'aurait jamais à sa veste un scratch indiquant son grade ni son positionnement hiérarchique. Pas de remise de médaille au drapeau pour celui qui collectionnait des osselets et trois fois rien d'émail au fond de grosses boîtes destinées à pourrir sous terre.

Souviens-toi que tu es né poussière et que tu redeviendras poussière…

Les dernières paroles échangées ce matin avec Munch n'en finissaient pas de le hanter.

— Ils vous rendent aussi dingo ?

— Quoi donc ?

— Les champignons.

Cinglé.

Oui. Peut-être bien qu'il devenait cinglé, lui aussi.

Comme Munch.

Derrière un discours plus ou moins cohérent, le retraité dissimulait sa folie de petit homme mélancolique, confondait les vivants et les morts, comme jadis sa défunte épouse sous l'effet de la morphine administrée pour atténuer ses souffrances. Mme Munch était persuadée qu'une fillette hantait sa chambre : Marie Matthieu, morte à l'âge de six ans en 1962, fille de Dominique et André Matthieu. Décédé en 2008 à l'âge de soixante-dix-neuf ans, André Matthieu avait occupé les fonctions de gardien du cimetière de Bercy de 1954 à 1990. Tous trois reposaient dans la section 8, sous les ailes déployées d'une colombe qui tenait en son bec la tige brisée d'un lys. Une nuit, Munch avait découvert sa femme évanouie sur cette tombe, serrant contre elle un ours en peluche qu'elle avait déniché quelques jours auparavant au milieu d'un fatras d'objets et de livres poussiéreux dans l'atelier : selon ses dires, la fillette avait exigé qu'elle lui rapporte Angèle, l'oursonne à l'oreille arrachée, dont le bruissement des rideaux lui aurait soufflé le nom. Une fable que le vieux bonhomme, apercevant la peluche dans les bras d'Anna, avait cru bon d'aller lui répéter…

Munch pensait aussi que la maison n'était pas saine. Et cela ne datait pas d'hier : le cimetière était construit sur d'anciennes carrières situées à une vingtaine de mètres de profondeur. Là se formaient des lagunes dont l'évaporation rendait le terrain argileux très humide. Aucun été n'avait pu sécher ses murs. Au contraire : la chaleur favorisait la prolifération d'une étrange matière noire, et cette moisissure aux spores microscopiques envahissait tout, jusqu'aux poumons d'Anna.

La maison révélait ses chagrins.

En ce jour le plus important de l'année pour un gardien de cimetière, bras croisés devant la conservation, Christian était loin d'en éprouver la valeur et la félicité. L'abattement, le doute et la migraine le gagnaient plutôt. Dans sa tête se télescopaient le drame d'un pauvre fou, les élucubrations fantaisistes de sa fille, le cœur malade d'une vieille bâtisse qui l'avait bien trop vite conquis, et le mépris de Madeline. *Malsain.* Elle avait mis du temps à voir clair en lui. Ce matin, après l'avoir poussée hors de l'atelier, il s'était emparé d'un clou rouillé de quinze centimètres qu'il conservait dans une boîte avec les pointes sèches depuis qu'il l'avait récupéré entre deux lattes de plancher. Genoux à terre, il avait gratté la partie centrale de la toile, et en une poignée de minutes, gravé un cri comme on tirerait le fil d'une invisible douleur.

Il lui tardait de remonter mettre le point final.

Christian se cramponnait à sa montre, guettait l'heure de fermeture, l'instant où il pourrait se retirer à l'écart du monde, commémorer à son tour celui qu'il avait précipité vers la mort, féconder une œuvre à la mesure de son crime.

Mais lorsqu'il aperçut Bonfils à l'entrée du cimetière enfin vide, le duffle-coat perlé de gouttelettes et la mâchoire crispée, il sut que l'instant n'était pas encore venu.

VI

LA FAUCILLE

C'est l'outil de la moisson, utilisé lorsque l'épi doit être séparé de la tige. Elle symbolise la mort dans le cycle de la vie. Sa lame en forme de croissant de lune évoque la lumière ténébreuse de la nuit.

Son bip s'était activé vers 16 heures. Madeline avait aussitôt contacté le PC.

— Merci, caporale. J'apprécie votre geste. J'imagine que ça doit être compliqué pour vous et votre famille, de vous organiser au pied levé.

Aux ordres de son commandant. Pas une seconde d'hésitation. Le bon petit soldat avait répondu présent.

Encore sous l'effet d'un somnifère, elle était littéralement tombée du lit. Le brouillard avait déserté le cimetière pour investir sa boîte crânienne.

Se doucher en quatrième vitesse.

Nouer ses cheveux en un chignon serré.

S'habiller comme un robot.

Se maquiller légèrement.

Anticipant l'accueil glacial que Christian ferait à l'annonce de cet imprévu, elle s'était contentée de l'en informer rapidement dans son bureau, puisant d'une main flageolante une pleine tasse à sa cafetière. Il n'avait rien dit. Simplement posé sur elle un regard abrupt, empli de ressentiment. Leur fille n'avait guère été plus emballée.

— T'es jamais à la maison.

— Tu exagères, Anna. Je passe des journées entières entre ces murs. Tu as cette impression parce que j'ai des horaires décalés, c'est tout.

— Pourquoi j'ai pas une maman normale ?

Déposer un baiser sur son front lui était apparu la meilleure réponse à apporter à une question qui aurait mérité un long débat.

— Tu n'as qu'à faire un jeu avec Eliot.

— Il est pas là. Il est parti chez Yliès.

Entre deux toux, la bouille cafardeuse, elle lui avait tendu un dessin.

— Tiens. Pour mettre dans ta chambre, à la caserne… Maman, quand est-ce qu'on retourne à l'appartement ?

Madeline avait enfourché son vélo sous la pluie.

Fuir.

L'ultime recours.

Rayonner sur un périmètre de cent dix mille habitants, débouler en catastrophe toute sirène hurlante pour affronter des drames ne la touchant ni de près ni de loin lui permettrait d'oublier pendant quelques heures une situation qui lui échappait, et lui donnerait l'illusion de maîtriser encore sa vie. Droite dans ses rangers, le menton rentré, elle serait bientôt saluée avec respect, et se montrerait à la hauteur de sa besogne.

Elle tourna rue Proudhon sous les voies suspendues de la gare de Bercy. Les ponts qui enjambaient le passage hachuraient la clarté du jour. À chaque tour de pédales, les pires moments de son divorce s'échouaient sur le rivage de ses souvenirs, lorsque Éric soufflait le chaud et le froid : tantôt il débarquait chez elle les bras chargés de cadeaux faramineux pour Michael, puis menaçait de se jeter sous une voiture si Madeline ne revenait pas vivre avec lui, tantôt il lui contestait le droit de garde avant de fondre en larmes dans la cage d'escalier. Impossible d'oublier ce samedi soir où, après un coup de fil inquiétant, elle s'était précipitée en taxi chez son ex où son fiston passait un week-end sur deux. *Viens chercher Michael avant que je fasse une connerie.* Terrorisé par les cris de son père, hoquetant, secoué de sanglots, l'enfant s'était jeté dans les bras de sa maman comme on s'agrippe à une corde.

Impuissante à raisonner l'irraisonnable.

La perspective de revivre pareille épreuve un jour avec Christian la poussait plutôt à laisser passer l'orage et pédaler plus vite.

Fuir l'évidence.

En quelques mois, dans son atelier, son mari s'était littéralement transformé. D'un cocon où régnaient le désordre, le moisi et la poussière sortait une bête aux croyances étranges, amaigrie et fébrile sur ses pattes. Son homme prenait l'apparence d'un inconnu qui étreignait sa gorge d'une angoisse croissante, s'éloignait de son univers et lui cherchait querelle. Sa distance et sa froideur dessinaient aux visages des enfants une appréhension ; presque de l'inquiétude.

Peur. Menace. Pluie. Couple. Suicide. Amour. Mort.

Les mots griffonnés de sa main découverts ce matin dans le livre accablaient l'esprit de Madeline.

À peine fut-elle descendue de vélo qu'un signal d'alerte retentit dans la caserne. Un accident sur le périphérique intérieur lui remit rapidement les idées en place. Une voiture retournée, encastrée dans un pilier sous un pont, réduisait la circulation à une voie. Au volant : une femme de soixante ans prise au piège dans l'habitacle, face contre terre, consciente mais sévèrement touchée, avec une forte probabilité d'hémorragie interne.

— Vous avez mal où, exactement, madame ?

Impossible de découper la tôle, au risque de voir la carlingue s'effondrer sur la conductrice de cent dix kilos. Extraction compliquée par la masse corporelle de la victime. Autour de Madeline et des deux équipes de secours, l'invariable concert d'une circulation intense un jour férié. Quarante-huit minutes d'intervention sous la pluie.

— Ça va aller, madame.

Fractures multiples, traumatisme thoracique. Non. Ça n'allait pas. Accélération de la fréquence cardiaque.

— On va vous poser une perfusion, d'accord ?

Le crépitement des gouttes sur le pare-brise, assourdi par la clameur de la sirène. Un poignet écorché, gonflé, et perfusé dépassait de la coque où la personne était sanglée, shootée aux antidouleur… Chute de tension brutale.

— Cheffe ! On est en train de la perdre !

Peur. Menace. Pluie. Mort.

Mieux qu'un lavage de cerveau.

De retour dans ses quartiers, Madeline épingla au mur de sa chambre le dessin d'Anna puis consulta sa boîte vocale. À l'écoute du message laissé par Michael, elle sentit son cœur rater quelques battements.

— Oui, maman, c'est moi… Christ a pété un câble ! C'est à cause d'une vidéo tournée dans le cimetière hier soir avec Imani et Aaron. Il s'est passé des trucs trop flippants, je te jure, et c'était même pas truqué ! Mais on n'a rien fait de mal, hein, j't'assure ! On a été hyper respectueux des sépultures, on a touché à rien du tout. On est juste allés s'abriter dans une chapelle cinq minutes !… Le hic, c'est que quelqu'un a partagé ma vidéo sur Twitter et ça a fait le buzz sur les réseaux sociaux. Christ a déboulé dans ma chambre avec l'autre gardien, là, celui que t'aimes pas… Comment il m'a chopé ! J'ai cru qu'il allait me frapper… Il a dit que demain, je me cassais chez mon père. Mais moi j'veux pas, il est trop barré ! Et sa pouffe, elle sait même pas faire chauffer de l'eau ! Plutôt me suicider !… Bon, m'an, faut que tu reviennes, là… Faut que tu lui dises de se calmer… Je sais pas si c'est son boulot qui le rend con, mais il a une roue de hamster qui lui tourne dans le crâne !

Madeline le rassura aussitôt d'un SMS :

```
Michael, pas de panique, mon grand.
J'appelle Christian.
```

La sonnerie du départ VSAV[1] retentit une nouvelle fois avant qu'elle ait pu contacter son mari. Madeline abandonna rapidement quelques mots à son répondeur tout en courant pour rejoindre le véhicule de secours.

— Christian : quoi que Michael ait fait, rien ne justifie que tu menaces de le renvoyer chez son père. Tu dépasses les bornes… Mais merde ! Qu'est-ce qui t'a pris ?

Une maison ouverte à tous les vents. Des rideaux rouges retenus par des rubans roses aux fenêtres. Trois enfants et leurs parents sur un perron fleuri, avec un gros chat blanc.

Franchissant les derniers mètres qui la séparaient du camion, Madeline tenta de refréner sa colère.

— Je ne sais pas ce qui nous arrive… Mais une chose est sûre : on ne peut plus continuer comme ça !

Des pierres festonnées de brins d'herbe qui conduisent vers une route éclatante sous le soleil. De grands arbres autour de la maison, saisissant la vie de leurs branches

---

1. Le départ VSAV est déclenché pour des interventions de secours à victimes.

garnies de feuilles et d'oiseaux. Le papa tient un arrosoir, la maman porte un gâteau couvert de crème Chantilly.

Voilà ce qu'Anna avait colorié pour sa maman.

Un dessin d'une candeur infinie.

Le souhait tout simple d'un bonheur retrouvé que Madeline échouait à exaucer.

Christian jeta rageusement deux bûches dans l'insert de la cheminée. Sa fille était rouge d'émotion.

— T'as pas le droit de frapper Michael.

— Je ne l'ai pas frappé.

Depuis le canapé, elle ne lâchait pas des yeux l'homme qui se tenait debout à quelques mètres, comme si elle craignait que des canines pointues se mettent à lui pousser ou que son duffle-coat ne s'ouvre sur un grand couteau. Bonfils lui adressa un sourire que les traits tombants de sa figure figèrent en grimace.

— B'soir, Anna, bredouilla-t-il.

N'obtenant pas de réponse, il croisa les mains derrière le dos et laissa son regard naviguer sur les murs. La fillette se tourna vers son père :

— Et puis tu as dit plein de gros mots, c'est pas bien.

— Bon ! ça suffit, Anna : file dans ta chambre… Et dans un quart d'heure, le bain.

Christian gagna la cuisine, sortit deux Guinness du frigo et les décapsula. Il tendit l'une d'elles à son collègue en lui indiquant la porte au fond du couloir.

— Allons dans mon bureau.

Ses pupilles brillaient d'un sombre éclat. La blessure à sa main le lançait. Ce qui venait de se produire avec Michael l'avait mis hors de lui. La pression sanguine gonflait encore les veines de son cou et battait ses tempes. L'expression de fureur imprimée sur son visage s'atténua lorsqu'il eut calé ses fesses dans son fauteuil et bu quelques gorgées de bière. Avec difficulté, il articula :

— Est-ce que ça va me porter préjudice ?

Assis face à lui, Bonfils éluda la question. De son point de vue, pour l'instant, il convenait d'attendre. Si le téléphone de la conservation restait muet, si aucun mail de la direction ne tombait d'ici demain, alors il y avait bon espoir que l'incident n'engendre aucune sanction.

— On a été réactifs, la vidéo n'est plus en ligne. C'est ça qui compte.

Christian secoua la tête. Il n'avait rien vu, rien anticipé de ce qui se tramait chez lui, à quelques mètres de son bureau, quasiment sous son nez. Il en était mortifié. Plus qu'une volonté de nuire, la trahison de Michael était la conséquence du mépris qu'il devinait chez ses enfants, entretenu par les sarcasmes de leur mère. Après sa chambre et le cimetière, à quoi cet idiot se serait-il attaqué ? À l'exploration du caveau provisoire ? À la profanation d'un tombeau ?

— Quel petit fumier !

Deux rides creusèrent le front de Bonfils.

— Faut bien que jeunesse se passe… Mets-toi un peu à sa place. À son âge, tu faisais aussi les quatre cents coups, non ?

Christian serra le poing. Naturellement, il avait fait pire. Bien pire.

— Tu dois juste être plus vigilant avec tes gosses. C'est ton job qui est en jeu.

Le gardien jeta un œil à l'horloge numérique affichée en haut de l'écran de son PC. Trente minutes qu'il supportait la présence de Bonfils et ses propos lénifiants.

À transformer son lieu de travail en plateau de tournage, Michael avait fait de lui l'agent de surveillance le plus minable de la profession ; et le collègue appréciait la farce, tirait bénéfice de son humiliation. Un soupçon d'allégresse se devinait dans ses yeux, rehaussait un coin de sa bouche molle. Christian n'avait pas confiance en lui : demain, à la première heure, ce bouffon le balancerait, et la rumeur hisserait bientôt son pavillon noir dans tout le service.

Il se redressa. Foutu pour foutu, il n'abandonnerait pas son poste sans connaître la vérité sur le bonhomme. Sa voix vibra légèrement lorsqu'il le questionna :

— Au fait, tu ne m'as jamais raconté : c'est quoi, ton histoire avec la femme de Munch, exactement ?

Bonfils écarquilla ses yeux gris. De la bière coula sur son menton lorsqu'il détacha le goulot de ses lèvres. Il s'essuya d'un revers de manche.

— Tu tiens vraiment à le savoir ?

— Munch porte sur toi certaines accusations plutôt troublantes. J'aimerais assez entendre ta version des faits, oui.

Bonfils s'adossa à son siège, appuya sa cheville gauche sur son genou droit.

— Je sais ce qu'il raconte à mon sujet, mais c'est faux.

Il remonta une chaussette délavée sur la peau glabre de son tibia. Puis, d'un ton monocorde, il se confia :

— Comme je te l'ai dit, toute cette affaire n'a rien de glorieux pour moi. Ça s'est passé en plein été, environ un mois avant le décès de sa femme. En tant que gardien suppléant, je faisais ma ronde vers 3 heures du matin, pour un contrôle sur site. Je me trouvais à l'autre bout du cimetière quand je l'ai entendue crier. D'habitude, c'était plutôt des gémissements et des plaintes, mais là… c'était différent.

— Tu parles de Mme Munch ?

— Oui, Marguerite. Je la connaissais un peu. On bavardait ensemble de temps en temps… Très cultivée. Belle femme… Enfin, avant qu'elle n'ait plus que la peau sur les os.

Entre le pouce et l'index, il saisit machinalement un fil qui dépassait du revers de son pantalon et, d'un coup sec, l'arracha.

— Je me suis approché de la maison. Les volets restaient toujours clos, mais les fenêtres, elles, étaient ouvertes à cause de la canicule… Et j'ai compris que Marguerite allait pas bien du tout parce qu'elle suffoquait. J'ai guetté si une lumière s'allumait à l'étage du dessus, mais Munch devait avoir le sommeil lourd : rien ne bougeait à l'intérieur. Faut dire que le pauvre, il faisait du vingt-quatre/vingt-quatre, entre le boulot de la conservation et les soins de sa femme… Alors j'ai tiré sur les volets de la porte-fenêtre. Ils n'étaient pas fermés, juste poussés.

— C'est là qu'elle était ? Dans la chambre de Michael ?

Bonfils porta la bouteille à ses lèvres. Le souffle de ses premiers mots frôla le goulot.

— Oui. À la fin de sa vie, elle pouvait plus trop marcher, alors grimper l'escalier… Son mari dormait là-haut, et elle en bas.

Il but quelques gorgées. Sa glotte remontait comme un Yo-Yo.

— … Je l'ai trouvée en travers du matelas, tête en bas, les yeux exorbités. Elle avait glissé, la pauvre. Le tuyau de sa perf' l'étranglait presque et elle avait un pied coincé entre deux barreaux du lit. Sa chemise de nuit était… descendue jusque-là, tu vois…

Il indiqua d'un geste une hauteur au niveau de son nombril.

— Et bien sûr, elle était toute nue en dessous… J'ai pas réfléchi : comme un con, je me suis précipité pour lui venir en aide… J'aurais dû d'abord prévenir son mari, c'est sûr. Parce que, quand il m'a trouvé en train de la remettre dans son pieu, elle à moitié à poil, et moi penché sur elle… Je ne te fais pas un dessin.

Bonfils eut un fou rire.

— Il s'est jeté sur moi et m'a frappé avec la première chose qui lui tombait sous la main : un bassin de lit… Toute la pièce, arrosée de pisse ! Je me suis barré de là en vitesse, un peu sonné.

Il tâtonna l'arrière de son crâne.

— J'ai encore la cicatrice… Trois points de suture.

Christian soupira, tiraillant sa barbe. Le goût fumé de la bière sur ses lèvres lui parut soudain bien âcre.

— Et il a appelé les flics.

— Mmmh. On m'a convoqué au commissariat. C'est là que j'ai découvert que Munch était un fanatique de la procédure et qu'ils avaient déjà un dossier épais comme ça concernant sa femme : des mains courantes et des dépôts de plainte pour agressions sexuelles sur personne vulnérable ou des suspicions d'attouchements. Tout le monde y passait : le kiné, le médecin et même l'infirmière qui donnait les soins à domicile. L'affaire a été classée sans suite. Heureusement, sinon, j'étais mal ! Après ça, tu penses bien qu'il a fait courir sur moi les bruits les plus dégueulasses. Il a même raconté que j'étais venu étrangler sa femme le soir où elle est morte.

Les épaules de Bonfils fléchirent.

— J'admets que ça devenait difficilement supportable de l'entendre cracher ses poumons et geindre à longueur de journée. Les usagers du cimetière s'en plaignaient. Mais de là à faire une chose aussi… monstrueuse…

Il tourna la tête vers la fenêtre.

— Depuis le jour où j'ai eu le malheur de lui suggérer de placer Marguerite en soins palliatifs, ce maboul m'a eu dans le nez.

Les deux hommes terminèrent leurs bières sans ajouter une parole. Dehors, de grandes ombres tapissaient la nuit. Le portable de Christian vibra dans la poche de son pantalon. Il jeta un rapide coup d'œil à l'écran où trois lettres s'affichaient. *Mad.* Il rejeta l'appel et rempocha le téléphone. Bonfils fut le premier à briser le silence :

— Au fait, tes tableaux, ça avance ?

Bonne question. Il avait hâte de replier cette exécrable journée dans un coin de son cerveau et de finir sa toile. Le tout était de savoir s'il pourrait tenir un pinceau de sa main droite : sous le bandage, la plaie s'était remise à suinter. Christian balança les bouteilles vides dans la poubelle sous le bureau avant de lâcher :

— Je crois que je suis au bout de quelque chose.

Son collègue sourit.

— Celle-là, mon vieux, faudra la graver sur ta tombe.

Lorsque Bonfils prit congé, ses yeux avaient gagné un peu d'éclat : il semblait soulagé de s'être confié à lui. Les deux hommes échangèrent une poignée de main sur le pas de la porte.

— ... Ma mère dit toujours que ce qui me tuera, c'est mon excès de zèle, plaisanta-t-il.

Un bras appuyé dans l'encadrement, Christian le regarda se diriger vers la sortie. Sous ses allures de sociopathe, Bonfils inspirait passablement la pitié. Il lui rappelait un élève bon à rien et moyen en tout, timide et maladroit, rencogné au fond de la classe, dont les professeurs retenaient le nom de famille sans effort parce qu'il était en deux syllabes – lui-même.

Christian avança de quelques pas puis s'immobilisa devant la porte-fenêtre de la chambre où Mme Munch avait agonisé : derrière les rideaux se détachait la silhouette de Michael, penché sur son ordinateur. Il éprouva un certain malaise en songeant aux vidéos tournées dans sa chambre. Christian les avait qualifiées de « foutage de gueule ». Et s'il s'était trompé ? Se pouvait-il qu'une pièce garde l'empreinte de la mort ? Comment guérissait-on des murs imprégnés du malheur ? Il se demanda soudain comment son père avait pu demeurer dans la maison de famille à Dol-de-Bretagne après le drame effroyable dont il avait été la cause : l'escalier principal menant vers l'arrière-boutique, combien de fois l'avait-il descendu et monté depuis le coup de feu ? Des dizaines de milliers de fois, sans doute.

Les marches, imprégnées de sang.

La voix de son frère qui s'époumone.

Papa !… Papa !

Ses mains maladroites de jeune homme pétrissant l'arme.

Oui. Christian avait fait pire. Bien pire que Michael. Et il revivait l'épreuve dans son âme. Des dizaines de milliers de fois.

Il ne croyait pas plus à la vie d'après qu'à celle d'avant. Il n'y avait ni tunnel ni lumière vers lesquels marcher. Seulement l'illusion d'être vivant. Comme pour ponctuer ses réflexions, un rectangle blanchit le gravier à ses pieds. Christian leva les yeux sur la façade : Anna venait d'allumer dans la salle de bains.

Mais aucune lampe n'éclairait la fenêtre de la chambre d'Eliot.

À 19 heures passées, son fils n'était toujours pas rentré.

Un gâchis intersidéral. Voilà à quoi se résumaient ces dernières semaines. Le seul plan auquel il s'accrochait – tourner des vidéos dans des endroits supra chelou, se faire du pognon avec sa chaîne YouTube – venait de foirer. Même les commentaires de ses potes sur Discord, choqués par la réaction de son beau-père et la condamnation injuste dont Michael était victime, ne contrebalançaient pas sa déprime. Quelle que soit la manière dont il tournait les choses, il se heurtait à un rempart d'incompréhension.

```
Michael, pas de panique, mon grand.
J'appelle Christian.
```

Sérieusement : à quoi ça rimait un SMS aussi minable ? Sa mère prenait l'eau. C'était pas un coup de fil, qu'il fallait passer à son beau-père, mais une camisole de force. Tambourinant contre sa porte, un grizzly réveillé en pleine hibernation lui était carrément tombé dessus. Il avait arraché de ses oreilles son casque Bluetooth, et d'un seul élan balancé toutes les affaires entassées sur son bureau avant de le pousser avec violence contre le mur.

— NON, MAIS TU TE FOUS DE MOI ? C'EST QUOI, CETTE HISTOIRE DE VIDÉO ?!!!

Il en avait eu le souffle coupé. Contraint de détruire les images sous la menace, il avait lui-même appuyé sur *delete*. Effacés, les rushs, le master et les vidéos tournées dans sa chambre. Réduites à néant, les preuves irréfutables d'un esprit qui vagabonde la nuit en sa demeure.

— Arrête avec tes conneries ! Tes soi-disant expériences paranormales, c'est du foutage de gueule ! Les grincements qu'on entend sur ta bande-son, c'est toi, Michael. Tu grinces des dents dans ton sommeil depuis que t'es tout petit.

Pour le rideau qui bougeait tout seul à la fenêtre et le bouquin qui se cassait la figure de l'étagère toujours vers 3 heures du matin, Christian avait aussi une explication : les phénomènes provenaient des vibrations causées par le passage du camion-poubelle dans ce créneau horaire. Et la bête démoniaque qui hantait le cimetière mesurait à peine cinquante centimètres de la tête à la queue. Elle se trouvait maintenant en bouillie dans un sac, attendant d'être récupérée par le service d'hygiène de la ville. En quelques phrases, la poudre d'or s'était transformée en tas de sable.

Ce coup de sang monumental avait surtout mis une fin brutale à un vrai kif. Cette nuit, Imani avait dormi avec lui dans le lit en mezzanine, ses cheveux en couronne sur l'oreiller. D'un mensonge à ses parents – *je dors chez ma pote Melissa* –, elle avait explosé son cœur. Aaron roupillait dessous, écroulé sur un pouf transformé en couchage d'appoint, vaincu par l'émotion d'une expédition nocturne et de plusieurs heures de montage. Le jeune couple s'était noué dans l'excitation de l'épouvante, entre fous rires et baisers moelleux. Truffés d'émoticônes, les messages d'Imani pleuvaient sur WhatsApp. Il tardait à Michael d'entendre sa voix, de humer sa peau au goût de chamallow, de promener encore sur elle ses mains, d'explorer plus loin sous son débardeur.

Michael coupa l'ordinateur, recula son fauteuil et ferma les yeux. Désir, angoisse, douleur. Un gros stress lui clouait l'estomac. Il éprouvait d'un côté le frisson des caresses, et de l'autre sentait un gouffre se creuser sous ses pieds. Il n'imaginait pas rester un jour de plus dans cette baraque ni retourner chez son père. Et il manquait un peu moins de deux années à son passeport pour qu'il s'émancipe et taille sa propre route.

Il n'avait nulle part où aller.

Partir, c'était se perdre entièrement.

Couper le seul fil qui le reliait à sa mère.

Finir le jeu en mode défonce.

Un craquement derrière lui le fit sursauter. Il pivota sur son siège et vit la porte de sa chambre s'ouvrir comme poussée par une main invisible. Michael se leva, retenant son souffle. Personne dans le couloir. Christian avait également sa théorie sur ce phénomène qui lui flanquait la chair de poule : la serrure était vieille et le mécanisme usé. Des microfissures couraient du chambranle jusqu'au plafond, preuves que le bois jouait. Des pas sur le plancher du dessus pouvaient entraîner une vibration et déloger le pêne de la gâche. Le jeune homme referma la porte, scruta le plafond et tendit l'oreille, sceptique. D'abord, il perçut quelques grincements comme si quelqu'un arpentait la pièce. Puis des voix assourdies, des cris, et soudain le fracas de quelque chose qui tombe juste au-dessus de sa tête.

Au même instant, la porte s'ouvrit sans l'aide d'un quelconque revenant.

Le hurlement d'Anna qui retentit dans la maison acheva de le tétaniser.

En culotte et liquette, Anna était occupée à remplir la baignoire de licornes et de poupées Barbie dénudées lorsque son père poussa la porte de la salle de bains.

— Tu sais à quelle heure il est censé rentrer, ton frère ?

— Non.

— Il est parti jouer chez Yliès, c'est ça ?

Elle opina du menton, versant une bonne dose de bain moussant à l'abricot dans l'eau.

— Papa, tu fais plein de mousse, s'il te plaît ?

D'un geste machinal, il saisit le pommeau pour le placer à la verticale de la baignoire, tira sur le bouton-poussoir du mitigeur, puis, de l'autre main, sortit de sa poche son portable.

— Oui, bonsoir, c'est Christian, le papa d'Eliot. Vous allez bien ?

L'eau coulait bruyamment dans le bain où flottait déjà un paquet de jouets.

— Ah bon ? Il n'est pas chez vous ?... Oui, sûrement... D'accord... Merci, à vous aussi.

Anna prit tout son temps pour installer l'oursonne sur le tabouret, près du chauffage d'appoint, évitant de croiser le regard de son père : elle n'avait aucune envie de voir ses sourcils se froncer et ses yeux noirs se fixer sur elle.

Le grondement de sa voix lui suffisait à saisir l'ampleur des dégâts causés par son mensonge.

— Anna, qu'est-ce que tu m'as raconté : Eliot n'est pas chez Yliès.

Elle ne répondit rien.

— Anna, je te parle !

Silence buté. Son père relâcha brutalement le pommeau de la douche et l'attrapa par le bras.

— Où il est, ton frère ?

Le cœur de la fillette se mit à battre à toute allure. Les mots franchirent péniblement ses lèvres.

— J'ai pas le droit de le dire.

— Mais qu'est-ce que vous avez comploté, tous les deux ?

Son visage, si près du sien, jamais Anna ne l'avait vu aussi laid, défiguré par la colère. Le bandage à sa main était taché de sang séché et ses yeux injectés brillaient drôlement.

— Qu'est-ce que vous avez tous contre moi, bordel ?

Il la secouait. Comprimait trop fort son bras.

— Tu vas me dire ce qui se passe, ici, oui ou merde ? !

— … Il est parti.

— Où ça ? Où il est parti ?

Un flot de sanglots ébranla le corps d'Anna, déclenchant une subite quinte de toux.

— OÙ EST ELIOT ? !

La scène qui se déroula alors devant elle sembla presque irréelle : la porte de la salle de bains s'ouvrit en grinçant, et son frère apparut.

— Je suis là.

Leur père se redressa et fit volte-face, bouillonnant de rage.

— Non, mais t'as vu l'heure ?

Une gifle puissante déséquilibra Eliot. Il vacilla contre le mur et tomba lourdement sur les fesses, étourdi et choqué.

Ce qui se passa ensuite, Anna n'en fut pas témoin.

Elle avait plaqué les mains sur ses yeux et hurlait.

Rue de Conflans, bordé d'un grillage rouillé, le pavillon faisait face aux voies ferrées. Au départ de la caserne, Madeline et son équipe suspectaient déjà une histoire de violence intrafamiliale, même si au téléphone la victime mentionnait une simple dispute ou une chute accidentelle dans l'escalier. Une fois sur place, autre chose se révélait : les sapeurs-pompiers prenaient en charge une épouse au nez brisé couverte d'ecchymoses, ou un nouveau-né dont le comportement évoquait le syndrome du bébé secoué. Le malaise s'installait et Madeline basculait dans l'aspect le plus sordide de son métier.

On les formait à cela ; appréhender et gérer des situations de violences exercées au sein d'un foyer, faire du social, agenouillés près de la victime, les injures, les cris et les coups résonnant encore entre les murs. Combien de crânes d'enfant couronnés d'une cicatrice, de corps meurtris par l'emportement et l'acharnement d'un tyran ou d'une névrosée ? Le charme de la misère avait bon dos : les pompiers pénétraient les drames des riches comme ceux des pauvres, l'intervention s'effectuait simplement dans un intérieur plus chic. Il y avait aussi la peur de commettre une erreur. De suspecter à tort, d'empiéter sur la vie privée des gens ou bien de ne pas savoir comment accompagner une victime sans éveiller les soupçons de son bourreau. Madeline avait peu de temps pour sensibiliser une personne à sa situation, lui glisser à l'oreille le contact d'une association ; il fallait éviter de la culpabiliser en lui disant qu'elle aurait dû agir bien avant, au risque de la voir se replier plus profondément dans sa souffrance.

La brigade se trouvait parfois confrontée à de sacrés frappadingues, comme ce type qui avait posé un cadenas sur le frigo pour empêcher sa « grosse connasse de femme » de manger. Partout où s'exerçait le refus de liberté, l'insulte faisait son ouvrage. Ruinait l'estime de soi d'un souffre-douleur. Certains individus dominés par leurs pulsions lui faisaient l'effet de primates aux comportements féroces et belliqueux, capables de dévorer leur progéniture. Et Madeline aurait volontiers ligaturé les trompes de ces mères pondeuses qui mettaient bas au moindre flirt, semant derrière elles une ribambelle de petits mal-aimés qui dans le meilleur des cas finissaient à l'assistance publique.

Mais au royaume des aveugles, n'était-elle pas la reine des borgnes ? Son couple était-il plus méritant ? Ses enfants, perturbés par ses absences et les humeurs de leurs pères respectifs, mieux traités ? N'avait-elle pas mûrement choisi d'accorder par deux fois sa confiance à des hommes dont le temps révélait les fêlures, les grimaces, l'extrême fragilité ? Elle pensa à ses parents, emportés par le feu, épanouis encore par l'amour dont leur petite fille à peine née était ce fruit réjouissant. Leur mort les avait peut-être préservés d'un fléau tout aussi destructeur…

— On y est, cheffe !

En descendant du véhicule avec Pinsault et Barbier, sous la lumière pisseuse d'un réverbère, elle contempla la façade sans attrait, les volets électriques partiellement baissés, le jardin dépourvu d'arbustes et de plantes fleuries : un toboggan en plastique vert décoloré par la pluie et brulé par le soleil occupait le centre d'une pelouse mal entretenue, et de nombreux sacs-poubelle étaient alignés près d'une remise à outils. Elle comprit sur quel terreau la famille qui vivait ici s'était bâtie. Le ciel ne se levait pas tous les jours et pour tout le monde, dans cette maison.

Elle poussa le portillon entrouvert, et pour la dernière fois de sa carrière, fit signe à ses hommes de la suivre.

À droite, il regardait dans la direction des plus beaux yeux.

À gauche, il rentrait à la maison.

Un instant, il était resté assis sur ce banc où hier Olia l'avait attendu en vain, comme pour mesurer le temps perdu.

Ensuite, le plus angoissant n'avait pas été de prendre le métro et de cheminer dans le dédale de couloirs jusqu'à la gare Montparnasse, mais d'acheter un titre de transport au distributeur : Eliot avait dû essayer plusieurs appareils avant d'en dégotter un qui fonctionnait et acceptait son billet, le tout sans attirer l'attention. Se tenir à l'écart des SDF qui gravitaient dans le hall ne s'était pas révélé trop ardu. Grimper dans le TGV et se coller contre la vitre durant tout le trajet en écoutant de la musique sur son iPod avait même été plutôt cool. En descendant sur le quai au milieu des voyageurs, chahuté par le vent, il avait regardé de gros nuages s'écarter pour laisser venir à lui un rayon de soleil. Une fois passées les portes automatiques de la gare de Saint-Malo, il ne s'était pas dégonflé. La grande place pavée avait éparpillé devant lui les derniers passagers et il s'était lancé à son tour. Eliot avait marché tout droit, rue Nicolas-Bouvier, puis tourné à droite.

Apercevant des bateaux, il avait eu envie de faire d'abord un petit tour vers le port, mais des bourrasques de pluie l'en avaient dissuadé. Il s'était alors dirigé vers l'avenue Jean-Jaurès. Parvenu devant le numéro 22, abrité sous un marronnier, il avait scruté la façade du centre d'hébergement, avec l'espoir que le visage de sa petite sorcière apparaisse à l'une des fenêtres du bâtiment. Enfin, il avait franchi les derniers mètres et poussé la porte. Moins d'une minute plus tard, il était ressorti du bureau d'accueil, anéanti. Aucune jeune fille ne s'était présentée depuis la veille.

Olia n'avait pas suivi son plan.

Était-elle seulement venue à Saint-Malo ?

Comme il n'avait pas d'autre endroit où aller, Eliot était reparti d'un pas lourd vers la gare, la tête bousculée par les plus terrifiantes hypothèses :

1) Olia avait été démasquée durant son trajet jusqu'à la gare Montparnasse, kidnappée par le clan et massacrée.

2) Olia s'était fait arrêter par la police et allait être renvoyée dans son pays où on lui ferait payer sa traîtrise en égorgeant sous ses yeux tous les membres de sa famille.

3) Olia avait fait une mauvaise rencontre à Saint-Malo, un tueur en pull rouge et vert qui s'attaquait aux enfants la nuit d'Halloween.

Le cœur en vrac et l'estomac creux, le garçon s'était payé une formule repas dans un salon de thé, avait englouti un jambon-beurre-emmental, un brownie, et vidé une canette de Coca. Puis, rassasié, il avait plié bagage, oubliant son bonnet sur une chaise.

Prendre un billet retour, partir à rebours de son élan avait été la partie la plus navrante de son expédition. Dans le train, il s'était écroulé sur lui-même.

Son seul espoir dorénavant était qu'Olia lui fasse un signe.

À 17 h 30, la nuit tomba derrière la vitre du TGV ralenti par les intempéries. Eliot sentit pointer dans son ventre les pics d'une terrible appréhension : il arriverait bien après la fermeture du cimetière. Il imaginait déjà la panique à la maison ; Anna contrainte de vendre la mèche, son père qui part en vrille, sa mère fonçant au commissariat… Quelle version de son histoire servirait-il à ses parents ?

Des pensées consternantes accablèrent son esprit jusqu'au dernier pas de son périple. Il glissa la clé dans la serrure, frémissant sous ses vêtements humides, et poussa le portillon du cimetière. Les volets du pavillon étaient clos. Des rais de lumière découpaient les vantaux du rez-de-chaussée. En entrant, il eut tout de suite l'impression que quelque chose clochait : le salon était vide, la cuisine aussi. À cette heure, il se trouvait toujours son père ou sa mère occupé à préparer le repas. Il ôta son manteau, se déchaussa, puis monta l'escalier, son sac à dos suspendu à l'épaule. Il entendait déjà son père vociférer depuis la salle de bains. Apparemment, il en avait après sa sœur dont Eliot percevait aussi les sanglots. Parvenu devant la porte, Eliot y colla une oreille.

— OÙ EST ELIOT ?!

Sans réfléchir, il poussa le battant. Face à lui, son père secouait Anna comme un prunier.

— Je suis là.

Le garçon eut à peine le temps d'apercevoir les griffures sur ses joues et son front, l'éclat brûlant de ses yeux.

— Non, mais t'as vu l'heure ?

La gifle qu'il reçut fut si puissante qu'il valdingua contre le mur.

Jamais son père n'avait levé la main sur lui ni sur aucun membre de la famille. Étourdi, choqué, il entendit Anna hurler de toute la force de ses petits poumons.

Eliot ne comprit pas vraiment ce qui se passa ensuite.

Aucun enfant ne devrait jamais affronter pareil cauchemar.

Le fils aîné avait appelé les secours.

Sur l'enregistrement, derrière sa voix, on entendait quelqu'un crier et tambouriner contre une porte.

Des traces écarlates menaient du rez-de-chaussée vers l'escalier. Dans la chambre du garçon le plus âgé, la présence d'une abondante coulée de sang qui descendait du lit où gisait la victime attestait de la violence du crime. Sur la moquette, un couteau de cuisine. Le tee-shirt et le gilet de l'adolescent étaient coincés dans la lame d'une disqueuse que l'assassin était allé prendre dans la remise à outils avant de l'abandonner sur l'oreiller. Le corps sans vie portait une entaille profonde au cou avec une marque de brûlure noirâtre. Des empreintes de semelles étaient visibles dans la mare de sang. On pouvait suivre les pas de l'assassin jusqu'à l'étage, vers la chambre du second garçon. Là encore, une vision d'horreur. Des projections d'hémoglobine partout sur les murs et une énorme flaque au sol. Les images étaient difficilement supportables : de nombreux coups de couteau avaient été portés au thorax et au cœur de l'enfant.

En passant devant la salle de bains, par la porte entrebâillée, les secours aperçurent un homme assis par terre, dans un état catatonique. Ses mains étaient agitées de tremblements et ses pupilles totalement dilatées. Il présentait des griffures au visage et de nombreuses coupures à chaque poignet. Son pull était maculé de sang. Dans le lavabo, deux autres couteaux rougissaient l'émail.

Plus tard, au cours de sa garde à vue, le prévenu déclarerait que les gosses étaient terrorisés et pleuraient pendant les faits. C'était pour cette raison qu'il avait rapidement tué le deuxième garçon, lequel s'était un peu débattu…

De toutes les interventions traumatisantes de sa carrière, Madeline ne retiendrait que celle-ci.

Pénétrer ce pavillon lui fit l'effet d'une longue et intense brûlure dans tout le corps. La nausée s'était emparée d'elle et de son équipe dès qu'ils en avaient franchi le seuil. Barbier n'avait pu contenir ses larmes en découvrant la deuxième petite victime. Sonnée, Pinsault marmonnait en boucle : « C'est pas possible, je vais me réveiller. » La tension fut à son comble lorsque Madeline dut s'accroupir près de l'agresseur présumé pour prendre son pouls. La trentaine, de taille moyenne, coiffé en brosse, les traits creusés et la barbe mal rasée, il empestait l'alcool. D'une voix neutre, elle avait posé les questions d'usage tout en contrôlant les profondes lésions à ses poignets – caractéristiques d'une tentative de suicide –, veillant à ne rien déranger autour d'elle en attendant la police.

— Monsieur, vous m'entendez ?

Pas de réaction.

— Qu'est-ce qui vous est arrivé, monsieur ?

Du robinet mal fermé, un mince filet d'eau coulait dans le lavabo.

— Vous pouvez me dire ce qui s'est passé ?

Les mots qu'il marmonna furent à peine audibles.

— Je lui avais dit que j'allais les tuer… Fallait pas qu'elle me quitte, la sale pute.

« Everybody's got to learn sometimes. » Dans le VSAV, les paroles d'un slow des années 80 diffusé à la radio remplissaient les oreilles des sapeurs-pompiers, ballottés sur le chemin du retour. Il était 21 heures, et la nuit de garde à peine entamée. Aux lumières renversées des lampadaires sur le pare-brise s'ajoutaient les feux arrière et les phares des voitures, dédoublés par les gouttes de pluie. Madeline n'adressa pas une parole de réconfort à son équipe. L'odeur du sang répandu et celle plus aigre de cet homme moite de sueur, consumé par l'ivresse, baignaient encore ses narines.

Elle prit une douche à la caserne après avoir vomi dans les toilettes, pleura longtemps sous l'eau chaude, assise sur le carrelage, jusqu'à ce qu'elle trouve la force de se lever et de regagner sa chambre. Allongée sur le lit, un bras passé derrière la nuque, elle consulta sa messagerie. Christian n'avait pas essayé de la joindre. Elle tenta une nouvelle fois de l'appeler. Quatre sonneries dans le vide. Il ne décrocha pas. Madeline revêtit son uniforme. Ce faisant, son regard tomba sur le dessin d'Anna.

Une peur sourde, alors, la submergea.

La douleur, la brûlure de perdre l'autre, la haine et la folie vers laquelle poussait parfois une séparation étaient des armes redoutables, impitoyables, prêtes à décapiter l'innocence.

Et elles menaçaient directement ses enfants.

Une décharge violente au niveau du cortex cérébral.

Surexcitation anormale et synchronisée des neurones.

Un cyclone se déclenchait sous son crâne.

Christian bredouilla des mots inintelligibles, tangua, puis s'écroula.

Dans sa chute, sa tête frôla le lavabo et son bras accrocha le flexible de la douche. Le pommeau sortit du bain, aspergeant toute la pièce. Sa fille hurlait, mais il n'entendait qu'un sifflement aigu. Christian n'était ni là ni ailleurs. En apnée. Son corps se raidissait, ses muscles tressaillaient, il ne maîtrisait plus rien et salivait abondamment.

« Comme un escargot », dirait plus tard Anna.

D'après Eliot, la crise avait duré à peine deux minutes. Mais Christian était dans un état de confusion totale, les membres parcourus d'horribles tensions musculaires, et il s'était pissé dessus. Michael avait monté quatre à quatre les marches de l'escalier et les enfants se tenaient autour de lui, fébriles, ne sachant que faire. Désorienté, tremblant, Christian essaya de les rassurer :

— Je vais bien… C'est fini…

— Christ… T'as fait un truc trop chelou, là.

— Je veux pas que tu meures, papa ! sanglotait Anna.

Lentement, il se redressa. Sa tête lui faisait atrocement mal, comme si une tenaille comprimait les deux hémisphères de son cerveau. Michael l'aida à s'asseoir sur le rebord de la baignoire.

— Tu crois pas qu'on devrait appeler un médecin ?

— Mais non. Ça va aller.

Les visages des enfants étaient encore un peu flous et son cœur battait si fort qu'il en était essoufflé. Eliot posa doucement une main sur la sienne. Elle lui parut glacée.

— Je suis désolé, papa… Je voulais pas…

— Toi, va dans ta chambre, grommela-t-il. On s'expliquera plus tard.

Devant les mines déconfites des deux autres, il ajouta d'un ton à peine plus aimable :

— Anna, ton bain va refroidir. Michael, tu peux t'occuper de préparer le repas ?

— OK.

— Je vais aller m'allonger un peu.

— Faudrait quand même prévenir maman.

— Pas la peine. Ne va pas l'angoisser pour rien, ta mère.

— Mais… t'es sûr que ça ira ?

Il sortit sans répondre et rejoignit sa chambre en se tenant aux murs. Ses jambes flageolaient. Le lit était encore défait. Il se déshabilla, roula en boule son jean et le caleçon trempé d'urine, puis il se coucha, tourmenté par ce qui venait de se produire. Le parfum sucré de Madeline qui imprégnait les draps ajoutait à son supplice.

Dès qu'il fut en état de se lever, Christian passa des vêtements secs et descendit à la cuisine avaler un antimigraineux avec un verre d'eau. Michael et Anna dînaient côte à côte sur le canapé devant un épisode des *Désastreuses Aventures des orphelins Baudelaire* sur Netflix.

— Eliot n'est pas avec vous ?

— Il a dit qu'il avait pas faim… Tu vas où ? l'interrogea Michael.

— À l'atelier. Un truc à terminer.

Son corps.

Son esprit.

Tout lui échappait.

Il était bien au bout de quelque chose.

En finir, vite, tant qu'il en était encore capable, avant qu'on ne le fiche dehors et que Madeline ne le quitte avec les enfants. Parce qu'elle ne manquerait pas de le faire. *On ne peut plus continuer comme ça*. Le message laissé sur son répondeur était cruellement limpide.

Les murs de la pièce, dévorés par les moisissures, saturaient l'air d'effluves de feuilles en décomposition. De ses doigts aux ongles cassés, Christian fit défiler ses playlists sur l'écran de son smartphone, choisit celle des musiques de film, et lança la lecture sur l'enceinte Bluetooth.

« Acceptance – End Credits », *Little Buddha*, Ryuichi Sakamoto.

Sur le rectangle noir peint la veille, il déposa un mélange de plâtre et de cendres. Il ôta ensuite tous ses habits, s'allongea sur la toile, étendit les bras à l'horizontale, étourdi par la faim. Frémissant de toute sa nudité, tremblant de fatigue et d'appréhension, Christian s'épouvantait lui-même.

S'enchaîner aux cordes des violons, à la voix puissante de la soprano.

Contempler le croissant ascendant de la lune, à peine visible au-dessus de la verrière.

À se faire tant désirer, sa fin redoutée le détruisait, lui pourrissait littéralement l'existence. Christian devait en faire quelque chose. La clouer sur une planche, ou la peindre. Tailler une toile à sa démesure dans la torpeur de la nuit.

Des années durant, il s'était refusé à laisser cette part de lui-même remonter à la surface parce qu'il en avait peur. Il appréhendait ce qui le poussait vers la vie, ce flot de sang qui bouillonnait encore dans ses artères.

Il l'avait cru perdue, oubliée en marge de ses maudits cahiers d'élève.

Comme elle avait été patiente. Comme il l'avait tenue serrée, son âme triste d'artiste, sa liberté de créer, sa raison d'être.

À présent, il s'offrait à elle entier, baigné de son parfum ténébreux. Il écarta les doigts. Caressa la surface de la toile, collante de cette matière dont il l'avait enduite. Inspirant profondément, il ramena les mains sur son visage. Des arômes de terre, de pierre mouillée, de levure et de miel emplirent ses narines et lui piquèrent les yeux. Plusieurs fois, il écarta puis resserra les bras et les jambes, imprimant la forme de son corps sur la toile. La musique l'emportait, fécondait son imaginaire, guidait ses mouvements. Dans les tréfonds de son âme, il puisait *le* geste. S'y concentraient des sanglots étouffés et des cris, l'image floue de lignes écarlates et violacées et celle plus nette d'une femme nue, couchée sur une terre molle, dont la peau d'un blanc de neige et les cheveux d'ébène lui rappelaient sa mère. Le portrait de Monique Watteau et son héroïne sensuelle, ô combien déconcertante, qu'elle décrivait au milieu d'une forêt vierge matricielle, se juxtaposaient à une figure du passé…

Il se revoyait à l'aube, sur la terrasse de la maison en Bretagne, scrutant la route au-delà du massif d'hortensias, grelottant, avec l'espoir que le capot blanc d'une voiture tournerait sur le chemin. Aucun véhicule ne ramènerait jamais celle qui lui avait appris à tenir un pinceau et dormait jusqu'alors aux côtés de son père.

Peur. Menace. Pluie. Couple. Suicide. Amour. Mort.

Ce qu'il avait fui en quittant sa région natale était le drame d'un couple et le poids de l'absence. Dans chaque pièce, quels que soient les endroits de la maison où sa mère avait pu se tenir, au reflet d'un miroir ou de l'eau verte du bassin dans le jardin fleuri, demeurait l'empreinte de son regard, de ses mains, de son visage. Ne pas savoir ce qu'elle était devenue, si elle vivait toujours, perpétuait une ardente douleur. Cette colère entrée en lui comme une pierre chauffée à blanc brûlait encore à l'intérieur de son cerveau. Voilà bien longtemps que la fugue de sa mère, gagnée par un élan de liberté insondable, avait tout explosé en lui.

Christian se replia en position fœtale. Il connaissait la mort, avait senti son souffle caressant, son calme immobile et sa miséricorde descendre peu à peu sur lui. Il savait ce qu'elle pouvait dévoiler sous sa robe, de tendresse et de terreur.

Le corps enduit de cette mixture visqueuse et farineuse, il s'enroula sur lui-même, bascula d'un côté puis de l'autre, frappant le sol du poing. Un mélange de cendre et de plâtre se soulevait, embrumait sa vue, fardait ses yeux, miroitait sous la lampe, pareil à des grains de poussière dans un rayon de soleil. Musquée et poivrée, sa propre odeur imprégnait la toile sur laquelle il se vautrait. Christian gémit comme un animal. Sa peau se teintait de gris sous ses poils cuivrés. Ses mains s'ouvraient et se refermaient sur le tissu enduit, le froissaient, le pétrissaient de cette matière tiède, poisseuse, indéchiffrable, dans laquelle il abdiquait ses remords, étreignait son frère, lui demandait pardon.

Julien ressemblait tant à leur mère.

De beaux yeux châtains, les yeux pleins de malice, de défi et de douceur.

Un 7.65 contre sa tempe gauche, main inclinée vers le bas, Christian avait tiré. La balle avait frôlé le nerf optique avant de ressortir à l'oblique dans la partie droite à l'arrière du crâne. Poursuivant sa course, elle avait fracassé la vitre de la fenêtre de sa chambre, parcouru une dizaine de mètres pour se loger entre deux pavés, devant le bassin.

Un claquement sec dans le cerveau.

Un éclair blanc. Et l'insondable souffrance.

Le néant rouge, avant l'obscurité.

À 18 h 15, personne n'avait entendu le coup de feu dans la maison vide.

Julien était à son cours de tennis, et leur père ne devait pas remonter de la boutique avant trois quarts d'heure. C'est son frère qui l'avait trouvé assis sur son lit, sa chemise, son pantalon et ses chaussures couverts de sang coagulé.

Qu'est-ce qui s'est passé ? Christian, mais qu'est-ce que tu as fait ?

Sans doute s'était-il approché de lui avec prudence. Constatant que son cœur battait toujours, que son regard était vide et qu'il montrait peu de réactions, des larmes avaient coulé sur ses joues.

Tu as tiré ?… Pourquoi ? Pourquoi tu as fait ça ?

Peut-être Julien avait-il desserré ses doigts avec douceur et pris le pistolet automatique que Christian serrait encore dans la main.

Tu ne vas pas mourir, tu m'entends ? On va te sortir de là… Je vais chercher papa.

De tout cela, il n'avait pas souvenir.

Papa !… Papa !

Julien avait dévalé bien trop vite l'escalier, tenant l'arme par la crosse tout contre lui.

La balle avait jailli.

Foudroyé en pleine course.

Avec une lenteur infinie, Christian se releva, abandonnant une dernière empreinte sur la toile qu'il remit bien à plat pour le séchage. Il s'essuya avec du papier absorbant qu'il jeta dans un sac-poubelle. Debout dans une bassine rapportée de la buanderie, il s'arrosa avec l'eau mise à chauffer sur le poêle à bois. Elle était à la température de son front, douce contre sa nuque. Il sentait le léger tremblement de ses muscles sous la peau, et son pouls qui s'emballait. Une fois séché, il se rhabilla.

Demain, s'il était encore de ce monde, à l'aide d'un chiffon imbibé d'encre verte, il appliquerait une dernière touche de couleur de manière aléatoire sur les parties de la toile qui n'avaient pas été en contact avec son corps. Il coupa la musique, éteignit la lumière et rentra chez lui.

La cuisine était vide, la table débarrassée, et les enfants dans leurs chambres. Il se servit une bière, but quelques gorgées qu'il trouva trop froides, marcha jusqu'au salon et s'effondra sur le sol. Une perte soudaine de tout son tonus musculaire. Cette fois, la crise ne dura que quelques secondes. Christian se redressa, ramassa la bouteille qui avait roulé près du canapé, épongea le liquide comme il put, et monta.

Devant le miroir de la salle de bains, il demeura quelques minutes immobile.

Un des fragments de la balle continuait son ouvrage dans son cerveau.

À l'époque, le chirurgien, ayant jugé trop dangereux d'opérer, l'avait placé en coma artificiel. À son réveil,

Christian ne présentait aucune séquelle. Son cas clinique faisait mentir les statistiques en matière de plaies crânio-cérébrales pénétrantes. « Vous avez eu de la chance dans votre malheur, monsieur. » En plus des antibiotiques, on lui avait administré un traitement préventif antiépileptique pour éviter la survenue de crises convulsives – après un traumatisme crânien, les convulsions représentaient une complication fréquente. Mais le chirurgien l'avait mis en garde : à plus ou moins long terme, des conséquences neurologiques étaient possibles…

Christian palpa les fines cicatrices sous ses cheveux sales et poussiéreux.

Sa barbe ombrait ses joues, ses lèvres sèches se fissuraient.

Ce qu'il percevait de lui-même ne l'étonna pas.

Sauf son regard.

Tout se concentrait dans son regard.

Ce pauvre regard d'assassin qui venait à lui, et le cherchait.

Elle pédalait dans le sillage des voitures, brûlait les feux rouges, brisait les barrières invisibles de la nuit. Ses cheveux, ses paupières, ses poumons s'emplissaient de l'air glacé qui l'environnait.

— Vous êtes sous le coup de l'émotion, c'est compréhensible. Rentrez chez vous, caporale. On parlera de ça demain, à tête reposée.

— Ma décision est prise, mon commandant.

Elle avait taillé sa part de gloire et d'audace, elle avait servi, engagé toute sa dignité, pour sauver ce qui devait l'être, sans fléchir. Elle avait aussi mené d'inutiles combats face au péril, noyé des flammes par devoir. Elle avait longtemps été le bien contre le mal, et croyait le tenir à distance au bout de sa lance.

Mais le mal était en elle.

Ce mal que l'on fait par amour, cette tournure secrète des sentiments animée de rancœurs, d'usure, de frustrations, de lâchetés, d'incompréhension, et de petites blessures, s'était peu à peu infiltré dans son cœur et celui de Christian. Lentement, il contaminait leur foyer, leurs enfants.

Une seule chose importait désormais. Pédaler jusqu'au cimetière. Se sauver ou périr.

Un rouquin fantôme, un ectoplasme qui pète, une silhouette un peu floue sur une photo de famille. Voilà ce qu'il était.

Eliot tira de son sac la bible cachée sous son pyjama et la posa près de lui, sur son lit, à côté du portrait d'Olia. Dire qu'il s'était imaginé s'enfuir avec cette fille sur un bateau ! Rien que l'idée le consternait. Sa vie était une pochette surprise avec des trucs bien pourris dedans, comme ces insectes très moches qu'il collectionnait et planquait sous son pieu sans savoir pourquoi.

Tout était sa faute. La convulsion de son père dans la salle de bains et ce qui s'était ensuivi : la terreur dans les yeux d'Anna qui n'en finissait pas de trembler et de hoqueter, collée à son oursonne ; le regard de Michael empli d'incompréhension et de fausse pitié lorsqu'il était venu le voir tout à l'heure dans sa chambre.

— Non, mais t'as vraiment voulu te barrer à Saint-Malo pour une meuf ? Franchement, t'es ouf, toi !

Les tripes nouées, il pensait à sa mère, toujours si loin de lui. Pourquoi était-elle repartie à la caserne ? Pourquoi ce soir ?

Revenir, c'était mourir. Il le savait.

Demain, le radiateur sous la fenêtre de sa chambre se refuserait à chauffer, comme toujours. À droite de la porte, là où un morceau de moquette manquait, la moisissure noircirait un peu plus la plinthe en bois, et le papier peint aux tulipes chauves-souris enlaidirait encore ses murs. Demain, Yacine et ses sbires le guetteraient dans la cour de récré pour lui flanquer une raclée. Mais lui ne serait plus là.

Il prit la bible sur ses genoux, fit jouer le mécanisme du coffrage en ivoire. L'exemplaire qu'il avait trouvé dans l'armoire du bureau de la conservation, fourré derrière une pile de bouquins, était spécial. Après l'avoir rapporté dans sa chambre, par curiosité, il l'avait ouvert pour le feuilleter. Les premières pages comportaient de chouettes illustrations. Cette bible qu'il destinait au départ à Olia avait quelque chose d'unique. Une partie du livre était en trompe l'œil : dans la couverture en creux se trouvait un logement secret qui servait sans doute initialement à dissimuler un chapelet. Il prit l'arme automatique rangée à l'intérieur et manipula doucement la crosse devant ses yeux.

Par le trou de la serrure, un courant d'air souffla son chœur de voix humaines. Dehors, des rafales dépouillaient les sépultures et fauchaient les pots de chrysanthèmes qu'on entendait rouler sur les tombes. Eliot ferma les paupières. Quelque chose le forçait à tenir encore l'arme contre lui. Il respirait fort, prêt pour le grand saut dans le vide. Il songea : « Bientôt, vous aurez la paix… Papa ne s'énervera plus à cause de moi. »

Une hésitation, un doigt sur la gâchette.

L'esprit noyé par une sorte de vertige.

Il pensa à sa maman et se mit à pleurer.

Vision confuse d'étoiles, d'un ciel noir et d'un cœur de roses rouges, aperçu dans la vitrine d'un fleuriste à Saint-Malo.

Un chagrin immense pesait sur ses paupières…

Le souvenir de ce qui venait de se passer dans la salle de bains, l'image terrible d'un père en perte de contrôle et du visage décomposé de sa sœur le ramena soudain à lui. Mû par un pauvre réflexe, Eliot rentra son ventre, leva l'arme jusqu'à sa tête, appuya le canon contre sa tempe et quelqu'un frappa à la porte.

Madeline tira de sa poche la clé avec trop de hâte. D'une main tremblante, elle la ramassa sur le trottoir et l'introduisit dans la serrure du portillon.

Comblé de fleurs, le cimetière multipliait leurs ombres. Une brise glacée berçait les pots renversés au milieu des allées. Madeline referma vite derrière elle, ôta sa capuche et leva les yeux sur la façade parée de sa cloche muette. Aucune lumière derrière les volets clos. Elle abandonna son vélo sur le gravier et entra en trombe dans la maison.

Le salon repliait sur lui l'obscurité et le silence. Un feu de bois achevait de se consumer dans la cheminée. Elle se débarrassa de son manteau et de son sac puis se dirigea vers la chambre de son fils aîné. À peine eut-elle frappé que la porte s'ouvrit. Faiblement éclairée par l'écran de veille du PC de Michael, la pièce était vide. Il en allait de même pour la salle d'eau et les toilettes attenantes. Madeline retourna au salon d'un pas pressé. Suspendue au mur, la nature morte aux marguerites semblait l'épier comme un mauvais œil. Elle monta l'escalier.

Au bout du couloir, la moisissure noire au plafond mordait la pénombre. Les portes des chambres d'Anna et d'Eliot étaient entrebâillées. Elle les poussa doucement l'une après l'autre. Dans celle d'Eliot, un sac à dos traînait par terre. Le lit n'avait pas été défait, contrairement à celui d'Anna. Nulle trace de l'un ou de l'autre. Madeline retint son souffle – surtout, ne pas céder à la panique. Où étaient les enfants ?

Elle marcha vers la pièce du fond. Lorsqu'elle passa devant la salle de bains, réalisant à quel point la disposition des pièces était similaire à celle du pavillon rue de Conflans, sa gorge se contracta. La porte de sa chambre était close. Lentement, Madeline enroula ses doigts autour de la poignée, comme si cet instant concentrait en lui la somme des erreurs de toute une vie. Elle pénétra dans la pièce.

Les lampes de chevet étaient allumées et dispersaient une douce clarté. La scène qui s'offrait à elle lui figea le cœur.

Ils étaient là, étendus sur le lit, côte à côte. Blottie contre son père, sa petite fille tenait l'oursonne près de sa joue et paraissait dormir. Bras écartés, Christian entourait les épaules d'Anna et d'Eliot et semblait plongé lui aussi dans un profond sommeil. Les garçons eux, ne dormaient pas. Ils regardaient quelque chose sur la tablette de Michael. Leurs yeux se levèrent de concert, colorés d'une joie émue.

— Maman ?

— T'es déjà rentrée ?

LE SABLIER AILÉ
(ÉPILOGUE)

Parfois soutenu par des anges ou bien logé au cœur d'une guirlande de fleurs, il représente la fugacité du temps qui s'écoule inexorablement. Ses ailes l'élèvent vers Dieu, seul maître de sa mesure et de la destinée des hommes, tout comme elles élèvent l'âme du défunt. Le sablier induit également une forme de résurrection, une vie nouvelle qui démarre grâce à sa réversibilité.

Pas un nuage. Le ciel étalait fièrement son bleu glacé. Par la verrière, Eliot observait les mésanges voleter autour des sépultures, éparpillant de leurs ailes des brindilles échouées entre les pierres tombales en poussant de petits cris aigus. À quelques mètres d'elles, il fut surpris de voir un chat blanc prêt à bondir.

— Papa, regarde là-bas… C'est pas Olaf ?

— On dirait bien.

— Tu crois qu'il était parti à cause de la fouine ?

— À sa place, c'est ce que j'aurais fait… Tiens, mets ça à brûler.

Son père achevait de vider l'atelier. De toutes ses toiles, il n'en avait conservé qu'une seule : la plus grande. Large comme un billard. Eliot l'avait roulée avec précaution dans du papier bulle. Fourrées dans des sacs-poubelle alignés contre un mur, les autres finiraient à la décharge. La table à dessin et le matériel de peinture étaient déjà entreposés dans le local de service contigu au bureau de la conservation. Il ne restait que des chiffons, des feuilles de brouillon et des semblants d'esquisses au crayon que Christian passait à son fils, lequel se chargeait de les jeter dans le poêle pour une ultime flambée. Il aidait aussi son père à descendre les sacs. Empoignant l'un d'eux, Eliot remarqua sur le plancher un livre dont le titre piqua sa curiosité : *L'Ange à fourrure*.

— J'ai trouvé ça par terre.

Christian le prit et le feuilleta rapidement. Il s'arrêta sur une photo qui servait de marque-page avant de refermer le bouquin.

— Tiens. Tu peux le brûler.

Le garçon trouva aussi un papillon crevé : un magnifique sphinx « tête de mort ». Il s'empressa de le montrer à son père puis le glissa délicatement dans un mouchoir qu'il fourra dans la poche de son gilet.

Parfois, Eliot se demandait ce qui se serait passé si son père n'avait pas frappé à sa porte pour s'excuser de l'avoir giflé. Est-ce qu'il aurait eu le courage de se tirer une balle dans le cerveau, comme lui ? Il avait remis l'arme dans son compartiment secret avant d'aller ouvrir et de tout lui avouer : Olia cachée dans la chapelle, la fugue à Saint-Malo, et aussi les insultes, les Scooby-Doo bidet et les coups de pied de Yacine aux tibias. Ce dont il était certain à présent, c'est que dans la tête de son père, à peu près au même âge, il s'était passé aussi de drôles de trucs – l'idée de se suicider, par exemple –, et ça le rassurait.

Le plus impressionnant, c'était la trajectoire de la balle. Celle qui lui avait traversé le crâne sans le tuer. Sans oublier les pétouilles en bonus, logées dans la cervelle. Son papa était un warrior, un rescapé de l'enfer un peu comme Iron Man, et aussi, dorénavant, un épileptique. Michael et Anna n'en avaient pas cru leurs oreilles quand, dans le lit, il les avait tous réunis ce soir-là pour leur confier son histoire. Chacun avait voulu toucher les petits reliefs sous les touffes de cheveux, entendre les moindres détails du récit, savoir le pourquoi du comment, et câliner son visage en affirmant comme une évidence :

— C'est pas de ta faute, s'il est mort, ton frère.

— C'est l'arme qui l'a tué, pas toi.

— Et faut plus jamais que tu t'énerves, papa.

Sur les raisons de sa tentative de suicide, il gardait ses secrets. Mais Eliot soupçonnait une histoire d'amour. D'ailleurs, lorsqu'il avait aperçu le portrait d'Olia, posé sur l'oreiller de son petit garçon, il s'était troublé.

— Qui t'a donné ça ?

Olia, son père l'avait à peine entrevue dans le salon, déguisée en sorcière. Il ne voulait pas croire que c'était elle, sur le croquis. Ce qui le bouleversait le plus, c'étaient les deux mots qu'elle avait ajoutés en bas de la feuille : *Je t'aime.*

— Un jour, avait-il murmuré, j'ai écrit ces mots sur un dessin que j'avais fait pour une fille.

Eliot avait alors soufflé, le cœur encore chaud d'avoir bien failli cesser de battre :

— Tu devrais les écrire à maman.

Il y avait les imperfections de la vie. Et puis des moments magiques comme celui-là : quand son père, enfin, lui avait souri. Ou quand sa mère était apparue sans bruit dans la chambre alors qu'ils étaient tous sur le lit ; Michael et lui faisaient défiler sur sa tablette les témoignages de personnes qui avaient survécu à un tir de balle dans la tête – pas des masses de gens, mais tout de même.

Eliot descendit le dernier sac pour le mettre dans le container. Il pensait à cette nouvelle vie dans l'appartement fourni par la mairie en attendant que la maison soit débarrassée de ses moisissures. Des hommes du service d'hygiène étaient passés, avec des tenues spéciales, pour faire plusieurs relevés. En sortant de l'atelier, ils répétaient : « Jamais vu un truc pareil », comme s'ils venaient de tester le nouveau manège à sensation de la Foire du Trône. Et il y avait cette matière noire dans la partie habitation que ses parents ne devaient surtout pas nettoyer, au risque de respirer ou de propager des spores super-volatiles : apparemment, ce champignon-là pouvait rendre des gens très malades et même causer des hallucinations, à vous rendre barjot.

Pour sûr, Anna tousserait moins.

Et son père ne se transformerait plus en épouvantail.

— Eliot ? Tu te dépêches un peu ?

La camionnette de location stationnait le long du trottoir, devant le portillon, pour un ultime voyage. Anna et Michael étaient déjà à l'appartement en train de défaire des cartons et de tester la connexion wifi.

— J'arrive, maman !

Il lui restait encore une chose à faire. Profitant que ses parents discutaient avec Bonfils sur le pas de la porte, Eliot fit un saut dans le bureau de la conservation avec son sac à dos. Des bâches en plastique recouvraient les meubles qu'ils n'avaient pas eu le droit d'emporter pour éviter toute contamination. Il posa son sac par terre, en retira la bible et alla discrètement la remettre dans l'armoire.

Souviens-toi que tu es né poussière et que tu redeviendras poussière…

— Allez, mon petit bonhomme.

Son père l'aida à grimper à bord de la camionnette. Eliot se glissa à côté de lui, cala le sac à dos sous ses jambes, et claqua la portière. La voix d'une journaliste grésilla dans l'autoradio dès que sa maman mit le contact. Eliot écouta les informations d'une oreille distraite, étudiant le corps duveteux du papillon au creux de son mouchoir, fasciné par ce fameux crâne humain sur son thorax. Il était question d'un collier d'une grande valeur, volé dans le métro à Paris fin septembre, lequel venait d'être retrouvé dans le tronc d'une église, à Saint-Malo. Tandis que son père caressait tendrement la nuque de la conductrice, Eliot songea alors à Olia, aux secrets qu'elle ne lui avait jamais abandonnés, à son baiser humide et tiède comme les embruns, à ses sourcils en forme d'ailes d'oiseau et à ses yeux d'un bleu limpide, étincelant comme la nuit un soir de pleine lune.

À l'aimer sans espoir, il se régalerait longtemps de ce divin bonheur.

REMERCIEMENTS

Stéphane Quignon, agent d'accueil et de surveillance du cimetière de Bercy.

Benoît Gallot, conservateur du cimetière du Père-Lachaise et de ses annexes (Belleville, Bercy, Charonne, La Villette), Direction des espaces verts et de l'environnement.

Franck Le Maux, capitaine de police, chef d'unité de la BLAST-BRF.

Adjudant Guillaume Casada, bureau communication, brigade de sapeurs-pompiers de Paris.

Un très grand merci à Isabelle Fagot, l'artiste qui se cache derrière les tableaux et dessins reproduits en noir et blanc dans ce roman : Isabelle dont les confidences, la démarche artistique et l'amitié ont été une source d'inspiration émouvante, exaltante et précieuse. Pour découvrir les œuvres en couleur et l'ensemble de son travail, je vous invite à visiter son site :

https://www.isabellefagot.com

Merci également à Laurence qui m'a reçue dans sa maison si particulière, à Lena, Magali, Marjorie et Nathalie qui m'ont accompagnée avec passion et patience durant l'écriture du livre, à toute l'équipe de la bibliothèque Stanislas de Nancy pour son accueil si généreux durant ma résidence d'auteure, à Florian Lafani et Amandine Le Goff pour leur si chaleureux soutien, et aux amoureux d'un été, Celia et Gabriel, sans lesquels cette histoire n'aurait jamais vu le jour…

Curieux de connaître les coulisses et petits secrets de ce roman ou d'écouter la bande sonore du livre ? Rendez-vous sur le blog créé par l'auteure : https://decendresetdelarmes.blogspot.com/

Composition et mise en pages
Nord Compo à Villeneuve-d'Ascq

Achevé d'imprimer en mai 2021
par Normandie Roto Impression s.a.s.
61250 Lonrai
N° d'impression : 2102069

Imprimé en France